中野幸一［訳］……Nakano Kōichi

正訳紫式部日記

本文対照

勉誠社

はじめに

『紫式部日記』は、『源氏物語』の作者紫式部の日記である。日記といっても、現代の日記のような日並みの日記ではなく、主として前半は敦成《あつひら》親王（後の後一条天皇）の誕生を中心とした行事記録、後半は同僚女房たちの批評や自己の感懐などを記した述懐となっている。

本書はその『紫式部日記』の口語訳であるが、とくに次のような点に留意して訳し、また内容の理解に役立つような工夫も試みた。

一　できるだけ本文に忠実に訳すことを心がけた。そのためあえて日記の本文を下欄に示して、上の口語訳と対照させるという、本文対照形式をとった。この本文対照形式は、すでに先年刊行した『正訳　源氏物語　本文対照』全十冊で試みて、好評を得たものである。

二　この日記には、ことに女房批評の部分などに「はべり」という謙譲語が用いられており、誰かに語りかける口調が感じられるので、その語りの口調を活かして、全文を「ですます調」で訳した。

三　訳文に表わせない引歌や、地名・歳事・有職・人名などの説明、あるいは和歌の技巧などの解説は、上欄に簡明に注記した。

四　訳文には適宜段落を設け、上欄に小見出しをつけて内容を簡明に示した。また巻頭にそれらを掲示し、日記の内容を一覧できるよう目次とした。

この日記の最大の価値は、何といっても日本古典の代表である大作『源氏物語』の作者によって書かれた唯一の生活記録であるということに尽きるであろう。皇子誕生を中心とする栄華の記録を意図しているにもかかわらず、それが平板な公卿日記的な記録にとどまらず、立体的・複眼的に活写されており、自己の反省や告白的思惟をも伴って、深い人間記録となっているところに、日記文学としての価値が存在する。

なおこの日記についての詳細については、末尾の解説を参照されたい。

平成三十年初夏

中野幸一

目次

附録

紫式部日記

［一］ 土御門《つちみかど》邸の秋
—寛弘五年七月中旬

土御門のお邸 左大臣藤原道長の邸宅。京極西・土御門南に南北二町を占める広邸であった。

遣水 庭に引き入れた人工の小川。

不断経 一昼夜を十二時に分け、十二人の僧が輪番で『大般若経』『最勝王経』『法華経』などを間断なく読誦する。

中宮さま 一条天皇の中宮彰子。当年二十一歳。

さぞ大儀で 中宮は妊娠九ヶ月の身重である。

秋の色合いが、あたり一帯に立ちそめますにつれて、ここ土御門《つちみかど》のお邸《やしき》のたたずまいは、言いようもなく風情《ふぜい》があります。池の岸辺の木々の梢《こずえ》や、遣水《やりみず》の汀《みぎわ》の草むらなど、とりどり一面に色づいて、空一帯の様子も夕映え美しく深まりゆきますのに一層引き立てられて、折から聞こえて来ます僧たちの不断《ふだん》経《ぎょう》の声々も、ひとしおしみじみと心にしみ入るのでした。

しだいに涼味を覚えます夜風のそよめきに、いつもの絶え間のない遣水のささやきが、夜通し読経の声と溶け合って、紛らわしく聞こえて来ます。

中宮さまも、おそばにお仕えします女房たちが、とりとめもない夜話をしますのをお聞きになりながら、さぞ大儀《たいぎ》でおいでのことでしょうに、そんなご様子もお見せにならず、何気ないふうを装っておいでになります、そのお心深いお姿のご立派なこととな

秋のけはひ入りたつままに、土御門殿《つちみかどどの》のありさま、いはむかたなくをかし。池のわたりの梢ども、遣水《やりみづ》のほとりの草むら、おのがじし色づきわたりつつ、大方の空も艶《えん》なるにもてはやされて、不断《ふだん》の御読経《みどきやう》の声々、あはれまさりけり。

やうやう涼しき風のけはひに、例の絶えせぬ水の音なひ、夜もすがら聞きまがはさる。

御前《おまへ》にも、近うさぶらふ人びとはかなき物語するをきこしめしつつ、悩ましうおはしますべかめるを、さりげなくもて隠させたまへる御ありさまなどの、いと

日ごろのふさいだ気分　夫に死別した式部の常の気持ちは沈みがちであった。

不思議なこと　中宮のご様子のご立派さに、日ごろのもの憂い気分もすべて忘れ去っているという、自分の矛盾した心に気づいたいぶかり。

[三]　五壇の御修法《みずほう》

女蔵人　下﨟の女房。

後夜　六時の修法（晨《じん》朝・日中・日没・初《そ》夜《や》・中夜・後夜）の一つ。明け方の四時頃。

ど、本当に今更お称《たた》えするまでもないことですけれど、もの憂いこの世の心の慰めには、このようなすばらしい宮さまをこそ、お求めしてでもお仕え申すべきであったのだと、日ごろのふさいだ気分とはうって変わって、たとえようもないほどに、おのずと一さいの憂鬱《ゆううつ》が忘れられてしまいますのも、一方考えてみますと、われながらまた不思議なことです。

まだ夜明けに間のある頃の月がふと雲がくれて、木の下陰もほの暗い時分ですので、「御格子《みこうし》をお閉《し》めしたいものね。」「でも、お下仕《しもづか》えはこんな夜深《よぶか》までお仕えしていないでしょう。」「では、女蔵人《にょくろうど》さん、お閉めなさいな。」などと、女房たちが口々に言い合ったりしていますうちに、やがて後夜《ごや》の鉦《かね》があたりのしじまを破ってうち鳴らされ、五壇《ごだん》の御修法《みずほう》は定刻の勤行《ごんぎょう》を始めました。われもわれもと、まるで

さらなる事なれど、憂き世の慰めには、かかる御前をこそ、尋ね参るべかりけれと、現《うつ》し心をばひき違へ、たとしへなくよろづ忘らるるも、かつはあやし。

まだ夜深きほどの月さし曇り、木《こ》の下をぐらきに、「御格子《みかうし》参りなばや」「女官《にようくわん》は、今までさぶらはじ」「蔵人《くらうど》参れ」など言ひしろふほどに、後夜《ごや》の鉦《かね》打ちおどろかして、五壇《ごだん》の御修法《みすほふ》の時《じ》始めつ。われもわれもと、うち上げたる伴僧《ばんそう》の声々、遠く近く、聞きわた

五壇の御修法　五大明王（不動・降三世・大威徳・軍荼利夜叉・金剛夜叉）を中央と四方の壇に設置して行う大規模な祈禱。

観音院の僧正　権僧正勝算。

法住寺の座主　大僧都慶円。

馬場殿　馬場に面して建てられた殿舎。

浄土寺の僧都　権少僧都明救。

文殿　文書を納めておく所。

さいさ阿闍梨　斎祇の誤りか。

競ってよみあげているかのような伴僧《ばんそう》たちの読経の声々が、あるいは遠くあるいは近く響き合って聞こえて来ますさまは、本当に圧倒されるほどで、尊さに身のしまる思いがします。

折から観音院《かんのんいん》の僧正《そうじょう》が、東の対屋《たいのや》から、二十人の伴僧を引き連れて、寝殿へ御加持《ごかじ》をなさりに行く足音、その揃いの足踏みで、渡り廊下の床板がどんどんと踏み鳴らされますのさえ、ほかの時の雰囲気とは全く違っています。お勤めを終わって、法住寺《ほうじゆうじ》の座主《ざす》は馬場殿《うまばどの》へ、浄土寺《じょうどじ》の僧都《そうず》は文殿《ふどの》へと、お揃いの法衣《ころも》姿《すがた》で、立派な唐風の橋をいくつも渡って、木々の間を見えがくれしながら帰って行きますときも、尊さにその後ろ姿をずっとかなたまで見送らないではおられない気がして、しみじみと感慨深い思いです。東の対では、さいさ阿闍梨《あざり》が、西壇《さいだん》の大威《だいい》徳明王《とくみょうおう》を礼拝して、深々と腰をかがめていらっしゃ

されたるほど、おどろおどろしく尊し。

観音院《かんのんゐん》の僧正《そうじやう》、東《ひむがし》の対《たい》より、二十人の伴僧を率ゐて、御加持《ごかぢ》参りたまふ足音、渡《わた》殿《どの》の橋のとどろとどろと踏み鳴らさるるさへぞ、ことごとのけはひには似ぬ。法《ほふ》住寺《じゆうじ》の座主《ざす》は馬場《むまば》の御《お》殿《とど》、浄土寺《じやうどじ》の僧都《そうづ》は文殿《ふどの》などに、うち連れたる浄衣姿《じやうえすがた》にて、ゆゑゆゑしき唐橋《からはし》どもを渡りつつ、木《こ》の間をわけて帰り入るほども、遥かに見やらるる心地してあはれなり。さいさ阿闍梨《あざり》も、大威徳《だいゐとく》を敬ひて、腰をかがめたり。

います。
やがて女房たちが出仕して来ますと、夜もようやく明けはなれました。

渡り廊下の戸口のそばにあります私の部屋で、庭の方を眺めやりますと、うっすらと霧がかかった朝の葉末の露もまだ落ちないころですのに、殿《との》はお庭を歩き回られて、御随身《みずいじん》をお呼びになって、遣水《やりみず》のとどこおりをお除かせになります。やがて渡殿《わたどの》の橋の南側に咲いています女郎花《おみなえし》の花の真っ盛りなのを、一枝お折りになって、それを私の部屋の几帳《きちょう》越しに上からさしかざされます、そのお姿の、まことにこちらが恥ずかしくなるほどご立派ですのに引きかえて、私の寝起きの顔の見苦しさが思い知らされますので、「この花の歌、遅くなってはよくないだろうな」と、殿が仰せになられましたのをよいことにし

人びと参りつれば、夜も明けぬ。

渡殿の戸口の局に見出だせば、ほのうち霧りたる朝《あした》の露もまだ落ちぬに、殿歩かせたまひて、御随身《みずいじん》召して、遣水《やりみづ》払はせたまふ。橋の南なる女郎花《をみなへし》のいみじう盛りなるを、一枝折らせたまひて、几帳の上《かみ》よりさし覗かせたまへる御さまの、いと恥づかしげなるに、わが朝顔の思ひ知らるれば、「これ、遅くてはわろからむ」とのたまはするにことつけて、硯《すずり》のもとに寄りぬ。

［三］　朝露のおみなえし

殿　土御門殿の主人藤原道長。
御随身　貴人に随従する武官。

て、硯《すずり》のそばへにじり寄りました。

女郎花《をみなへし》盛りの色を見るからに露の分きける身こそ知らるれ

（おみなえしの露を含んで今を盛りの美しい色を見ましたばかりに、露が分けへだてをして置いてくれない盛りを過ぎたこの身が、つくづくと思い知られることでございます。）

「おお、早いこと」と、にっこりされて、殿は硯をお取り寄せになります。

白露は分きても置かじ女郎花心からにや色の染むらむ

（白露はなにも分け隔てをして置いているわけではあるまい。おみなえしが美しい色に染まっているのは、自分が美しくなろうとする心だてからであろうよ。）

女郎花《をみなへし》盛りの色を見るからに露の分きける身こそ知らるれ

「あな、疾《と》」と、ほほ笑みて、硯召し出づ。

白露は分きても置かじ女郎花心からにや色の染むらむ

女郎花　盛りのおみなえしに比べ、道長の情愛の乏しいのを嘆く。露は道長の情愛。露が分け隔てをしているとする。

白露は　式部の嘆きに対して、道長が、女は心の持ちようで美しくなれると慰める。

〔四〕　殿の子息三位の君

宰相の君　藤原道綱の娘豊子。式部と親しい女房の一人。

三位の君　道長の長男頼通。当年十七歳。

多かる野辺に　「女郎花多かる野辺に宿りせばあやなくあだの名をや立ちなむ」（古今・秋上　小野美材《よしき》）

しっとりとした夕暮れに、宰相《さいしょう》の君と二人で話をしていますと、そこへ殿のご子息の三位《さんみ》の君がおいでになり、簾《すだれ》のはしを引き開けてそこにお座りになります。お年のわりにはずっと大人びで奥ゆかしいご様子で、「女性はやはり気立てがよいということになると、めったにいないもののようだね」などと、男女にまつわるお話などをしんみりとしておいでになりますご様子は、まだお稚《わか》いなどと、人々があなどり申していますのは、本当にいけないことだと、こちらが恥じ入るほどご立派にお見受け申されます。あまりうちとけたお話にならない程度のところで、「多かる野辺に」と口ずさまれてお立ちになっていかれましたさまは、それこそ物語の中で褒め上げています男君そっくりのような気持ちがいたしました。

　これぐらいのちょっとしたことで、後々ふと思い出されますこともありますし、またその時は感慨深

しめやかなる夕暮に、宰《さい》相《しやう》の君と二人、物語してゐたるに、殿の三位《さんみ》の君、簾《すだれ》のつま引きあけてゐたまふ。年のほどよりはいと大人しく、心にくきさまして、「人はなほ心ばへこそ、難きものなめれ」など、世の物語、しめじめとしておはするけはひ、幼しと人のあなづりきこゆるこそ悪しけれと、恥づかしげに見ゆ。うちとけぬほどにて、「多かる野辺に」とうち誦《ず》じて、立ちたまひにしさまこそ、物語にほめたる男の心地しはべりしか。

　かばかりなる事の、うち思ひ出でらるるもあり、そ

く思いましたことで、時がたつと忘れてしまうのもありますのは、いったいどういうわけでしょうか。

播磨《はりま》の守《かみ》が負碁《まけご》の饗応をしました日、私はちょっと実家《さと》にさがっていて、後日になって御盤《ごばん》のさまなどを拝見しましたら、花形の脚などとても趣向をこらして作ってあって、洲浜の波打際《ぎわ》の水には、こう書きまぜてありました。

紀《き》の国のしららの浜に拾ふてふこの石こそはいはほともなれ

（紀の国の白良《しらら》の浜に拾うというこの小さい碁石こそは、尽きせぬ君が御代とともに末長くあって、大きな巌《いわお》ともなりますように。）

こんなときにはつきものの扇なども、趣向をこらしたものを、その頃臨席した女房たちは持っていました。

の折はをかしきことの、過ぎぬれば忘るるもあるは、いかなるぞ。

播磨守《はりまのかみ》、碁の負けわざしける日、あからさまにまかでて、後にぞ御盤《ごばん》のさまなど見たまへしかば、華足《けそく》などゆゑゆゑしくして、洲浜のほとりの水に書き混ぜたり。

紀《き》の国のしららの浜に
拾ふてふこの石こそは
いはほともなれ

扇どもも、をかしきを、そのころは人びと持たり。

［五］ 御盤《ごばん》のさま

播磨の守 平生昌か。

負碁の饗応 碁に負けた方が勝ち方に対して饗応すること。

洲浜 飾物の島台。洲や浜辺の景色を模している。

紀の国の 相手の繁栄を祝した賀歌。しららの浜は和歌山県の白浜。「浜」に碁の上石の「はま」、「この石」に「碁の石」をかけ、「拾ふ」「石」は「碁」の縁語。

［六］ 宿直《とのい》の人々―
八月二十日過ぎ

中宮の大夫 中宮職の長官。藤原斉信。
左の宰相の中将 参議兼左近中将源経房。
兵衛の督 従三位右兵衛督源憲定。
美濃の少将 源済政。美濃守の任官は未詳。

八月二十日あまりのころからは、公卿《くぎょう》がたや殿上人などで、当然お邸《やしき》に伺候《しこう》すべき人々は、みな宿直《とのい》することが多くなって、渡殿の橋廊の上や対屋《たいのや》の縁側などにみな仮寝をしては、何ということもなく管弦の遊びに夜を明かしています。琴や笛の音《ね》などにあまり長じていない若い人たちの読経くらべや今様《いまよう》歌《うた》なども、こうした場所柄としてはふさわしく、興あるものでした。中宮さまは、中宮の大夫《だいぶ》斉信《ただのぶ》や左の宰相《さいしょう》の中将経房《つねふさ》、兵衛《ひょうえ》の督《かみ》、美濃《みの》の少将済政《なりまさ》などをお相手に、音楽に興じられる夜もあります。しかし、おもてだっての管弦のお遊びは、殿にお考えがあってのことでしょうか、お催しにはなりません。

ここ数年実家《さと》に戻っていました女房たちが、久しい間のご無沙汰を思いおこしては、お邸に参り集まって来ます様子が騒がしくて、そのころは落ち着いてしんみりしたこともありません。

八月二十余日《にじふよにち》のほどよりは、上達部《かんだちめ》、殿上人《てんじやうびと》ども、さるべきはみな宿直《とのゐ》がちにて、橋の上、対の簀子《すのこ》などに、みなうたた寝をしつつ、はかなう遊び明かす。琴、笛の音《ね》などには、たどたどしき若人たちの、読経あらそひ、今様歌どもも、所につけてはをかしかりけり。宮の大夫《だいぶ》斉信《ただのぶ》、左の宰相中将経房《つねふさ》、兵衛《ひやうゑ》の督《かみ》、美濃《みの》の少将済政《なりまさ》などして、遊びたまふ夜もあり。わざとの御遊びは、殿おぼすやうやあらむ、せさせたまはず。

年ごろ里居《さとゐ》したる人びとの、中絶えを思ひ起こしつつ、参り集《つど》ふけはひ騒がしうて、そのころはしめやか

［七］宰相の君の昼寝姿―八月二十六日

弁の宰相の君　前出の宰相の君と同人。八ページ一行。

萩や紫苑　襲《かさね》の色目。萩は表蘇芳裏青。紫苑は表薄紫裏青。ともに若い女性の秋の着用。

二十六日、御薫物《たきもの》の調合が終わってから、中宮さまは、それを女房たちにお配りになられます。お香を練り丸めていました人々が、おすそ分けに預かろうと、お前《まえ》に大勢集まっていました。

中宮さまのお前からさがって部屋へ戻ります途中、弁《べん》の宰相《さいしょう》の君のお部屋の戸口をちょっと覗いてみますと、ちょうどお昼寝をなさっているときでした。萩《はぎ》や紫苑《しおん》などとりどりの色目《いろめ》の袿《うちき》に、濃い紅《くれない》のとりわけつややかな打衣《うちぎぬ》を上に覆《おお》って、お顔は襟《えり》の中に引き入れて、硯《すずり》の箱に頭をもたせて横になっていらっしゃる、そのお顔のあたりがとてもかわいらしくなよやかで美しい風情《ふぜい》です。まるで絵に描いてある物語のお姫さまのように思われましたので、思わずその口もとを覆っています袖《そで》を引きのけて、「物語の中の女君のような風情《ふぜい》をしていらっしゃるのね」

なることなし。

二十六日、御薫物《たきもの》合せ果てて、人びとにも配らせたまふ。まろがしゐたる人びと、あまた集ひゐたり。

上《うへ》より下るる道に、弁《べん》の宰相《さいしやう》の君の戸口をさし覗きたれば、昼寝したまへるほどなりけり。萩、紫苑《しをん》、色々の衣《きぬ》に、濃きが打ち目、心ことなるを上に着て、顔は引き入れて、硯《すずり》の筥《はこ》に枕して臥したまへる額《ひたひ》つき、いとらうたげになまめかし。絵に描きたるものの姫君の心地すれば、口おほひを引きやりて、「物語の女の心地もしたまへるかな」といふに、見あけて、「もの狂

と言いますと、宰相《さいしょう》の君はふと目をあけて、「気でもお狂いのようななさりかたね。ほんに寝ている人を思いやりもなく起こすなんてあるものですか」とおっしゃって少し起き上がられたそのお顔が、思わず赤くなっていらっしゃるのなど、ほんとうにすみずみまで美しうございました。

ふだんでも美しい人が、折が折だけに、またとり分けて美しく見えるということなのでした。

九月の九日、菊のきせ綿を、兵部《ひょうぶ》のおもとが持って来まして、「これをね、殿の北の方が特別にあなたにですって。よくよく老いを拭きとってお捨てなさいっておっしゃいましたよ」と言いますので、

菊の露若ゆばかりに袖触れて花のあるじに千代
　は譲らむ

（この菊の露には、私はほんのちょっと若返る程度

ほしの御さまや。寝たる人を心なくおどろかすものか」とて、すこし起き上がりたまへる顔の、うち赤みたまへるなど、こまかにをかしうこそはべりしか。

大方もよき人の、折からに、又こよくなくまさるわざなりけり。

九日、菊の綿を兵部《ひやうぶ》のおもとの持て来て、「これ、殿の上の、とり分きて。『いとよう、老い拭《のご》ひ捨てたまへ』と、のたまはせつる」とあれば、

菊の露若ゆばかりに袖
触れて花のあるじに千
代は譲らむ

〔八〕　重陽《ちょうよう》の菊のきせ綿—九月九日

菊のきせ綿　前夜、菊花に真綿を覆っておき、九日の朝、夜露に濡れて菊香の移った綿を、少しずつ小箱に入れて親しい者に贈る。その綿で顔や体を拭うと老いを除くと信じられた。

殿の北の方　道長の正室倫子。

菊の露　菊の着せ綿をいただいたお礼の歌。倫子の長寿を祝う。「露」は副詞の「つゆ」をかける。「わかゆ」は若やぐ、若くなる。「花のあるじ」は菊の花の贈り主倫子。

［九］　薫物《たきもの》のこころみ—同日の夜

小少将の君や大納言の君　少将の君は源時通の娘。大納言の君は源扶義の娘廉子。いずれも中宮彰子付きの上臈女房で、道長室の倫子の姪に当たる。

に袖をふれるにとどめて、この露で延びるといわれる千代の齢《よわい》は、菊の花の持主であられるあなたさまにおゆずりいたしましょう。）

と詠《よ》んで、着せ綿をお返し申し上げようとしますうちに、「北の方はもうあちらのお部屋へお帰りになってしまわれました」ということですので、お返しするのも無益なことと思い、そのままにしてしまいました。

その晩、中宮さまのお前《まえ》に参上しましたところ、月がきれいなころおいで、お部屋の端近には、御簾《みす》の下から裳《も》の裾《すそ》などがこぼれ出るほどにして、小少将の君や大納言の君などが控えていらっしゃいます。中宮さまは、香炉に、先日の薫物《たきもの》を土中から取り出させてお入れになり、出来具合を試してごらんになります。みながお前のお庭の有様の趣深いことや、

とて、返したてまつらむとするほどに、「あなたに帰り渡らせたまひぬ」とあれば、用なさにとどめつ。

その夜さり、御前《おまへ》に参りたれば、月をかしきほどにて、端に、御簾《みす》の下より裳の裾など、ほころび出づるほどほどに、小少将《こせうしやう》の君、大納言《だいなごん》の君などさぶらひたまふ。御火取りに、ひと日の薫物《たきもの》取《と》う出て、試みさせたまふ。御前のありさまの

まだ色づかない蔦《つた》の紅葉《もみじ》の待ち遠しいことなどを、口々に申し上げておりますと、中宮さまはいつもよりお苦しそうなご様子でいらっしゃいますので、ちょうど御加持《ごかじ》などもなさるところですし、何だか落ち着かない気持ちがして御几帳《みきちょう》の中に入《はい》りました。

　そのうちに人が呼んでいるといいますので、自分の部屋にさがって、ちょっと休もうと思って横になりましたが、そのまま寝込んでしまいました。夜中ごろからお産気がおつきだと騒ぎ出して、大声でわいわい言っています。


をかしさ、蔦《つた》の心もとなきなど、口々聞こえさするに、例よりも悩ましき御《み》けしきにおはしませば、御《ご》加持《かぢ》どもも参るかたなり、騒がしき心地して入りぬ。

　人の呼べば局《つぼね》に下りて、しばしと思ひしかど寝にけり。夜中ばかりより騒ぎたちてののしる。

［一〇］修験祈禱《しゅげんきとう》のありさま―九月十日

　十日のまだほのぼのと明けそめるころに、ご座所の設備が浄白に模様がえになります。殿をはじめとして、ご子息たちや四位五位の人々が、騒ぎながら御帳台の垂絹《たれぎぬ》をかけたり、お座《まし》の茵《しとね》などをあちこちへ持ち運んだりする間は、まことに騒がしいことで

　十日の、まだほのぼのとするに、御《おほん》しつらひ変はる。白き御帳《みちやう》に移らせたまふ。殿よりはじめたてまつりて、君達、四位五位どもたち騒ぎて、御帳の帷子《かたびら》かけ、

す。
　中宮さまは、その日一日中とてもご不安そうに、お体を起こされたり横になられたりなさってお過ごしになりました。修験僧《しゅげんそう》は、中宮さまにおつきしている物《もの》の怪《け》どもを憑坐《よりまし》に駆《か》り移し、調伏しようと、この上なく大声で祈りたてています。ここ数ヶ月来、大勢詰めているお邸内《やしきうち》の僧たちはいうまでもなく、諸国の山々寺々を尋ね求めて、修験僧という修験僧は一人残らず参り集まり、その祈禱《きとう》に三世の諸仏もどんなに空を飛びまわっておられるかと思いやられます。陰陽師《おんようじ》とても、ありとある者をみな召し集めて祈らせますので、八《や》百《お》万《よろず》の神々も、耳を振り立てて聞かないことはあるまいと、お見受け申し上げます。寺々への御誦経《ずきょう》の使者が次々と出立します騒ぎのうちに、一日を暮らして、その夜もそのまま明けたのでした。

御座《おまし》ども持てちがふほど、いと騒がし。
　日一日《ひとひ》、いと心もとなげに起き臥し暮らさせたまひつ。御もののけども駆り移し、限りなく騒ぎののしる。月ごろ、そこらさぶらひつる殿のうちの僧をば、さらにもいはず、山々寺々を尋ねて、験者《げんざ》といふかぎりは残るなく参り集ひ、三世《みよ》の仏もいかに翔《かけ》りたまふらむと思ひやらる。陰陽師《おんやうじ》とて、世にあるかぎり召し集めて、八《や》百万《ほよろづ》の神も、耳ふりたてぬはあらじと見えきこゆ。御《み》誦経《ずきやう》の使、立ち騒ぎ暮らし、その夜も明けぬ。

憑坐　物の怪は祈禱や呪法で憑坐にのり移らせて調伏する。

三世の諸仏　三世は仏教でいう前世・現世・来世の三つの世。三世にわたるあらゆる諸仏も。

八百万の神々　あらゆる神々。

御帳台の東面の間《ま》には、主上付きの女房が参り集まって控えています。西の間には、御物《もの》の怪《け》が移った憑坐《よりまし》の人々を、めいめい一双のお屏風《びょうぶ》でぐるりと引き囲んで、その入り口にはそれぞれ几帳を立てて、修験者が一人一人を受け持ち、声高に祈禱をあげています。南面の間には、僧正《そうじょう》、僧都《そうず》というような高僧たちが幾重にも重なるように座って、不動明王の生きたお姿を今にも眼前に呼び現わしかねないほどに、くり返し祈願したり恨み言を述べたりして、声がみな一様にかれはててしまっていますのが、大層尊く聞こえます。北側のお襖《ふすま》と御帳台との間の、ひどく狭い所に、あとで数えてみますと、四十幾人もの人々が座っていたのでした。少しの身じろぎもできず、すっかりのぼせあがって、何が何だか分からないほどです。新しく実家《さと》から参上した人たちなどは、せっかく来たのにかえって邪魔にされて中に座

御帳の東面《ひむがしおもて》は、内裏《うち》の女房参り集《つど》ひてさぶらふ。西には、御もののけ移りたる人びと、御屏風《みびやうぶ》一よろひを引きつぼね、局口には几帳を立てつつ、験者《げんざ》あづかりあづかりののしりゐたり。南には、やむごとなき僧正《そうじやう》、僧都《そうづ》、重なりゐて、不動尊《ふどうそん》の生きたまへるかたちをも呼び出で現はしつべう、頼みみ恨みみ、声みな嗄《か》れわたりにたる、いといみじう聞こゆ。北の御障子《みさうじ》と御帳とのはさま、いと狭《せば》きほどに、四十余人ぞ、後《のち》に数ふればゐたりける。いささかみじろぎもせられず、気《け》あがりてものぞおぼえぬや。今、里より参る人びとは、

らせてもらえず、裳《も》の裾《すそ》や着物の袖などは、人ごみの中でどこへ行ってしまっているのかも分かりません。主だった古参の方たちは、中宮さまのご容態を案じて、声を忍ばせて泣きながらおろおろしています。

十一日の明け方にもまた、北側のお襖《ふすま》を二間《ふたま》とりはらって、中宮さまは北廂《きたびさし》の間にお移りになります。御簾《みす》などもすぐにかけることができませんので、御《み》几帳《きちょう》を幾重にも重ね立てて、中宮さまはその中においでになります。勝算僧正やきゃうてふ僧都や法務《ほうむ》僧都などがおそばにおつきして、御加持《ごかじ》を申し上げます。院源《いんげん》僧都が、昨日《きのう》殿がお書きになられましたご安産の願文に、さらに大層尊い言葉どもを書き加えて、朗々と読みあげ続けましたその重々しい文言が、身にしみて尊くまた心強く思われることこの上

なかなかゐこめられず。裳《も》の裾《すそ》、衣《きぬ》の袖、ゆくらむかたも知らず、さるべきおとななどは、忍びて泣きまどふ。

十一日の暁に、北の御障子、二間はなちて、廂《ひさし》に移らせたまふ。御簾などもえかけあへねば、御几帳をおし重ねておはします。僧正《そうじやう》、きやうてふ僧都《そうづ》、法務《ほふむ》僧都などさぶらひて加持まゐる。院源《ゐんげん》僧都、昨日書かせたまひし御願書《ごぐわんしよ》に、いみじきことども書き加へて、読み上げ続けたる言の葉のあはれに尊く、頼もしげなること

［一一］安産を待ち望む人々―九月十一日

勝算僧正 観音院権僧正勝算。

きやうてふ僧都 「ちやうてふ」の誤写か。定澄僧都。

法務僧都 権法務済信権大僧都。

ありませんのに、さらに殿がご一緒になって、一心に仏の加護をお祈り申し上げておりますご様子は、まことに頼もしく、いくら何でもまさかご安産なさらないことはあるまいとは思いますものの、やはりひどく悲しいので、誰もみなあふれ出る涙をおしこめることもできず、「ほんに不吉な」「そんなに泣くものじゃないわ」などと、お互いにたしなめあいながらも、なお涙をとどめることができないのでした。

　こんなに人が多くたてこんだ状態では、中宮さまのご気分も一層お苦しくいらっしゃるでしょうというわけで、殿は女房たちを南面の間《ま》や東面の間にお出しになられて、どうしてもおそばにいなければならない者だけが、この二間《ふたま》のところの中宮さまのお側《そば》には控えています。殿の北の方と讃岐《さぬき》の宰相《さいしょう》の君、内蔵《くら》の命婦《みょうぶ》が御几帳《みきちょう》の中に、それに仁和寺《にんなじ》の僧都《そうず》の君と三井寺の内供《ないぐ》の君も、御几帳の中にお呼び入れ

限りなきに、殿のうち添へて、仏念じきこえたまふほどの頼もしく、さりともとは思ひながら、いみじう悲しきに、みな人涙をえおし入れず、「ゆゆしう」「かうな」など、かたみに言ひながらぞ、えせきあへざりける。

　人げ多く混みては、いとど御心地も苦しうおはしますらむとて、南、東面《ひむがしおもて》に出ださせたまうて、さるべきかぎり、この二間《ふたま》のもとにはさぶらふ。殿の上、讃岐《さぬき》の宰相《さいしやう》の君、内蔵《くら》の命《みやう》婦《ぶ》、御几帳《みきちやう》の内に、仁和寺《にんなじ》の僧都の君、三井寺の内供《ないぐ》の君も召し入れたり。殿の

讃岐の宰相の君　讃岐守大江清通の妻豊子。

内蔵の命婦　道長家女房。大中臣輔親の妻で道長の五男教通の乳母。

仁和寺の僧都の君　済信権大僧都。

三井寺の内供の君　永円少僧都。

大納言の君　中宮女房。源扶義の娘簾子。
小少将の君　中宮女房。源時通の娘。
宮の内侍　中宮女房。橘良芸子。
弁の内侍　中宮女房。藤原義子。
中務の君　中宮女房。中務少輔源致時の娘。
大輔の命婦　中宮女房。越前守大江景理の妻。
大式部のおもと　道長家女房。陸奥守の妻。
尚侍　内侍司の長官。道長の次女妍子。当年十五歳。
中務の乳母　藤原惟風の妻高子。妍子の乳母。
姫君　道長の三女威子。当年十歳。
少納言の乳母　道長家女房。威子の乳母。

になりました。殿が万事に声高くお指図《さしず》なさるお声に、僧の読経の声も圧倒されて鳴りをしずめたかのように思われます。

もう一間《ま》に伺候《しこう》している人々は、大納言の君、小《こ》少将《しょうしょう》の君、宮の内侍《ないし》、弁《べん》の内侍、中務《なかつかさ》の君、大輔《たゆう》の命婦、それに大式部《おおしきぶ》のおもと、この人はこのお邸《やしき》の宣旨《せんじ》女房ですよ。いずれも長年お仕えしている方々ばかりで、心配のあまりみなとり乱して嘆いています様子は、まことにもっともなことですが、私にしましても、まだよく中宮さまにおなじみ申し上げるまでの間もありませんけれど、全く比べものにならないほど大変なことと、われとわが心の中にはっきりと思われました。

また、私たちのうしろの長押際《なげしぎわ》に立ててある几帳の向こう側に、尚侍《ないしのかみ》付きの中務の乳母《めのと》、姫君付きの少納言の乳母、小姫君付きの小式部の乳母などが

よろづにののしらせたまふ御声に、僧も消たれて音せぬやうなり。

いま一間にゐたる人びと、大納言の君、小少将《こせうしやう》の君、宮の内侍、弁《べん》の内侍、中務《なかつかさ》の君、大輔《たいふ》の命婦、大式部《おほしきぶ》のおもと、殿の宣旨《せんじ》よ。いと年経たる人びとのかぎりにて、心を惑はしたるけしきどもの、いとことわりなるに、まだ見たてまつりなるるほどなけれど、たぐひなくいみじと、心一つにおぼゆ。

また、この後ろの際《きは》に立てたる几帳の外《と》に、尚侍《ないしのかみ》の中務《なかつかさ》の乳母《めのと》、姫君の少納言の乳母、いと姫君の小式部の乳母、

無理に入りこんできてしまって、二つの御帳台の後ろの細い通路は、人も容易に通ることができません。体をよじってすれちがったり、身動きしたりする人たちは、そのお互いの顔などもはっきり見分けられません。殿のご子息たちや宰相の中将兼隆《かねたか》、四位の少将雅通《まさみち》などはいうに及ばず、左の宰相の中将経房《つねふさ》や中宮の大夫《だいぶ》など、いつもはあまり親しまない人々でさえ、御几帳《みきちょう》の上からどうかするとのぞきこんだりして、泣きはらした目など見られますにつけても、すべて恥も何も忘れていました。頭の上には魔よけの散米《うちまき》がまるで雪のように降りかかっていますし、くしゃくしゃになった着物がどんなに見苦しかったことでしょうと、あとになって考えますとまことにおかしいことです。

の乳母などおし入り来て、御帳二つが後ろの細道を、え人も通らず。行きちがひみじろく人びとは、その顔なども見分かれず。殿の君達、宰相中将兼隆《かねたか》、四位の少将雅通《まさみち》などをばさらにもいはず、左宰相中将経房《つねふさ》、宮の大夫《だいぶ》など、例はけ遠き人びとさへ、御几帳の上よりともすれば覗きつつ、腫れたる目どもを見ゆるも、よろづの恥忘れたり。頂きには散米《うちまき》を雪のやうに降りかかり、おししぼみたる衣《きぬ》のいかに見苦しかりけむと、後《のち》にぞをかしき。

小姫君　道長の四女嬉子。当年二歳。

小式部の乳母　道長家女房。藤原泰通の妻。嬉子の乳母。

殿のご子息たち　頼通（十七歳）、教通（十三歳）など。

宰相の中将　参議従三位右近中将藤原兼隆。

四位の少将　従四位下右近衛少将源雅通。

左の宰相の中将　参議従三位左近衛中将源経房。

中宮の大夫　中宮職長官藤原斉信。

散米　邪気を払うためにまき散らす米。

［一二］　若宮の誕生

中宮さまのお頭《つむ》の髪を形ばかりお剃《そ》ぎ申す作法を

御頂きの御髪《みぐし》下ろしたて

お頭の髪を　お産が重いので、仏の加護を頼んで形式的に剃髪の作法をし、受戒をした。

小中将の君　中宮女房。以前は娟子内親王の乳母であった。

左の頭の中将　源頼定。当時正四位下蔵人頭左近衛中将。三十二歳。

して、御戒《ごかい》をお受けさせ申し上げる間、途方にくれた心地で、これはまあどうしたことかと、茫然《ぼうぜん》として悲しい折しも、安らかにご出産あそばされて、後《あと》産《ざん》のことはまだすまない間、あれほど広い母屋《もや》から南の廂《ひさし》の間《ま》、縁《えん》の欄干のあたりまでいっぱいにたてこんでおります僧侶も俗人も、もう一度大声でお祈をして、深々と礼拝します。

東面の間《ま》にいる女房たちは、殿上人《てんじょうびと》に入りまじって座るような状態で、小中将《こちゅうじょう》の君が左《ひだり》の頭《とう》の中将と顔をばったり見合わせてしまって茫然としていました様子を、後になってみながそれぞれに言い出して笑います。この小中将の君は、お化粧などがいつも行き届いてなよやかな美人で、この時も明け方にお化粧をしたのですが、目は泣き腫《は》らし、涙でところどころお化粧くずれがして、あきれるほど変わってしまい、とてもその人とは見えませんでした。あの

まつり、御忌《い》む事受けさせたてまつりたまふほど、くれ惑ひたる心地に、こはいかなることと、あさましう悲しきに、平らかにせさせたまひて、後《のち》のことまだしきほど、さばかり広き母屋《もや》、南の廂《ひさし》、高欄のほどまで立ちこみたる僧も俗も、いま一よりとよみて額《ぬか》をつく。

東面《ひむがしおもて》なる人びとは、殿上人にまじりたるやうにて、小中将《こちゆうじやう》の君の、左の頭の中将に見合せてあきれたりしさまを、後《のち》にぞ人ごと言ひ出でて笑ふ。化粧《けさう》などのたゆみなくなまめかしき人にて、暁に顔づくりしたりけるを、泣き腫れ、涙に所どころ濡れそこなはれて、あ

美しい宰相《さいしょう》の君が面《おも》変わりなさっている様子なども、ほんとうに珍しいことでした。まして私の顔などはどんなであったでしょう。しかしその際に顔を合わせた人の様子が、お互いに思い出せませんでしたのは、まことに幸いでした。

　いよいよ出産をなさるというときに、物《もの》の怪《け》がくやしがってわめきたてる声などの、何と恐ろしいことですよ。源《げん》の蔵人《くろうど》の憑坐《よりまし》には心誉《しんよ》阿闍梨《あじゃり》、兵衛《ひょうえ》の蔵人にはそうそという人、右近《うこん》の蔵人には法住寺《ほうじゅうじ》の律師を、また宮の内侍の係の局《つぼね》にはちそう阿闍梨《あじゃり》を受け持たせてありましたところ、憑坐が物の怪に引き倒されてあんまりかわいそうですので、さらに念《ねん》覚《がく》阿闍梨を召し加えて大声に祈禱します。阿闍梨の効験が薄いのではなく、物の怪がひどく頑強なのでした。宰相《さいしょう》の君の係の局の招禱人《おぎびと》として叡効《えいこう》を付き添わせましたところ、一晩中大声で読経して夜を明

さましうその人となむ見えざりし。宰相の君の顔変はりしたまへるさまなどこそ、いとめづらかにはべりしか。ましていかなりけむ。されどその際《きは》に見し人の有様の、かたみにおぼえざりしなむかしこかりし。

　今とせさせたまふほど、御物の怪《け》の妬みののしる声などのむくつけさよ。源《げんの》蔵人《くらうど》には心誉《しんよ》阿闍梨《あざり》、兵衛の蔵人にはそうそといふ人、右近の蔵人には法住寺《ほふじゆうじ》の律《り》師《し》、宮の内侍の局にはちそう阿闍梨を預けたれば、物の怪に引き倒されていといとほしかりければ、念覚《ねんがく》阿闍梨を召し加へてぞののしる。阿闍梨の験《げん》の薄きにあ

源の蔵人　中宮付きの女蔵人。

心誉阿闍梨　藤原重輔の子。当時三十八歳。後に権僧正。円城寺長吏。

そうそ　「めうそ」の誤りか。延暦寺の阿闍梨妙尊か。当時二十歳。

法住寺の律師　藤原為光の子。尋覚。当時三十八歳。

ちそう阿闍梨　勝算の弟子の千算か。

念覚阿闍梨　人納言藤原済時の子。権少僧都。円城寺の智弁の弟子で円明寺検校。

叡効　円城寺に学ぶ。法橋。当年四十四歳。

かして、すっかり声も嗄れてしまいました。物の怪が早く移るようにと新たに召し加えた僧たちも、みなうまく駆《か》り移りませんで、大騒ぎをしたことでした。

正午に、まるで空が晴れて朝日がさし出たような気持ちがします。ご安産でいらっしゃる嬉しさが比類ないのに、その上皇子さまでさえいらっしゃった喜びといいましたら、どうして並一通りのものでありましょうか。昨日は一日中泣きしおれて暮らし、今朝《けさ》のほどもまた秋霧の中をむせび泣いていました女房なども、みな別れ別れに自分の部屋に引きとって休息します。中宮さまのお前には、年配の女房方で、こうした折にふさわしい人たちがお付き添いしています。

［一三］　人々のよろこび

殿も北の方も、あちらのお部屋にお移りになって、

らず、御物の怪のいみじう強《こは》きなりけり。宰相の君のをき人に叡効《えいかう》を添へたるに、夜一夜ののしり明かして声も嗄れにけり。御物の怪移れと召し出でたる人々も、みな移らで騒がれけり。

午《むま》の刻《とき》に、空晴れて朝日さし出でたる心地す。平らかにおはしますうれしさのたぐひもなきに、男にさへおはしましけるよろこび、いかがはなのめならむ。昨日しほれ暮らし、今朝のほど、秋霧におぼほれつる女房など、みな立ちあかれつつ休む。御前《おまへ》には、うちねびたる人びとの、かかる折節つきづきしきさぶらふ。

殿も上《うへ》も、あなたに渡ら

この数か月御修法《みずほう》や読経《どきょう》に奉仕し、また昨日今日お召しによって参集していました僧侶たちにお布施《ふせ》を賜わったり、医師や陰陽師《おんようじ》などで、それぞれの道の効験があった者に、褒美《ほうび》をおやりになったり、また一方内々では、お湯殿《ゆどの》の儀式の準備などをあらかじめおさせになっているようです。

女房の部屋部屋には、見るからに大きな衣装袋や包みなどを運ぶ人々が出入りし、唐衣《からぎぬ》の刺繍《ししゅう》とか、裳《も》を引き結んでその螺鈿《らでん》や刺繍の縁飾りなどを、あまりと思われますまでに飾り立て、それを他人に見られないようにひき隠して、「まだ注文の扇を持って来ないわね」などと言いかわしながら、お化粧をし身づくろいをしています。

いつものように、渡り廊下の部屋から眺めますと、寝殿の妻戸《つまど》の前に、中宮の大夫《だいぶ》や東宮《とうぐう》の大夫など、その他の公卿《くぎょう》がたも大勢伺候《しこう》しておられます。殿は

お湯殿の儀式　新生児に湯をつかわせる儀式。

螺鈿　光沢のある貝殻の小片を漆器や調度類にはめこんで飾りとしたもの。ここは裳の裾などにつけた縁飾り(置口)。

中宮の大夫　藤原斉信。

東宮の大夫　藤原懐平。当時東宮大夫左兵衛督検非違使別当。五十六歳。

せたまひて、月ごろ、御修《みす》法《ほふ》、読経《どきやう》にさぶらひ、昨日今日召しにて参り集ひつる僧の布施《ふせ》賜ひ、医師《くすし》、陰陽師など、道々のしるし現れたる、禄賜はせ、内には御《おほん》湯殿《ゆどの》の儀式など、かねてまうけさせたまふべし。

人の局《つぼね》々には、大きやかなる袋、包ども持てちがひ、唐衣《からぎぬ》の縫物、裳、ひき結び、螺鈿《らでん》縫物、けしからぬまでして、ひき隠し、「扇を持て来ぬかな」など、言ひかはしつつ化粧《けさう》じつくろふ。

例の、渡殿より見やれば、妻戸の前に、宮の大夫《だいぶ》、東《とう》宮《ぐう》の大夫など、さらぬ上達

縁先へお出ましになられて、随身《ずいじん》にこの数日落葉などで埋もれていました遣水《やりみず》の手入れをおさせになり、それを眺める方々のご様子なども、いかにものどやかで心地よさそうです。心の中に心配事のあるような人でも、この今だけは、ふと忘れてしまいそうなあたりの有様であります中にも、中宮の大夫は、ことさらに得意気な笑顔をなさるわけではありませんが、人一倍勝《まさ》るうれしさが、自然お顔色に表われるのも無理からぬことです。右の宰相《さいしょう》の中将は権中納《ごんちゅうな》言《ごん》とふざけ合って、東の対屋《たいのや》の縁側に座っていらっしゃいます。

宮中から御下賜のお守り刀を持参しました勅使は頭《とう》の中将頼定でした。ところが宮中ではちょうど伊勢神宮への奉幣使《みてぐらづかい》の立つ日ですので、頼定が帰参されても触穢《しょくえ》の身とて昇殿することができませんから、

部もあまたさぶらひたまふ。殿、出でさせたまひて、日ごろ埋もれつる遣水《やりみづ》つくろはせたまふ。人びとの御気色ども心地よげなり。心の内に思ふ事あらむ人も、ただ今は紛れぬべき世の気配なるうちにも、宮の大夫、ことさらにも笑み誇りたまはねど、人より勝る嬉しさの、おのづから色に出づるぞことわりなる。右の宰相《さいしやう》の中将は権中納言と戯《たはぶ》れして、対《たい》の簀子《すのこ》にゐたまへり。

内裏《うち》より御佩刀《みはかし》もて参れる頭中将頼定《よりさだ》、今日伊勢の奉幣使《みてぐらづかひ》、帰るほど、昇るまじければ、立ちながらぞ、平らかにおはします御あり

右の宰相の中将　藤原兼隆。

権中納言　藤原隆家。道隆の子。皇后定子の弟。当時従二位権中納言侍従。三十歳。

[一四]　御佩刀《みはかし》・御臍《ほぞ》の緒《お》・御乳付《ちつけ》

頭の中将頼定　源頼定。

伊勢神宮への奉幣使　例年九月十一日が発遣日で、帰参は二十日。その間の神事中は触穢の者は昇殿できない。

立ったまま　特に所用のある時は、触穢中でも立ったままならよいとされた。

御乳付　新生児に初めて乳を含ませる役。

橘の三位　内裏女房。橘仲遠の娘徳子。

大左衛門のおもと　中宮女房。橘道時の娘。

備中の守むねとき　「むねとき」は道時の誤りか。

蔵人の弁　藤原広業。蔵人右少弁東宮学士。三十二歳。

［一五］　御湯殿の儀

尾張の守知光　美作守藤原為昭の子。東宮大進。尾張守任官は寛弘七年三月。

仲信　中宮職の侍長。六人部仲信。

殿は頼定に庭上で立ったまま、母子ともにご平安でいらっしゃるご様子を奏上おさせになります。お守り刀の勅使には禄《ろく》なども賜わりましたが、そのことは私は見ておりません。

若宮の御臍《ほぞ》の緒《お》をお切りする役は殿の北の方、御乳付《ちつけ》の役は橘《たちばな》の三位《さんみ》、御乳母《めのと》は以前からこのお邸にお仕えしていて、気心が通じて気立てがよい人をということで、大左衛門《おおさえもん》のおもとが奉仕します。この人は備中《びっちゅう》の守《かみ》むねときの朝臣《あそん》の娘で、蔵人《くろうど》の弁《べん》の妻です。

お湯殿《ゆどの》の儀式は、午後六時ごろとのこと。灯火をともして、中宮職《ちゆうぐうしき》の下役の者が、緑色の袍《ほう》の上に白絹の袍を着て、お湯を運び参らせます。その桶《おけ》を据《す》えた台などは、みな白い覆いがしてあります。尾張《おわり》の守知光《かみちかみつ》と、中宮職の侍長《じちよう》である仲信《なかのぶ》がかついで、

さま奏せさせたまふ。禄なども賜ひける、そのことは見ず。

御臍《おほんほぞ》の緒《を》は殿の上。御乳《おほんち》付《つけ》は橘の三位《さんみ》徳子《とくこ》。御乳母《めのと》、もとよりさぶらひ、むつましう心よいかたとて、大左《おほさ》衛門《ゑもん》のおもと仕うまつる。備中の守むねときの朝臣のむすめ、蔵人《くらうど》の弁《べん》の妻。

御湯殿《ゆどの》は酉《とり》の刻《とき》とか。火ともして、宮のしもべ、緑の衣《きぬ》の上に白き当色《たうじき》着て御湯まゐる。その桶、据ゑたる台など、みな白きおほひしたり。尾張の守知光《ちかみつ》、宮

その桶を御簾《みす》のもとまで運び参らせます。御簾の中からお水取役の女官二人、清子《きよいこ》の命婦《みょうぶ》と播磨《はりま》が、桶のお湯を取り次いで、湯加減よくうめては、女房二人、大木工《おおもく》と馬とが、それをそれぞれのほとぎにずっと汲み入れて、定めの十六の御ほとぎに余りますと、残りは湯槽に入れます。女房たちは、薄物の表着《うわぎ》にかとりの裳《も》をつけ、唐衣《からぎぬ》を着て、頭には釵子《さいし》を挿し、白い元結《もとゆい》をしています。それで髪の様子が一段と引き立って美しく見えます。若宮に産湯《うぶゆ》をおつかわせになる役は宰相《さいしょう》の君、そのお相手の介添役は大納言の君、お二人の湯巻《ゆまき》姿が、いつもとは違い様子が変わっていて、いかにも風情があります。

　若宮は殿がお抱き申し上げ、お守り刀は小少将の君が、虎《とら》の頭《かしら》は宮《みや》の内侍《ないし》がお持ちして、若宮のお先に立って行かれます。宮の内侍の唐衣は松笠の紋様で、裳は海辺の景色を刺繍で織り出して、大海の地《じ》

の侍《さぶらひ》の長《をさ》なる仲信《なかのぶ》かきて、御簾《みす》のもとに参る。水仕《みづし》二人、清子《きよいこ》の命婦《みやうぶ》、播磨《はりま》、取り次ぎてうめつつ、女房二人、大木工《おほもく》、馬《むま》、汲みわたして、御瓫《ほとぎ》十六にあまれば入る。薄物の表着《うはぎ》、かとりの裳、唐衣、釵子《さいし》さして、白き元結《もとゆひ》したり。頭《かしら》つき映えてをかしく見ゆ。御湯殿は、宰相の君、御迎へ湯、大納言の君源廉子。湯巻《ゆまき》姿どもの、例ならずさまことにをかしげなり。

宮は、殿抱《いだ》きたてまつりたまひて、御佩刀《みはかし》、小少将《こせうしやう》の君、虎《とら》の頭《かしら》、宮の内侍とりて御先に参る。唐衣は松の実の紋、裳は海賦《かいふ》を織り

清子の命婦　中宮女房橘清子。

播磨　中宮女房。大江雅致の娘。

虎の頭　虎の頭の形に作ったもの。その影を映した産湯を浴すると、邪気を払い無病に成長するという。

摺《ず》りの模様に見せかけています。裳の大腰《おおごし》は薄物で、それに唐草の刺繍がしてあります。小少将《こしょうしょう》の君は、大腰に秋の草むら、蝶、鳥などの模様を、銀糸で刺繍してきらめかしています。織物は身分上の制限がありますので、誰でも好きなように着られるわけでもありませんから、裳の大腰のところだけを、普通と違った意匠にしてあるのでしょう。

　殿のご子息お二人と、源《げん》少将などが、散米《うちまき》を大声でまき散らし、自分こそ音を一番高く響かそうと競って騒いでいます。折から浄土寺の僧都が護身の法を行なうために伺候しておられましたが、その頭にも目にも散米が当たりそうなので、それをよけようと思わず扇を頭上にかざして、その格好を若い女房たちに笑われます。

　読書《とくしょ》を承る博士《はかせ》は蔵人《くろうど》の弁広業《べんひろなり》で、高欄の下に立って『史記』の第一巻を朗読します。鳴弦《めいげん》の者は二

て、大海《おほうみ》の摺目《すりめ》にかたどれり。腰は薄物、唐草《からくさ》を縫ひたり。少将の君は、秋の草むら、蝶、鳥などを、白銀《しろがね》して作り輝かしたり。織物は限りありて、人の心にしくべいやうのなければ、腰ばかりを例に違へるなめり。

　殿の君達《きんだち》二ところ、源《げん》少将雅通《まさみち》など、散米《うちまき》を投げののしり、われ高ううち鳴らさむと争ひ騒ぐ。浄土寺の僧都《そうづ》護身《ごしん》にさぶらひたまふ、頭《かしら》にも目にも当たるべければ、扇を捧げて、若き人に笑はる。

　文《ふみ》読む博士《はかせ》、蔵人弁広業《くらうどのべんひろなり》、高欄のもとに立ちて、『史《し》

殿のご子息お二人　頼通（十七歳）と教通（十三歳）。

源少将　源雅通。従四位下右近衛少将。

浄土寺の僧都　権少僧都明救。

蔵人の弁広業　蔵人右少弁藤原広業。文章博士。

鳴弦　悪魔を払う呪術として弓の弦を鳴らし声を立てる。

十人、そのうち五位が十人、六位が十人で、庭上に二列にずらりと立ち並んでいます。

夕時の御湯殿の儀といっても、形だけをくり返して奉仕します。儀式も前と同じです。ただ読書の博士だけが変わったのでしょうか。今度は伊勢の守致《むね》時《とき》の博士とか。読んだのは例の通り『孝経』でしょう。また挙周《たかちか》は『史記』の文帝の巻を読むのでありましょう。七日間この三人がかわるがわる読書の役をつとめます。

すべてのものが一点のよごれもなく真っ白な中宮さまのお前に、人々の容姿や色合いなどまでが際《きわ》立ってはっきりとあらわれていますのを見わたしますと、まるで上手な墨絵《すみえ》の人物に黒髪を描き生やしたように見えます。こうした湯所はますますきまりが悪く、恥ずかしいような気持ちがしますので、昼間

記《き》』の一巻を読む。弦《つる》打ち二十人、五位十人、六位十人、二列《ふたなみ》に立ちわたれり。

夜さりの御湯殿とても、様ばかりしきりてまゐる。儀式同じ。御文の博士ばかりや替はりけむ。伊勢の守致時《むねとき》の博士とか。例の『孝経』なるべし。又挙周《たかちか》は、『史記』文帝の巻をぞ読むなりし。七日のほど、かはるがはる。

よろづの物のくもりなく白き御前に、人の様態《やうだい》、色合ひなどさへ、掲焉《けちえん》に現れたるを見わたすに、よき墨絵に髪どもを生ほしたるやうに見ゆ。いとどものはしたなくて、輝かしき心地す

伊勢守致時　明経博士。中原致時。

挙周　文章博士。大江挙周。

[一六]　女房たちの服装

禁色を許された 「禁色」は身分により着ることを禁じた装束の色や生地。

はほとんどお前に顔も出さず、ゆったりとした気分で、東の対屋《たいのや》のそばの部屋からお前に参上する女房たちを眺めていますと、禁色《きんじき》を許された上臈の人々は、織物の唐衣《からぎぬ》に、同じく白地の織物の袿《うちき》を着ていますので、一様に端麗な感じでかえってめいめいの趣向も分かりません。禁色を許されない人々も、少し年のいった女房たちは、はた目におかしいようなことはしない方がよいというので、ただ一通りでない三枚重ねか五枚重ねの袿に、表着《うわぎ》は織物、さらにその上に織模様のない唐衣をあっさりと着て、その重ね袿《うちき》には綾《あや》や羅《うすもの》を用いている人もいます。扇なども、見た目には大げさにきらびやかにしないで、しかも情趣のあるようにしています。その扇に気のきいた古典の詩文の句をちょっと書き入れたりして、それがまた申し合わせたように同じなのも、実は各自思い思いの趣向にしようと思ったのですけれど、

れば、昼はをさをさし出でず、のどやかにて、東《ひむがし》の対《たい》の局《つぼね》より参《ま》う上《のぼ》る人びとを見れば、色聴《ゆる》されたるは、織物の唐衣、同じ袿《うちき》どもなれば、なかなか麗しくて、心々も見えず。聴されぬ人も、少し大人びたるは、かたはらいたかるべきことはとて、ただえならぬ三重五重の袿に、表着《うはぎ》は織物、無紋の唐衣すくよかにして、襲《かさね》には綾、薄物をしたる人もあり。扇など、みめにはおどろおどろしく輝やかさで、由なからぬさまにしたり。心ばへある本文《ほんもん》うち書きなどして、言ひ合はせたるやうなるも、心々と思ひしかども、齢《よはひ》のほど同じま

年格好《かっこう》が同じくらいの者は、やはり同じようなものになってしまいますのはおもしろいことだと、お互いに人の扇を見合っています。女房たちの気持ちの、人に劣るまいと思う様子がはっきりと見えるのでした。裳や唐衣の刺繍などはいうまでもないことで、袖口に細い縁《ふち》飾りをつけ、裳の縫目には銀糸を伏縫いして組紐《くみひも》のようにし、銀箔《ぎんぱく》を飾って白綾の模様に押し、扇の様子などは、まるで雪の深くつもっている山を月の明かるい夜に見はるかしたような気持ちがして、きらきら光ってはっきりと見渡すこともできず、ちょうど鏡を掛け並べてあるようです。

　ご誕生三日目に当たられます夜は、中宮職の官人が、中宮の大夫《だいぶ》をはじめとして、一同で御産養《うぶやしない》を奉仕なさいます。大夫《だいぶ》の右衛門《えもん》の督《かみ》は中宮のお前のご祝膳のこと、沈《じん》の懸盤《かけばん》や銀の御皿などを調進しま

ちのは、をかしと見かはしたり。人の心の、思ひおくれぬけしきぞ、あらはに見えける。裳、唐衣の縫物をばさることにて、袖口に置き口をし、裳の縫ひ目に白銀の糸を伏せ組みのやうにし、箔《はく》を飾りて、綾の紋にすゑ、扇どものさまなどは、ただ、雪深き山を、月の明かきに見わたしたる心地しつつ、きらきらと、そこはかと見わたされず、鏡をかけたるやうなり。

　三日にならせたまふ夜は、宮司《づかさ》、大夫《だいぶ》よりはじめて御産養《うぶやしなひ》仕うまつる。右衛門《ゑもん》の督《かみ》は御前《おまへ》の事、沈《ぢん》の懸盤《かけばん》、白銀《しろがね》の御皿など、詳しくは

〔一七〕三日の御産《うぶ》養《やしない》—九月十三日の夜

大夫の右衛門の督 中宮大夫右衛門の督藤原斉信。

源中納言　権中納言中宮権大夫源俊賢。

藤宰相　参議中宮権亮藤原実成。

近江の守　従四位下中宮亮近江守源高雅。

[一八]　五日の御産養―九月十五日の夜

屯食　強飯《こわいい》を握り固めて、それを折敷《おしき》の上に

したが、詳しくは見ませんでした。源《げん》中納言と藤《とう》宰相は、若宮の御衣《みそ》や衾《ふすま》、衣箱《ころもばこ》の折立《おたて》、入帷子《いれかたびら》、包み、覆《おお》い、下机などを調進されます。御産養《うぶやしない》のいつもの例で、同じ白一色ですが、作りざまにその人その人の趣向が現われていて、念入りにこしらえてありました。近江《おうみ》の守はその他の全般的なことどもを奉仕するのでしょう。東の対屋の西側の廂《ひさし》の間《ま》は公卿方のお席で、北を上席にして二列に並び、南側の廂の間には、殿上人《てんじょうびと》の席が西を上席にしてあります。白い綾張りのお屏風を、いくつも母屋《もや》の御簾《みす》にそえて外向きに立てめぐらしてあります。

ご誕生五日目の夜は、殿ご主催の御産養が行われました。十五夜の月が曇りなく照って美しい上に、池の水際《みぎわ》近く篝火《かがりび》をいくつも木の下に灯《とも》して、屯食《とじき》どもを立て並べます。身分の低い下衆《げす》の男たちがし

見ず。源《げん》中納言、藤宰相《とうさいしやう》は御衣《みそ》、御襁褓《むつき》、衣筥の折立《をたて》、入帷子《いれかたびら》、包、覆、下机など、同じことの、同じ白さなれど、しざま、人の心々見えつつし尽くしたり。近江《あふみ》の守《かみ》高雅《たかまさ》は、おほかたのことどもや仕うまつるらむ。東《ひむがし》の対の西の廂《ひさし》は、上達部《かむだちめ》の座、北を上《かみ》にて二行《ふたつら》に、南の廂に、殿上人《てんじやうびと》の座は西を上なり。白き綾の御屏風どもを、母屋《もや》の御簾に添へて外《と》ざまに立て渡したり。

五日の夜は、殿の御産養《うぶやしなひ》。十五日の月曇りなくおもしろきに、池の汀《みぎは》近う、篝火どもを木の下に灯しつつ、屯食《とじき》ども立て渡す。怪

盛ったもの。

やべりながら歩きまわっている様子などまでが、晴れがましさを盛り立てるかのようです。主殿寮《とのもづかさ》の役人が立ち並んで松明《たいまつ》をかかげている様子もかいがいしく、昼のように明るいので、あちこちの岩の陰や木の下陰に集まっている公卿がたの随身《ずいじん》ふぜいの者どもでさえ、めいめい話し合っているらしい話題は、このような世の中の光ともいうべき皇子がご誕生になられたことを、陰ながら今か今かと思い願っていましたことも、自分たちの力でついに成就できたのだというような手柄顔で、何ということもなく相好をくずして、いかにも嬉しそうであることですよ。まして土御門《つちみかど》のお邸《やしき》の人たちは、何ほどの人数にも入らない五位の者どもなどまでもが、腰をかがめて会釈《えしやく》しながら、どこへゆくともなく行ったり来たりして、忙しそうな様子をして、満足な世の中に出会ったというような顔つきです。

しき賤《しづ》の男《を》のさへづりありくけしきどもまで、色ふしに立ち顔なり。殿守《とのもり》が立ちわたれるけはひ怠らず、昼のやうなるに、ここかしこの岩がくれ、木《こ》のもとに、うち群れつつをる上達部の随身《ずいじん》などやうの者どもさへ、おのがじし語らふべかめる事は、かかる世の中の光の出でおはしましたる事を、陰にいつしかと思ひしも、及び顔にこそ、そぞろにうち笑み、心地よげなるや。まして殿の内の人は、何ばかりの数にしもあらぬ五位どもなども、そこはかとなく腰うちかがめて行き違ひ、忙しげなるさまして、時にあひ顔なり。

女房が八人　後出の「源式部」以下八人の若女房。

大輔　伊勢大輔。大中臣輔親の娘。

中宮さまにお膳をさし上げるというので、女房が八人、同じ白一色の装束をして、髪上げをし、白い元結《もとゆい》をして、白銀《しろがね》の御盤《ごばん》をささげながら一列に連ねて参内します。今宵《こよい》のご陪膳《ばいぜん》の役は宮の内侍、大層堂々として、きわ立った美しい容姿に加えて、白い元結に一段と引き立って見える髪の下がりばは、いつもよりも好ましい様子で、かざした扇からはずれて見える横顔などは、ほんとうにすっきりして美しゅうございましたよ。

この夜髪上げをした陪膳《ばいぜん》の女房は、源式部《げんしきぶ》加賀の守景ふのむすめ、小左衛門《こざえもん》亡き備中の守道時のむすめ、小兵《こひょ》衛《うえ》左京の大夫明理のむすめ、大輔《たゆう》伊勢の斎主輔親のむすめ、大馬《おおうま》左衛門の大輔頼信のむすめ、小馬《こま》左衛門の佐道順のむすめ、小兵部《こひょうぶ》蔵人なかちかのむすめ、小木工《こもく》木工の允平のぶよしといった人のむすめです、いずれも容貌などの美しい若女房ばかりで、向かい合ってずらりと座って並んでい

御膳《おもの》まゐるとて、女房八人、一つ色にさうぞきて、髪上《かみあ》げ、白き元結《もとゆひ》して、白き御盤《ごばん》もてつづきまゐる。今宵《こよひ》の御まかなひは宮の内侍、いとものものしく、あざやかなるやうだいに、元結ばえしたる髪の下がりば、つねよりもあらまほしきさまして、扇にはづれたるかたはらめなど、いときよげにはべりしかな。

髪上げたる女房は、源式《げんしき》部《ぶ》加賀の守景ふがむすめ、小左《こざ》衛門《ゑもん》故備中の守道時がむすめ、小兵衛左京の大夫《かみ》明理《あきまさ》がむすめ、大輔《たいふ》伊勢の斎主輔親《すけちか》がむすめ、大馬《おほむま》左衛門の大輔頼信《よりのぶ》がむすめ、小馬左衛門の佐道順《みちのぶ》がむすめ、小兵部蔵人なかちかがむすめ、

る様子は、ほんとうに見るかいのあるものでした。いつもは中宮さまのお膳をさし上げるということで、平気で髪を上げることはしているのですが、このような御産養《うぶやしない》の晴れがましいときというので、わざわざしかるべき女房たちをお選びになりましたのに、人前に出るのがつらいとかいやだとかいって、嘆き訴えたりして、全く縁起の悪いほどに思われました。

御帳台の東に面した二間《ふたま》ほどの所に、三十人あまりも並んで座っていた女房たちの様子は、まさに見《み》物《もの》でした。威儀《いぎ》のお膳は妥女《うねめ》たちがさし上げます。妻戸口の方に、御湯殿を隔てて囲んだお屏風に重ねて、もう一双南向きに屏風を立てて、そこに白木の御厨子《ずし》棚《だな》一対に、威儀のお膳を供えておいてあります。夜が更けるにつれて、月が隈なくさしこんでいる所に、妥女、水司《もいとり》、御髪上《みぐしあげ》の女蔵人《にょくろうど》たちや、殿司《とのもり》、

威儀のお膳　儀式の日に形を整えて供するお膳。

水司　後宮十二司の一。水司《もいとりのつかさ》。飲料水・粥・氷室の事などを担当。

殿司　後宮十二司の一。殿司《とのもりつかさ》。輿車・火燭・薪炭の事などを担当。

小木工《こもく》木工《もく》の允《じよう》平のぶよしといひけん人のむすめなり、かたちなどをかしき若人《わかうど》の限りにて、さし向かひつつゐわたりたりしは、いと見るかひこそはべりしか。例は、御《お》膳《もの》参るとて、髪上ぐる事をぞするを、かかる折とて、さりぬべき人びとを選《え》らみたまへりしを、心憂し、いみじと、憂へ泣きなど、ゆゆしきまでぞ見はべりし。

御帳《みちやう》の東面《ひむがしおもて》二間《ふたま》ばかりに、三十余人ゐなみたりし人びとのけはひこそ見ものなりしか。威儀《ゐぎ》の御膳《おもの》は、采女《うねめ》どもまゐる。戸口のかたに、御湯殿《おほんゆどの》の隔ての御屏《みびやう》風《ぶ》に重ねて、また南向きに立てて、白き御厨子《みづし》一よろ

掃司《かんもり》の下女官など、顔も見知らない者も座っています。たぶん闈司《みかどづかさ》などといった役の者でしょうか、いずれも粗略に装束をつけたり化粧したりして、仰山にさした髪飾りも、さも儀式ばった様子で、寝殿の東の縁や渡り廊下の妻戸口まで、隙間もなく無理に入りこんで座っていますので、人が通ることもできません。

お膳をさし上げることがすっかり終わって、女房たちは御簾《みす》のそばに出て座りました。灯火に照らされて、一様にきらきらと見渡される中にも、大式部《おおしきぶ》のおもとの裳や唐衣《からぎぬ》に、小塩山《おしおやま》の小松原の景色が刺繍してありますさまは、大層趣があります。この大式部のおもとは陸奥《みちのくに》の守《かみ》の妻で、このお邸《やしき》の宣旨《せじ》女房ですよ。大輔《たいふ》の命婦は、唐衣には何の意匠もほどこさず、裳を白銀《しろがね》の泥《でい》で大層鮮明に大海の景を摺り出していますのは、ことに目立ったものではありま

ひに参りすゑたり。夜更くるままに、月の隈なきに、采女《うねめ》、水司《もひとり》、御髪上《みぐしあ》げども、殿司《とのもり》、掃司《かんもり》の女官《にょうくわん》、顔も見知らぬをり。闈司《みかどづかさ》などやうの者にやあらむ、おろそかにさうぞき化粧《けさう》じつつ、おどろの髪ざし、おほやけおほやけしきさまして、寝殿の東《ひむがし》の廊《らう》、渡殿《わたどの》の戸口まで、隙《ひま》もなくおしこみてゐたれば、人もえ通りかよはず。

御膳《おもの》参りはてて、女房、御簾のもとに出でゐたり。火影《ほかげ》にきらきらと見え渡る中にも、大式部のおもとの裳、唐衣、小塩山《をしほやま》の小松原を縫ひたるさま、いとをかし。大式部は陸奥《みちのくに》の守《かみ》の妻、殿の宣旨《せんじ》よ。大輔《たいふ》の命婦は、

掃司 後宮十二司の一。掃司《かんもりのつかさ》。舗設・掃除・設備の事などを担当。

闈司 後宮十二司の一。闈司《みかどのつかさ》。後宮の門鍵の管理・出納を担当。

小塩山 京都市西京区の大原山。歌枕として有名。

白銀の泥 銀粉を膠《にかわ》で溶いた塗料。銀泥。

少将のおもと　藤原伊《これ》甫《まさ》の娘。宗相の妻。少将の命婦。

せんが、見た感じがよいです。弁の内侍が、裳に銀泥の洲浜の模様を摺り、そこに鶴を立てている趣向は珍らしいものです。裳の刺繡も松の大枝で、鶴の千年の齢《よわい》と松の常盤《ときわ》を競わせるという趣向で才気が見えます。少将のおもとの裳がこれらの人々の趣向には見劣りする銀箔なのを、人々はひそかに突つき合って笑っています。少将のおもとといいますのは、信濃《しなの》の守佑光《かみすけみつ》の姉妹で、この土御門のお邸の古参の女房です。

その夜のお前の有様が、ぜひ誰かに見せたかったものですから、宿直《とのい》の僧が伺候《しこう》しているお屏風を押し開けて、「この世では、こんなにすばらしいことはまたとご覧になれないでしょう」と申しましたら、僧は「ああ、もったいない、ああ、もったいない」と、本尊をそっちのけにして、手をすり合わせて喜んでいました。

唐衣は手も触れず、裳を白《しろ》銀《がね》の泥《でい》して、いと鮮やかに大海に摺りたるこそ、掲焉《けちえん》ならぬものから、めやすけれ。弁の内侍の、裳に白銀の洲浜《すはま》、鶴を立てたるしざま、めづらし。裳の縫物も、松が枝の齢《よはひ》を争はせたる心ばへ、かどかどし。少将のおもとの、これらには劣りなる白銀の箔《はく》を、人びとつきしろふ。少将のおもとといふは、信濃守佐光《しなののかみすけみつ》がいもうと、殿のふる人なり。

その夜の御前《おまへ》のありさま、いと人に見せまほしければ、夜《よ》居《ゐ》の僧のさぶらふ御屏風を押し開けて、「この世には、かういとめでたきこと、まだ見たまはじ」と、言ひ

渡り廊下　東の対と寝殿を結ぶ橋廊。

攤　打攤《だだ》。擲采《ちようさい》とも。二つの賽《さい》を筒の中に入れてふり出した目を競う遊び。

めづらしき　「さかづき」に「栄月」を、「もち」に「望」をかけ、「さしそふ」に「光がさす」と「盃をさす」をかける。「光」「さしそふ」「もち」「めぐる」は月の縁語。

四条の大納言　藤原公

公卿方は席を立って、渡り廊下の橋の上においでになります。そこで殿をはじめ申して、みなが攤《だ》を打って興じられます。高貴な方々が賭物《かけもの》の紙を得ようと夢中で争われるさまは、あまり好ましいものではありません。

やがてお祝いの歌などが詠《よ》まれます。「女房、盃《さかづき》を」などと言われた時には、どんな歌を詠んだらよいかしらなどと、口々に歌を心の中で試作してみます。

めづらしき光さしそふさかづきはもちながらこそ千代《ちよ》をめぐらめ

（若宮がお生まれになって、すばらしい光のさし添うこのおめでたい盃は、手から手へと望月もさながらに欠けることもなく千年もめぐることでございましょう。）

「四条の大納言に歌を詠んでさし出すような場合は、

はべりしかば、「あなかしこ、あなかしこ」と本尊をばおきて、手を押しすりてぞ喜びはべりし。

上達部、座を立ちて、御《み》橋《はし》の上にまゐりたまふ。殿をはじめたてまつりて、攤《だ》うちたまふ。上《かみ》の争ひ、いとまさなし。

歌どももあり。「女房、盃《さかづき》」などある折、いかがはいふべきなど、口ぐち思ひこころみる。

めづらしき光さしそふさかづきはもちながらこそ千代《ちよ》をめぐらめ

「四条の大納言にさし出で

任。頼忠の子。中納言従二位皇后大夫左衛門督。当年四十三歳。権大納言になったのは寛弘六年三月四日である。

その歌はもちろんのこと、声の出しようなどにも気くばりが必要でしょうね」などと、互いにひそひそ声で言い合っているうちに、何かと事が多くて、夜も大層更けてしまったためでしょうか、とり立てて名指しで歌を詠むように盃をさすこともなく退出されてしまいました。禄《ろく》は公卿方には女の装束に若宮の御衣と御衾《ふすま》が添えてありましたでしょうか。殿上人の四位の者には、袷《あわせ》の衵《あこめ》を一揃いと袴、五位の者には袿《うちき》一揃い、六位には袴を一具賜わるのが見えました。

むほど、歌をばさるものにて、声《こわ》づかひ、用意いるべし」など、ささめきあらそふほどに、こと多くて、夜いたう更けぬればにや、とりわきても指《さ》さでまかでたまふ。禄ども、上達部には、女の装束に御衣《みそ》、御襁褓《むつき》や添ひたらむ。殿上の四位は、袷《あはせ》一かさね、袴、五位は袿《うちき》一かさね、六位は袴一具《ぐ》ぞ見えし。

［一九］月夜の舟遊び―九月十六日の夜

次の日の夜、月がまことに美しく、その上時候までも風情のあるころですので、若い女房たちは舟に乗って遊びます。色とりどりの衣装を着ているときよりも、みな同じように白一色の装束をつけています容姿や髪の様子が、清浄で美しく見えます。小大《こだ》

またの夜、月いとおもしく、ころさへをかしきに、若き人は舟に乗りて遊ぶ。色々なる折よりも、同じさまにさうぞきたるやうだい、髪のほど、曇りなく見ゆ。

小大輔　以下「伊勢人」まで中宮の若女房。

輔《ゆう》、源式部、宮木《みやぎ》の侍従、五節《ごせち》の弁、右近《うこん》、小《こ》兵衛《ひょうえ》、小衛門《こえもん》、馬、やすらひ、伊勢人など、端近く座っていましたのを、左の宰相《さいしょう》の中将と殿のご子息の中将の君がお誘い出しなさって、右の宰相の中将兼隆に棹をささせて、舟にお乗せになります。一部の女房たちはそっと抜けてあとに残りましたが、やはり羨ましい気もするのでしょうか、池の方に目をやりつつ控えていました。大層真っ白な白砂の庭に、月の光が照り返し、その月光に映えた女房たちの白装束の姿や顔つきも、風情のある様子です。

　北の詰所のあたりに牛車がたくさんとまっているといいますのは、内裏の女房たちが来たからなのでした。藤三位《とうさんみ》をはじめとして、侍従の命婦、藤少将の命婦、馬の命婦、左近の命婦、筑前の命婦、少輔《しょう》の命婦、近江の命婦などと聞きました。でも詳しくは顔を見知らない人たちのことですので、間違いも

小大輔《こだいふ》、源式部、宮木《みやぎ》の侍従、五節《ごせち》の弁、右近《うこん》、小兵衛《こひやうゑ》、小衛門《こゑもん》、馬、やすらひ、伊勢人など、端近くゐたるを、左の宰相《さいしやう》の中将、殿の中将の君、誘ひ出でたまひて、右の宰相の中将兼隆に棹ささせて、舟に乗せたまふ。片へはすべりとどまりて、さすがにうらやましくやあらむ、見出だしつつゐたり。いと白き庭に、月の光りあひたる、やうだいかたちも、をかしきやうなる。

　北の陣に車あまたありといふは、上人《うへびと》どもなりけり。藤三位《とうさんみ》をはじめにて、侍従の命婦、藤少将《とうせうしやう》の命婦、馬の命婦、左近《さこん》の命婦、筑前《ちくぜん》の命婦、少輔《せう》の命婦、近江《あふみ》

左の宰相の中将　参議左近衛中将源経房。

殿のご子息の中将の君　道長の五男藤原教通。右近衛権中将。当年十三歳。

藤三位　内裏女房。藤原師輔の娘。従三位典侍藤原繁子。

藤少将の命婦　内裏女房。藤原能子。

近江の命婦　内裏女房。藤原美子。藤原惟憲の妻。

あるかも知れません。内裏の女房たちの突然の来訪に、舟に乗っていた若い人たちも、あわてて家の中へ入ってしまいました。殿がみなの前に出ておいでになって、何のもの思いもないご様子で、歓待したり、冗談をおっしゃったりなさいます。内裏の女房方への贈物を、それぞれの身分に応じてお与えになります。

の命婦などぞ聞きはべりし。詳しく見知らぬ人々なれば、ひがごともはべらむかし。舟の人々もまどひ入りぬ。殿出でゐたまひて、思すことなき御気色に、もてはやしたはぶれたまふ。贈り物ども品々にたまふ。

［二〇］　七日の御産養─九月十七日の夜

蔵人の少将　藤原道雅。伊周の長男。寛弘五年正月任少将。十六歳。

勧学院　藤原氏の子弟教育のための私学校。藤原氏に慶事がある時、学生たちが参上して祝意を表す。これを「勧学院の歩み」という。

ご誕生七日目の夜は、朝廷主催の御産養《うぶやしない》です。蔵人《くろうど》の少将を勅使として、ご下賜品の名を数々書いた目録を、柳筥《やないばこ》に入れて奉ります。中宮さまはその目録を一覧されますと、そのまま宮司《みやづかさ》に返されます。勧学院《かんがくいん》の学生《がくしょう》たちが、整然と威儀をととのえ定まった歩み方をして参入します。その参加者の名簿などを、また中宮さまのご覧に入れます。これもすぐ取り次ぎの宮司《みやづかさ》にお返しになります。禄などをご下賜

七日の夜は、朝廷《おほやけ》の御《おほん》産養《うぶやしなひ》。蔵人《くらうど》の少将道雅《みちまさ》を御使ひにて、ものの数々書きたる文、柳筥《やないばこ》に入れて参れり。やがて返したまふ。勧学院《かんがくゐん》の衆《しゅう》ども、歩みして参れる、見参《げざん》の文どもまた啓す。返したまふ。禄ども賜ふべし。今宵《こよひ》の儀式は、ことにまさりて、おどろお

になることでしょう。今夜の儀式は朝廷の御産養《うぶやしない》ですから一段と盛大で、仰山に騒ぎ立てています。

中宮さまの御帳台の中をおのぞき申し上げましたところ、このような国の母としてあがめ尊ばれなさるような端麗なご様子にもお見えにならず、少しお苦しげで面やせておやすみになっておられますご様子は、いつもよりも弱々しく美しくて、お若く愛らしげでいらっしゃいます。小さい灯炉《とうろ》を御帳台の内にかけてありますので、隅々まで明るい中に、一段と美しいお肌の色がすき通るほどにおきれいでありますうえに、ふさふさとしたお髪《ぐし》は、おやすみのためにこうして結い上げなさいますと、一層見事さをお増しになるものだと思われます。こんなことを申し上げますのも、ほんとうに今更めいた感じがしますので、よく書き続けることもできません。

だいたいの儀式のさまは、先日の五日夜の御産《うぶ》

どろしくののしる。

御帳《みちやう》の内をのぞきまゐらせたれば、かく国の親ともてさわがれたまひ、うるはしき御気色にも見えさせたまはず、すこしうちなやみ、面やせて大殿籠《おほとのごも》れる御ありさま、常よりもあえかに若くうつくしげなり。小さき灯籠《とうろ》を御帳の内に掛けたれば、隈もなきに、いとどしき御色あひの、そこひも知らず清らなるに、こちたき御髪《みぐし》は、結ひてまさらせたまふわざなりけりと思ふ。かけまくもいとさらなれば、えぞ書き続けはべらぬ。

大方の事どもは、ひと日

蔵人の頭二人　蔵人の頭は蔵人の首位で二人おり、一人は近衛の中将、一人は弁官から補する。前者を頭の中将、後者を頭の弁という。ここは源頼定（左中将）と源道方（左中弁）。

衣装を着かえ　お産時の白装束から平常の色とりどりの装束に着がえた。

［二二］　九日の御産養―九月十九日の夜

養《やしない》と同様です。中宮さまから公卿方への禄《ろく》は、御《み》簾《す》の内から女の装束に若宮の御衣などを添えてつかわします。殿上人への禄は、蔵人《くろうど》の頭《とう》二人をはじめとして、順に御簾のそばへ寄って拝受します。朝廷からの禄は、大袿《おおうちき》、衾《ふすま》、腰差《こしざし》など、例によって公式どおりでありましょう。御乳付《ちつけ》の役を奉仕した橘の三位への贈物は、きまりの女の装束に、織物の細長を添えて、銀製の衣箱に納め、その包なども同じように白かったでしょうか。また別に包んだ品を添えて与えられたなどと聞きました。でも私はそれらを詳しくは見ておりません。

八日目の日、女房たちは色とりどりに衣装を着かえました。

ご誕生九日目の夜は、東宮の権《ごん》の大夫《だいぶ》が御産養《うぶやしない》を奉仕なさいます。白い御厨子《みずし》一対に、お祝いの

の同じ事。上達部の禄は、御簾の内より、女の装束、宮の御衣《みそ》など添へて出だす。殿上人、頭《とう》二人をはじめて、寄りつつ取る。朝廷《おほやけ》の禄は、大袿《おほうちき》、衾《ふすま》、腰差《こしざし》など、例のおほやけざまなるべし。御乳付《ちつけ》仕うまつりし橘の三位の贈物、例の女の装束に、織物の細長添へて、白銀《しろがね》の衣筥、包などもやがて白きにや。また包みたる物添へてなどぞ聞きはべりし。詳しくは見はべらず。

八日、人々、色々さうぞき替へたり。

九日の夜は、東宮《とうぐう》の権《ごん》の大夫《だいぶ》仕うまつりたまふ。白

東宮の権の大夫　道長の長男藤原頼通。中宮の同母弟であり、若宮の叔父として産養を奉仕。

品々をのせておいてあります。儀式は大層変わっていて、当世ふうです。銀製の御衣箱には海浦《かいふ》の絵模様がうち出してあり、その中にそびえる蓬莱山《ほうらいさん》など、型通りの趣向ですけれど、当世ふうに精巧でしゃれていますのを、いちいちとり立ててはとても説明し尽くせそうにありませんのが、何としても残念です。

　今夜は、表に朽木《くちき》形《がた》の模様のある几帳を平素と同じように立てて、女房たちは濃い紅の打衣を上に着ています。それが今までの白装束を見なれました目には、ことさら目新しく感じられて、奥ゆかしく優美に見えます。すきとおった薄物の唐衣を通して打衣がつやつやと一様に見渡されますが、また一方では、その思い思いの衣装に、心なしか一人一人の姿もはっきりと見えるのでした。

　この夜は、こまのおもとという人が、宴席で恥をかいた夜でした。

き御厨子《みづし》一よろひに、まゐり据ゑたり。儀式いとさまことに今めかし。白銀の御衣筥、海浦《かいふ》をうち出でて、蓬莱《ほうらい》など例のことなれど、今めかしうこまかにをかしきを、取りはなちては、まねび尽くすべきにもあらぬこそわろけれ。

　今宵《こよひ》は、おもて朽木《くちき》形《がた》の几帳、例のさまにて、人びとは濃きうち物を上に着たり。めづらしくて、心にくくなまめいて見ゆ。透きたる唐衣どもに、つやつやとおしわたして見えたる、また人の姿もさやかにぞ見えなされける。

　こまのおもとといふ人の恥見はべりし夜なり。

［二二］　初孫をいつくしむ道長

とんだことを　ここはおしっこをかけること。

中宮さまは、十月十余日までも御帳台からお出ましになりません。女房たちは、その東母屋の西寄りにある御座《おまし》の所に、夜も昼も控えています。

殿が夜中とつかず明け方とつかずおいでになっては、御乳母《めのと》のふところを探して若宮をおのぞきになるのですが、乳母が気を許して寝ている時などは、何の心用意もなく寝ぼけて目をさましますのも、ほんとうに気の毒に思われます。若宮のまだ何もお分かりにならないころですのに、殿がご自分だけはいい気持ちになって抱き上げておかわいがりになりますのも、ごもっともであり、結構なことです。

またある時は、若宮が殿にとんだことをおしかけになりましたのを、殿は直衣《のうし》の紐をひきといてお脱ぎになり、御《み》几帳《きちょう》のうしろで火にあぶってお乾かしになります。そして、「ああ、この若宮の御尿《しと》に濡《ぬ》れるのは嬉しいことだ。この濡れたのを火にあぶる

十月十余日までも御帳出でさせたまはず。西の傍《そば》なる御座《おまし》に夜も昼もさぶらふ。

殿の、夜中にも暁にも参りたまひつつ、御乳母《めのと》の懐《ふところ》をひきさがさせたまふに、うちとけて寝たるときなどは、何心もなくおぼほれておどろくも、いといとほしく見ゆ。心もとなき御ほどを、わが心をやりてささげうつくしみたまふも、ことわりにめでたし。

ある時は、わりなきわざしかけたてまつりたまへるを、御紐ひき解きて、御几《みき》帳《ちょう》の後ろにてあぶらせたまふ。「あはれ、この宮の御尿《しと》に濡るるは、うれしきわ

のこそ、ほんとうに思い通りにいったような気がするな」とお喜びになります。

中務《なかつかさ》の宮家あたりの御事を、殿は一所懸命になられて、私をその宮家に縁故ある者とお思いになって、いろいろと相談なさいますにつけても、ほんとうに、心の中ではさまざまの思案にくれることが多いのでした。

行幸の日が近くなりましたというので、お邸のうちを一段と手入れをし、立派になさいます。実に見事な菊の株を、あちらこちらから探し出しては、掘って持って来ます。色とりどりに美しく色変わりした菊も、黄色が今見盛りである菊も、種々さまざまに植えこんでありますも、朝霧の絶え間に見渡しました光景は、全く昔から言う通り、老いもどこか

ざかな。この濡れたるあぶるこそ、思ふやうなる心地すれ」と、喜ばせたまふ。

中務《なかつかさ》の宮わたりの御ことを御心に入れて、そなたの心寄せある人とおぼして、語らはせたまふも、まことに心のうちは思ひゐたること多かり。

行幸近くなりぬとて、殿の内をいよいよつくり磨かせたまふ。世におもしろき菊の根を尋ねつつ掘りてまゐる。色々移ろひたるも、黄なるが見どころあるも、さまざまに植ゑたてたるも、朝霧の絶え間に見わたしたるは、げに老《おい》もしぞきぬべ

［二三］　中務の宮家との縁

中務の宮　村上天皇第七皇子具平親王。二品中務卿。当年四十五歳。

［二四］　水鳥に思いよそえて

老いもどこかへ　中国

の伝説では、菊は仙人の愛する花で、菊の露を飲むと老いを忘れるとされた。

へ退散してしまいそうな気持ちがしますのに、どういうものでしょうか、ましてこの人一倍のもの思いが、もしもう少しでもいい加減なものである身の上であったならば、いっそ風流好みに若々しく振る舞って、この無常な世を過ごしもしましょうものを、どういうものか、結構なことやおもしろいことを、見たり聞いたりしますにつけても、ただもう一途に、常々心がけてきました出家遁世の気持ちに、引きつけられます方ばかりが強くて、憂うつで思うにまかせずに、嘆かわしいことばかりが多くなりますのが、実に苦しいのです。でもどうかして今はやはり何もかも忘れてしまおう、いくら思ってみたところでかいのないことですし、こんなことでは罪も深いことだ、などと、夜が明けはなれますとぼんやり外を眺めて、池の水鳥の群が何のもの思いもなさそうに遊び合っているのを見ています。

き心地するに、なぞや、まして思ふことのすこしもなのめなる身ならましかば、すきずきしくももてなし若やぎて、常なき世をも過ぐしてまし、めでたきことおもしろきことを見聞くにつけても、ただ思ひかけたりし心のひくかたのみつよくて、もの憂く、思はずに嘆かしきことのまさるぞ、いと苦しき。いかで今はなほもの忘れしなむ、思ふかひもなし、罪も深かんなりなど、明けたてばうちながめて、水鳥どもの思ふことなげに遊びあへるを見る。

水鳥を 「浮きたる世」はうわついた落ち着かない生活。「浮く」は「水鳥」の縁語。

水鳥を水の上とやよそに見むわれも浮きたる世を過ぐしつつ

（あの水鳥どもを、ただ無心に水の上で遊んでいるはかないものと、よそに見ることができましょうか。わたしだってあの水鳥と同じように、浮いた落ち着かない日々を過ごしているのですから。）

あの水鳥どもも、あんなに楽しそうに遊んでいると見えますけれど、その身になってみますと、きっととても苦しいのだろうと、ついわが身に思いくらべてしまうのです。

水鳥を水の上とやよそに見む
われも浮きたる世を過ぐしつつ

かれもさこそ心をやりて遊ぶと見ゆれど、身はいと苦しかんなりと、思ひよそへらる。

［二五］ 時雨の空

小少将《こしょうしょう》の君が手紙をよこしましたその返事を書いていますと、折から時雨《しぐれ》がさっと降って来ましたので、使いの者も返事を急がせます。「私の気持ちだけでなく、空の様子までもざわついておりますわ」と書いて、拙ない腰折れ歌を書きまぜてあげたでし

小少将の君の文おこせたまへる返り事書くに、時雨《しぐれ》のさとかきくらせば、使ひも急ぐ。「また空の気色もうちさわぎてなむ」とて、腰折れたることや書きまぜ

たりけむ。暗うなりにたるに、たちかへり、いたうかすめたる濃染紙《こぜんし》に、

雲間なくながむる空もかきくらしいかにしのぶる時雨《しぐれ》なるらむ

書きつらむこともおぼえず、

ことわりの時雨の空は雲間あれどながむる袖ぞ乾く間もなき

ようか。もう暗くなっていますのに、折り返し返事が来て、大層濃く紫の雲形に染め出した色紙に、

雲間なくながむる空もかきくらしいかにしのぶる時雨《しぐれ》なるらむ

(ひまもなくもの思いに沈んで眺めております空も、雲の絶え間もなくかきくらし時雨が降っていますが、何をあんなに恋い忍んで降る時雨なのでしょうか。それはあなた恋しさゆえの私の涙の時雨とご存知でしょうか。)

さきにどんな歌を書いてやったのかも思い出せないままに、

ことわりの時雨の空は雲間あれどながむる袖ぞ乾く間もなき

(時節がら当然降る時雨の空には、雲の絶え間もありますけれど、あなたを思ってもの思いにふける私の袖の方は、涙に濡れて乾くひまもありませんわ。)

雲間なく 「雲間なく」は「雲の絶え間なく」と「物思いの絶え間なく」をかける。「かきくらし」も空の様子と心の状態の両意。「しのぶる」に「降る」をかける。「時雨」は涙の比喩。

ことわりの 式部がもの思いの多い心情をのべて、薄幸の小少将の君を慰めた歌。

［二六］土御門邸行幸―十月十六日

竜頭や鷁首の舟　二隻一対の装飾船で、船首にそれぞれ龍と鷁の頭の彫物がついている。

内侍の督の御方　道長の娘妍子。中宮彰子の同母妹。西の対に起居していたのであろう。

行幸の当日、新しく造られた舟どもを、殿は池の水際にさし寄せさせてご覧になります。竜頭《りょうとう》や鷁首《げきす》の舟が、まるで生きている姿も想像されるほど見事な出来で、目がさめるばかりにきれいです。

　行幸は午前八時ごろということですので、まだ夜明け方から女房たちはお化粧をし、用意します。公卿方のお席は、西の対屋《たいのや》ですので、こちらの東の対の方はいつものように騒がしくもありません。あちらの内侍《ないし》の督《かみ》の御方では、中宮さまの方よりかえって女房たちの衣装なども、大層立派にお支度なさるということです。

　明け方に、小少将《こしょうしょう》の君が実家《さと》から帰参されました。一緒に髪をくしけずったりなどします。例によって行幸は八時だとは言っても、きっと遅れて日中になることでしょうと、私たちの油断心はついぐずぐずしていて、扇があまり平凡なので、別に人にあつら

その日、新しく造られたる舟どもさし寄せて御覧ず。龍頭鷁首《りょうとうげきす》の生けるかたち思ひやられて、あざやかにうるはし。

　行幸は辰《たつ》の刻《とき》と、まだ暁より人びとけさうじ心づかひす。上達部の御座《おまし》は西の対《たい》なれば、こなたは例のやうに騒がしうもあらず。内侍《ないし》の督《かん》の殿《との》の御方に、なかなか人びとの装束なども、いみじうととのへたまふと聞こゆ。

　暁に少将の君参りたまへり。もろともに頭《かしら》けづりなどす。例の、さいふとも日たけなむと、たゆき心どもはたゆたひて、扇のいとなほなほしきを、また人にい

えてありますのを、早く持って来てほしいと待っていましたところ、行幸の行列の通過に奏する鼓《つづみ》の音がしますのを聞きつけて、あわててお前へ参上するさまのみっともないこと。

主上の御輿《みこし》をお迎え申し上げます舟楽《ふながく》が、大層趣深く聞こえます。御輿を寝殿の階隠《はしがくし》にかつぎ寄せますの見ますと、駕輿丁《がよちょう》が、あんな低い身分ながらも、階段をかつぎ上って、ひどく苦しそうにして這いつくばっていますのは、何が私の苦しさと違っていましょうか。高貴な人々にまじわっての宮仕えも、身分に限度がありますにつけて、ほんとうに安らかな気持ちがしないことよと思いながら駕輿丁を見つめています。

御帳台の西側に主上のご座所を設けて、南の廂《ひさし》の東の間に御倚子《ごいし》を立ててあるのですが、そこから一間おいて東に離れています部屋の境に、北と南のは

ひたる、持て来《こ》なむと待ちゐたるに、鼓《つづみ》の音を聞きつけて急ぎ参る、さま悪しき。

御輿《みこし》迎へたてまつる船楽《ふながく》いとおもしろし。寄するを見れば、駕輿丁《かよちやう》のさる身のほどながら、階《はし》より昇りて、いと苦しげにうつぶし伏せる、なにのことごとなる、高きまじらひも、身のほどかぎりあるに、いと安げなしかしと見る。

御帳《みちやう》の西面《にしおもて》に御座《おまし》をしつらひて、南の廂《ひさし》の東《ひむがし》の間《ま》に御椅子《ごいし》を立てたる、それよ

舟楽　龍頭鷁首の舟中で奏する音楽。

駕輿丁　御輿を舁《か》く仕丁。

何が私の苦しさと　式部特有の自己回帰的思考。

御倚子　天皇がおすわりになる倚子。

左衛門の内侍　内裏女房。掌侍橘隆子。藤原理明の妻。
御剣　三種の神器の一つで、常に天皇と共にある。
領巾　正装時の装飾で、肩から両脇にかけて垂れる帯状の飾りの布。
裙帯　裳の腰の左右に長く垂れる装飾の紐。
浮線綾　綾の糸目を浮かせて紋様を織り出した綾織物。
櫨緂　櫨色（赤みがかった黄色）と白のだんだら染め。
御璽の箱　御璽（天皇

しに御簾《みす》をかけて仕切って、女房たちが座っていました、その南の柱のところから、簾を少し引き開けて内侍が二人出て来ます。その日のために髪上げをした内侍の端麗な姿は、まるで唐絵《からえ》を美しく描いたようです。左衛門の内侍が御剣を捧持します。青色の無紋の唐衣に裾濃の裳をつけ、領巾《ひれ》と裙帯《くんたい》は浮線《ふせん》綾《りよう》を櫨緂《はじだん》に染めています。表着《うわぎ》は菊の五重《いつえ》、掻練《かいねり》は紅で、その姿やふるまい、時折扇から少しはずれて見える横顔は、華やかで清らな感じです。弁の内侍は御璽《しるし》の箱を捧持します。紅の掻練に葡萄《えび》染《ぞ》めの綾織の袿、裳と唐衣は前の左衛門の内侍のと同じです。とても小柄でかわいらしい感じの人が、気恥ずかしそうにしてやや固くなっていますのは、とても気の毒に見受けられました。扇をはじめとして何かと左衛門の内侍よりも趣向をこらしているように見えます。領巾《ひれ》は楝緂《おうちだん》に染めたもの。その領巾や裙帯《くんたい》をま

り一間《ひとま》隔てて東に当たれる際に、北南のつまに御簾《みす》を掛け隔てて女房のゐたる、南の柱もとより、簾《すだれ》を少しひきあけて内侍二人出づ。その日の髪上げ麗しき姿、唐絵ををかしげに描きたるやうなり。左衛門《さゑもん》の内侍御《み》佩刀《はかし》執る。青色の無紋の唐衣、裾濃《すそご》の裳、領巾《ひれ》、裙帯《くんたい》は浮線綾《ふせんりよう》を櫨緂《はじだん》に染めたり。表着《うはぎ》は菊の五重《いつへ》、掻練《かいねり》は紅、姿つきもてなし、いささかはづれて見ゆる側目《かたはらめ》、はなやかに清げなり。弁の内侍は璽《しるし》の御筥《はこ》。紅に葡萄《えび》染《ぞ》めの織物の袿《うちき》、裳、唐衣は、先の同じごと。いとささやかにをかしげなる人の、つつましげに少しつつみたる

の印）を納めた箱。御剣と共にいつも天皇の身辺から離さず捧持する。

藤中将　従三位参議右近衛権中将藤原兼隆。

とった内侍たちが、まるで夢のようにゆるやかにうねり歩み、すんなりと伸び立つ風情、その衣装は、昔天降《あまくだ》ったという天女の姿もこんなであったろうかとまで思われます。

　近衛府《このえづかさ》の役人たちが、いかにもこの場に似つかわしいいでたちをして、御輿《みこし》のことなどを世話しています。その様子はまことにきらびやかです。藤《とう》中将が御剣や御璽《みしるし》などを受けとって、左衛門の内侍に伝達します。

　御簾《みす》の中を見渡しますと、禁色《きんじき》を許された女房たちは、例のように青色や赤色の唐衣に地摺《じずり》の裳をつけ、表着《うわぎ》は一様にみな蘇芳《すおう》色の織物です。ただ馬の中将だけが、葡萄《えびぞ》染めの表着を着ていました。打《うち》衣《ぎぬ》どもは濃いの薄いのといろいろの紅葉《もみじ》をまぜ合わせたようで、下に着こんだ重ねの袿は、例によってくちなし襲《かさね》の濃いのや薄いのや、紫苑《しおん》襲、うら青の

ぞ心苦しう見えける。扇よりはじめて好みましたりと見ゆ。領巾《ひれ》は棟緂《あふちだん》。夢のやうにもごよひのだつほど、よそほひ、昔天降《あまくだ》りけむ少女子《をとめご》の姿もかくやありけむとまでおぼゆ。

　近衛司《このゑづかさ》、いとつきづきしき姿して、御輿《みこし》のことどもおこなふ、いときらきらし。藤中将、御佩刀《みはかし》などとりて、内侍に伝ふ。

　御簾《みす》の中を見わたせば、色聴《ゆる》されたる人びとは、例の青色、赤色の唐衣に地摺《ぢずり》の裳、表着《うはぎ》は、おしわたして蘇芳《すはう》の織物なり。ただ馬の中将ぞ葡萄《えびぞ》染めを着てはべりし。打物《うちもの》どもは、濃き薄き紅葉《もみぢ》をこきまぜたるや

菊襲、あるいは三枚重ねなどを着たりして、それぞれ思い思いです。

綾織物が許されていない女房たちで、例の年配の人たちは、唐衣は平絹の青色、あるいは蘇芳色など、重ね袿はみな五重で、その重ねどもはすべて綾織です。大海の模様を摺った裳の水の色は華やかで目にしみるようで、裳の大腰《おおごし》の部分は、固紋を多くの人はしています。袿は菊襲の三重《みえ》や五重《いつえ》で、織物の紋様は用いていません。若い女房たちは、菊襲の五重の袿の上に唐衣を思い思いに着ています。中には菊の三重襲の袿で、上は白く青色の上が蘇芳で、下の単衣《ひとえ》は青いのもあります。また菊の五重襲は、一番上が薄い蘇芳で、次々に濃い蘇芳色を重ね、間に白いのをまぜているのもありますが、総じてその配色に趣のあるのだけが気がきいて見えます。言いようもなく珍しく大げさに飾った扇なども幾らか見えま

うにて、中なる衣《きぬ》ども、例のくちなしの濃き薄き、紫《し》苑《をん》色、うら青き菊を、もしは三重《みへ》など、心々なり。

綾聴《ゆる》されぬは、例のおとなおとなしきは無紋の青色、もしは蘇芳などみな五重《いつへ》にて、襲《かさね》どもはみな綾なり。大海の摺裳《すりも》の、水の色はなやかにあざあざとして、腰どもは固紋をぞ多くはしたる。袿《うちき》は菊の三重五重にて織物はせず。若き人は菊の五重の唐衣を心々にしたり。上は白く青きが上をば蘇芳、単衣《ひとへ》は青きもあり。上薄《うす》蘇芳、次々濃き蘇芳、中に白きまぜたるも、すべて仕様《しざま》をかしきのみぞ、かどかどしく見ゆる。言ひ知らず珍

す。

普段うちとけているときこそ整っていない容貌もまじっていれば見分けがつくというものですが、このようにみな精一ぱいに身なりをつくろい、お化粧をして、われ劣らじと飾り立てているさまは、女絵の美しいのにそっくりで差別もつけられず、ただ年齢がふけているのとごく若いのとの区別とか、年配の方の髪が少し衰えている様と、若女房のまだ盛りで豊かなのとの違いばかりが見渡されます。こんな状態では顔を隠した扇の上に出ている額の様子というものが、不思議に人々の容貌を上品にも下品にもして見せるもののようです。こういう中にあって優れていると目につく人こそ、最上の美人なのでありましょう。

行幸の前から、主上付きの女房で中宮さまにも兼ねて仕えています五人は、こちらへ参上して伺候《しこう》し

らしく、おどろおどろしき扇ども見ゆ。

うちとけたる折こそ、まほならぬ容貌《かたち》もうちまじりて見え分かれけれ、心を尽くして繕《つくろ》ひ化粧《けさう》じ、劣らじとしたてたる、女絵のをかしきにいとよう似て、年のほどの大人《おとな》び、いと若きけぢめ、髪の少し衰へたるけしき、まだ盛りのこちたきがわきまへばかり見わたさる。さては、扇より上《かみ》の額《ひたひ》つきぞ、あやしく人の容貌を、品々しくも下《くだ》りてももてなすところなむめる。かかる中に優《すぐ》れたりと見ゆるこそ限りなきならめ。

かねてより、主上《うへ》の女房、宮にかけてさぶらふ五人は、

ています。それは内侍二人、命婦二人、ご陪膳役の人一人です。主上にお膳をさし上げるというので、筑前と左京が一髻《もと》の髪上げをして内侍の出入りする隅の柱の所から出て来ます。これはちょっとした天女です。左京は柳の重ね袿の上に青色の無紋の唐衣、筑前は菊の五枚重ねの袿の上に青色の唐衣、裳はどれもおきまりの地摺りの裳です。ご陪膳役は橘の三位、青色の唐衣を着、唐綾の黄菊襲の袿が表着のようです。これも一髻の髪上げをしてします。ただ私のおります所からは柱の陰になって十分には見えません。

　殿が若宮をお抱き申し上げて、主上のお前《まえ》にお連れ申し上げます。主上が若宮をお抱きとりになりますとき、少々お泣きになるお声がとてもかわいいです。弁の宰相《さいしょう》の君がお守り刀を捧持して進み出られます。母屋の中の戸より西の方、殿の北の方がいら

参り集ひてさぶらふ。内侍二人、命婦《みやうぶ》二人、御まかなひの人一人。御膳《おもの》参るとて、筑前《ちくぜん》、左京《さきやう》、一もとの髪上げて、内侍の出で入る隅の柱もとより出づ。これはよろしき天女なり。左京は青色に柳の無紋の唐衣、筑前は菊の五重の唐衣、裳は例の摺裳なり。御まかなひ橘の三位。青色の唐衣、唐綾の黄なる菊の袿ぞ上着なむめる。一もと上げたり。柱隠れにてまほにも見えず。

　殿、若宮抱《いだ》きたてまつりたまひて、御前《おまへ》にゐてたてまつりたまふ。主上《うへ》、抱き移したてまつらせたまふほど、いささか泣かせたまふ御声いと若し。弁の宰相の

筑前　内裏女房。筑前の命婦。

左京　内裏女房。左京の命婦。和泉守藤原脩政の妻か。

橘の三位　典侍従三位橘徳子。二六ページで若宮の乳付の役になっている。

[二七]　管弦の御遊び。人々加階―同日の夜

万歳楽・太平楽　「万歳楽」は隋楽の曲名で平調。「太平楽」以下は唐楽の曲名で、「太平楽」と「長慶子」は太食《たいしき》調。「賀殿」は壱《いち》越《こつ》調。

っしゃいますその方に、若宮をお連れ申し上げなさいます。主上が御簾の外にお出ましになりましてから、宰相の君は私たちのいる席に帰って来て、「とても目立って、きまりの悪い思いをしたわ」と言って、ほんとに赤くなっておられますお顔は、上品で美しい様子です。着物の色合いにしても、このお方はほかの人たちよりも一段と引き立つように着ていらっしゃいます。

　日が暮れて行くにつれて、奏楽どもが大層趣深く聞こえます。公卿方は主上のお前《まえ》に伺候なさいます。万歳楽《まんざいらく》、太平楽《たいへいらく》、賀殿《がてん》などという舞曲を奏し、長慶《ちょうけ》子《いし》を退出音声《まかでおんじょう》に演奏して、楽船が築山《つきやま》の先の水路のあたりを漕ぎめぐってゆくとき、だんだん遠ざかっていきますにつれて、笛の音《ね》も鼓の音《おと》も松風も、奥深い木立《こだち》の中に一つに響き合ってとても趣がありま

君、御佩刀《みはかし》執りて参りたまへり。母屋の中戸より西に殿の上おはする方にぞ、若宮はおはしまさせたまふ。主上、外《と》に出でさせたまひてぞ、宰相の君はこなたに帰りて、「いと顕証《けさう》に、はしたなき心地しつる」と、げに面《おもて》うち赤みてゐたまへる顔、こまかにをかしげなり。衣《きぬ》の色も、人よりけに着はやしたまへり。

　暮れゆくままに、楽《がく》どもいとおもしろし。上達部、御前にさぶらひたまふ。万《まん》歳楽《ざいらく》、太平楽《たいへいらく》、賀殿《がてん》などいふ舞ども、長慶子《ちやうげいし》を退出《まかで》音《おん》声《じやう》にあそびて、山の先の道をまふほど、遠くなりゆくままに、笛の音《ね》も、鼓の音《おと》

退出音声　舞楽が終り、舞人が退出する際に奏する楽。

亡くなられた女院　東三条院詮子。一条帝の生母。長保三年（一〇〇一）閏十二月二十三日に薨じた。

す。
　大層よく手入れをされた遣水《やりみず》が、さも満足げな様子でさらさらと流れ、池の水は波が立ちさざめいて、何となく寒さを覚える時ですのに、主上は御衵《あこめ》をただ二枚だけお召しになっておられました。それを左京の命婦が、自分が寒いものですから、主上にご同情申し上げますのを、女房たちはくすくす忍び笑いをしています。筑前《ちくぜん》の命婦は、「亡くなられた女院さまのご在世の折には、このお邸への行幸は、実にたびたびあったことですよ。あの折には、その時には」などと、故女院のことを思い出していいますのを、不吉な涙もこぼしかねませんので、人々は厄介なことだと思って、ことさら相手にもならさず、几帳を隔てている様子です。「まあ、その時はどんなでしたでしょう」などとでも言う人がいようものなら、それこそきっと涙をこぼしてしまったことでし

も、松風も、木《こ》深く吹きあはせて、いとおもしろし。
　いとよく払らはれたる遣《やり》水《みづ》の心地ゆきたる気色して、池の水波たち騒ぎ、そぞろ寒きに、主上《うへ》の御衵《あこめ》ただ二つたてまつりたり。左京の命婦の己《おの》が寒かめるままに、いとほしがりきこえさするを、人々は忍びて笑ふ。筑《ちく》前《ぜん》の命婦は、「故院のおはしましし時、この殿の行幸《みゆき》はいと度々ありし事なり。その折、かの折」など、思ひ出でて言ふを、ゆゆしき事もありぬべかめれば、煩はしとて殊にあへしらはず、几帳隔ててあるなめり。「あはれ、いかなりけむ」などだに言ふ人あらば、う

右大臣 右大臣正二位藤原顕光《あきみつ》。当年六十五歳。

左衛門の督 藤原公任。

ょう。

主上のお前で管弦のお遊びが始まって、大層興が乗って来ました時分に、若宮のお声がかわいらしく聞こえます。右大臣が、「ほれ、万歳楽《まんざいらく》が若宮のお声に和して聞こえますよ」と言って、その場を引き立たせ申し上げます。左衛門の督などは、「万歳、千秋」と声を揃えて朗詠し、ご主人の大殿は、「ああ、これまでの行幸を、どうして名誉あることと思ったのだろう。今日のようなそれ以上の光栄なこともあったものを」と、酔い泣きをなさいます。今さら改めて言うまでもないことですが、殿ご自身も、今日の行幸のかたじけなさを心から感じていらっしゃいますご様子なのは、ほんとうに結構なことです。

殿はあちらの方へお出ましになります。主上は御《み》簾《す》の中へお入りになられて、右大臣をお前にお召しになり、右大臣は筆をとって加階の名簿をお書きに

ちこぼしつべかめり。

御前《おまへ》の御遊び始まりて、いとおもしろきに、若宮の御声《おほんこゑ》うつくしう聞こえたまふ。右の大臣《おとど》、「万歳楽《まんざいらく》、御声にあひてなむ聞こゆる」と、もてはやしきこえたまふ。左衛門《さゑもん》の督《かみ》など、「万歳《まんざい》、千秋《せんしう》」と諸声《もろごゑ》に誦《ず》じて、主人《あるじ》の大殿《おほいどの》、「あはれ、さきざきの行幸を、などて面目《めいぼく》ありと思ひたまへけむ。かかりけることもはべりけるものを」と、酔《ゑ》ひ泣きしたまふ。さらなることなれど、御自《みづか》らも思《おぼ》し知るこそいとめでたけれ。

殿は、あなたに出でさせたまふ。主上《うへ》は入らせたまひて、右の大臣《おとど》を御前に召

頭の弁　源道方。重信の子。正四位上蔵人左中弁備中権守。四十歳。

右衛門の督　藤原斉信。

侍従の宰相　藤原実成。

なります。中宮職の役人や、このお邸の家政を司るしかるべき者は、みんな位階が上がります。頭の弁に命じて、その加階の草案は奏上させられるもようです。

親王宣下《せんげ》という新しい若宮のご慶祝のために、この殿の一族の公卿方が、うち揃ってお礼の拝舞を申し上げます。藤原氏であっても家門の分かれた人々は、その列にもお立ちになりませんでした。次に親王家の別当に任ぜられた右衛門《えもん》の督《かみ》が拝舞なさいます。この方は中宮の大夫《だいぶ》ですよ。次には中宮の亮《すけ》、これは今度位の上がった侍従の宰相《さいしょう》のこと。次々に人々が拝礼の舞踏をなさいます。主上が中宮さまの御帳台にお入りになって間もないうちに、「夜が大層更けました。御輿を寄せます」と人々が声高に言いますので、主上は御帳台からお出ましになられました。

して、筆とりて書きたまふ。宮司《みやづかさ》、殿の家司《けいし》のさるべき限り、加階す。頭《とう》の弁《べん》して案内は奏せさせたまふめり。

新しき宮の御慶《よろこ》びに、氏《うぢ》の上達部ひき連れて、拝したてまつりたまふ。藤原ながら門《かど》分かれたるは、列にも立ちたまはざりけり。次に、別当《べたう》になりたる右衛門《ゑもん》の督《かみ》、大宮の大夫《だいぶ》よ。宮の亮《すけ》、加階したる侍従の宰相《さいしやう》。次々の人舞踏《ぶたふ》す。宮の御方に入らせたまひてほどもなきに、「夜いたう更けぬ。御輿《みこし》寄す」とののしれば、出でさせたまひぬ。

〔二八〕御産剃《うぶそ》り、職司《しきし》定め—十月十七日

またの朝《あした》に、内裏《うち》の御使《おほんつかひ》、朝霧も晴れぬに参れり。うちやすみ過ぐして、見ずなりにけり。今日ぞ初めて削《そ》いたてまつらせたまふ。ことさらに行幸の後《のち》とて。

また、その日、宮の家司《けいし》、別当《べたう》、おもと人など、職《しき》定まりけり。かねても聞かで、ねたきこと多かり。

日ごろの御しつらひ、例ならずやつれたりしを、あらたまりて、御前のありさまいとあらまほし。年ごろ心もとなく見たてまつりたまひける御ことのうちあひて、明けたてば、殿の上も参りたまひつつ、もてかし

その翌朝、主上から後朝《きぬぎぬ》の文《ふみ》使いが、朝霧もまだはれないうちにやって来られました。私はつい寝すごして、それを見ないで過ごしてしまいました。今日始めて若宮のお髪《ぐし》をお剃り申し上げなさいます。とくに行幸の後にしようということで、今までお剃りにならずにおかれたのです。

また、その日に、若宮付きの家司や別当や侍者などの職官が定まりました。そのことを前もって聞いていませんでしたので、残念に思うことが多いです。

このごろの中宮さまのお部屋の設備は、お産のために平素と違って簡素でしたが、またもとに改まって、お前の有様は全く申し分がありません。この数年来待ち遠しくお思いになられていました皇子誕生のことが思い通りになって、夜が明けますと、すぐに殿の北の方も若宮の所へやって来られては、大切にお世話なさいます。その華やかで盛んなご様子は、

とくに行幸の後　「そぐ」が「殺ぐ」「退く」に通ずるのを忌んで行幸前を避けた。

殿の北の方　道長の正妻倫子。

まことに格別な趣です。

日が暮れて月がまことに風情のあるころに、中宮の亮《すけ》が誰か女房に会って、特別に位が上がったお礼でも中宮さまに啓上させようというのでしょうか、妻戸のあたりも若宮のお産湯《うぶゆ》をおつかいの様子で湯気に濡れて人音もしなかったので、こちらの渡り廊下の東の端にある宮の内侍《ないし》の部屋に立ち寄って、「ここにおいでですか」と声をおかけになります。さらに宰相《さいしょう》は私のいる中の間《ま》に寄って、まだ桟《さん》のさしていない蔀格子《しとみごうし》の上側を押し上げて、「いらっしゃいますか」などと言われましたが、出て行かないでおりますと、今度は中宮の大夫《だいぶ》が、「ここにおいでですか」とおっしゃいます。それまでも聞かないふりをしていますのも、もったいぶっているようですので、ちょっとした返事などをします。お二人と

づききこえたまふ、にほひいと心ことなり。

暮れて月いとおもしろきに、宮の亮《すけ》、女房にあひて、とりわきたるよろこびも啓せさせむとにやあらむ、妻戸のわたりも御湯殿《おほんゆどの》のけはひに濡れ、人の音もせざりければ、この渡殿《わたどの》の東《ひむがし》のつまなる宮の内侍《ないし》の局《つぼね》に立ち寄りて、「ここにや」と案《あ》内《ない》したまふ。宰相《さいしやう》は中の間に寄りて、まだ鎖さぬ格子の上《かみ》押し上げて、「おはすや」などあれど、答《いら》へもせぬに、大夫《だいぶ》の、「ここにや」とのたまふにさへ、聞き忍ばむもことごとしきやうなれば、はかなき答へなどす。

［二九］　中宮の大夫と中宮の権の亮

中宮の亮　中宮権亮藤原実成。

宰相　中宮の亮と同人。藤原実成。宰相は参議の唐名。

中宮の大夫　中宮大夫藤原斉信。

今日の尊さや　催馬楽「安名尊」の一句。「あな尊　けふの尊さや　古《いにしへ》もはれ　古もかくやありけむや　けふの尊さ　あはれそこよしや　けふの尊さ」

も全く何のもの思いもないようなご様子です。宰《さい》相《しょう》は、「わたしへのご返事はなさらないでおいて、大夫を特別にご待遇なさるなんて、もっともなことですがよくないですな。こんな私的なところに上官との差別をはっきりつけるなんてありますか」とお咎《とが》めになります。そして「今日の尊さや…」などと、催馬楽《さいばら》をいい声でお謡《うた》いになります。

夜が更けるにつれて、月がとても明るい風情です。「格子の下をとりはずしなさいよ」とお二人はお責めになりますけれども、ひどく品格を下げてこんなところに公卿方が座りこまれるのも、このような私的な場所とはいいますものの、やはりみっともないことです。年若い人ならばものの道理をわきまえないようにたわむれていても大目に見てもらえるでしょうが、しかし私が何でそんなことができましょうか、不謹慎なことだと思いますので、下格子はとり

いと思ふことなげなる御けしきどもなり。「わが御答へはせず、大夫を心ことにもてなしきこゆ。ことわりながらわろし。かかる所に、上臈《じやうらふ》のけぢめ、いたうは分くものか」とあはめたまふ。「今日の尊とさ」など、声をかしううたふ。

夜更くるままに、月いと明かし。「格子のもと取りさけよ」と、せめたまへど、いと下《くだ》りて上達部のゐたまはむも、かかる所といひながら、かたはらいたし、若やかなる人こそ、もののほど知らぬやうにあだへたるも罪許さるれ、なにか、あざればましと思へば、放たず。

はずさないでいます。

[三〇] 御五十日《いか》の祝い――十一月一日

ご誕生五十日目のお祝いは、十一月一日の日でした。例のごとく女房たちが着飾って参上し集まった中宮さまのお前の有様は、絵に描いた物合わせの場面にとてもよく似ていました。

　御帳台の東のご座所のきわに、御几帳《みきちよう》を奥の御障子の所から廂《ひさし》の間の柱まで、隙間もないように立てきって、南面の廂の間に、若宮や中宮さまのお膳部はお供えしてあります。その中の西側寄りのが母宮さまのお膳で、例のように、きっと沈《じん》の折敷《おしき》とか何やかやの立派なお膳台でありましたでしょう。私はそちらのことは見ておりません。ご陪膳役は宰相《さいしよう》の君讃岐《さぬき》で、お取り次ぎの女房も、釵子《さいし》や元結《もとゆい》などをしています。若宮のご陪膳役は大納言の君で、東側に寄った所にお膳を供え据えてあります。小さいお

御五十日《おほんいか》は霜月《しもつき》の朔日《ついたち》の日。例の人びとのしたてて参う上り集《つど》ひたる御前《おまへ》のありさま、絵に描きたる物合せの所にぞ、いとよう似てはべりし。

　御帳《みちやう》の東《ひむがし》の御座《おまし》の際《きは》に、御几帳《みきちやう》を奥の御障子《みさうじ》より廂《ひさし》の柱まで隙《ひま》もあらせず立てきりて、南面《みんなみおもて》に御前の物は参り据ゑたり。西によりて、大宮の御膳《おもの》、例の沈《ぢん》の折敷《をしき》、何くれの台なりけむかし。そなたのことは見ず。御まかなひ宰相《さいしやう》の君讃岐《さぬき》、取り次ぐ女房も、釵子《さいし》、元《もと》結《ゆひ》などしたり。若宮の御ま

少輔の乳母　内裏女房。敦成親王の乳母。

膳台やいくつかのお皿ども、お箸の台、洲浜なども、まるで雛遊びの道具のように見えます。そこから東にあたる廂の御簾を少し開けて、弁の内侍、中務の命婦、小中将の君といった主だった女房だけが、それぞれお膳を取り次いではさし上げます。私は奥の方に座っていて、それらについて詳しくは見ておりません。

この夜、小輔《しょう》の乳母《めのと》が禁色《きんじき》の着用を許されます。いかにも端正な様子をしています。若宮をお抱き申し上げて、御帳台の内側で殿の北の方がお抱きとり申し上げなさって、お座りになられたまま進み出られます、その北の方の灯火に照らし出されましたお姿は、格別ご立派なご様です。赤色の御唐衣に地摺りの御裳をきちんとお召しになっておられますのも、もったいなくもあり、また感慨深く見受けられます。中宮さまは、葡萄《えび》染襲《ぞめかさね》の五重の御袿《うちき》に、蘇芳の小袿

かなひは大納言の君、東に寄りて参り据ゑたり。小さき御台、御皿ども、御箸の台、洲浜《すはま》なども、雛《ひひな》遊びの具と見ゆ。それより東の間の廂の御簾少しあけて、弁の内侍、中務の命婦、小中将の君など、さべい限りぞ、取り次ぎつつ参る。奥にゐて詳しうは見はべらず。

今宵《こよひ》、少輔《せふ》の乳母《めのと》、色聴《ゆる》さる。ただしきさまうちしたり。宮抱《いだ》きたてまつり、御帳の内にて、殿の上抱き移したてまつりたまひて、ゐざり出でさせたまへる火《ほ》影《かげ》の御さま、けはひことにめでたし。赤色の唐《から》の御衣《みそ》、地摺《ぢずり》の御裳、麗しくさうぞきたまへるも、かたじけな

殿がお手ずから　五十日《いか》・百日《ももか》には、父または外祖父が手ずから箸を取り、小児の口に餅を含ませる儀式がある。

お二人の大臣　右大臣顕光と内大臣公季。

四位の少将　従四位下右近衛少将。源雅通。

脂燭　長さ五〇センチほどの松の棒の先端に油をぬり、手元に紙屋《こうや》紙《がみ》を巻いたもの。携行用の灯火。

をお召しになっておられます。五十日《いか》の祝餅は、殿がお手ずから若宮にさし上げなさいます。

　公卿方のお席は、いつものように東の対の西廂です。もうお二人の大臣もおいでになりました。公卿方は渡り廊下の橋の上にいらして、また酔い乱れて大騒ぎになります。多くの折櫃物《おりびつもの》や籠物《こもの》など、それは殿の方から殿の家司方が取り次いで献上したものですが、それらを高欄にそってずっと並べて飾り立てました。松明《たいまつ》の光がおぼつかないので、四位の少将などを呼び寄せて、脂燭《しそく》をつけさせて、人々はそれらの飾り物を見ます。それらは宮中の台盤所に持ってまいることになっていますのに、明日からは主上の御物忌《ものいみ》ということですので、今夜のうちにみな急いでとり片付けてしまいます。その間に中宮の大夫が御簾のもとに参って、「公卿方をお前にお召し下さいますよう」と、中宮さまに申し上げなさいま

くもあはれにも見ゆ。大宮は葡萄染《えびぞめ》の五重《いつへ》の御衣、蘇《す》芳《はう》の御小袿《こうちき》たてまつれり。殿、餅《もちひ》はまゐりたまふ。

　上達部の座は、例の東《ひむがし》の対の西面《にしおもて》なり。いま二所の大臣《おとど》も参りたまへり。橋の上に参りて、また酔《ゑ》ひ乱れてののしりたまふ。折櫃物《をりびつもの》、籠物《こもの》どもなど、殿の御方より、まうち君たち取り続きて参れる、高欄に続けて据ゑ渡したり。立明《たちあかし》の光の心もとなければ、四位の少将などを呼び寄せて、脂燭《しそく》させて人々は見る。内裏《うち》の台盤所《だいばんどころ》にもて参るべきに、明日《あす》よりは御物忌《ものいみ》とて、今宵みな急ぎて取り払ひつ。宮の大夫《だいぶ》、御簾のもとに参

す。お聞き届けになられたということですので、殿をはじめ申し上げて、公卿方はみなお前においでになります。正面のきざはしの東の間を上座にして、そこから東の廂《ひさし》の妻戸の前までお座りになっています。女房たちは二重三重になってずらりと並んで座らされました。御簾を、ちょうどその間その間に座っておられた女房たちが、寄っては巻き上げなさいます。

　大納言の君、宰相《さいしょう》の君、小少将《こしょうしょう》の君、宮の内侍というふうに座っていらっしゃいます。右大臣が寄っていらして、御几帳《みきちょう》の垂絹《たれぎぬ》の開いた所を引きちぎって酔い乱れなさいます。いい年をして、とみなが突つき合っているのも知らずに、女房の扇を取り上げ、みっともない冗談などもいろいろおっしゃいます。中宮の大夫《だいぶ》が盃を持って、右大臣の方へ出ておいでになりました。催馬楽の「美濃山《みのやま》」を謡《うた》ったりして、

りて、「上達部、御前に召さむ」と啓したまふ。「聞こし召しつ」とあれば、殿より始めたてまつりて、みな参りたまふ。階《はし》の東《ひむがし》の間を上《かみ》にて、東の妻戸の前までゐたまへり。女房、二重《ふたへ》、三重《みへ》づつゐ渡りて、御簾どもをその間《ま》に当りてゐたまへる人々、寄りつつ巻き上げたまふ。

　大納言の君、宰相《さいしやう》の君、小少将《こしようしよう》の君、宮の内侍とゐたまへり。右の大臣《おとど》寄りて、御几帳のほころび引き断ち乱れたまふ。「さだ過ぎたり」とつきしろふも知らず、扇を取り戯《たはぶ》れごとのはしたなきも多かり。大夫《だいぶ》かはらけ取りて、そなたに出でた

催馬楽の「美濃山」
「美濃山に繁《しじ》に生ひたる　玉柏　豊明《とよのあかり》に　会ふが楽しさや　会ふが楽しさや」。

管弦のお遊びもほんの形ばかりですが大変おもしろいです。

その次の間の東の柱下に、右大将が寄りかかって、女房たちの衣装の褄《つま》や袖口の襲《かさね》の色を観察していらっしゃいますご様子は、ほかの人とは格段に違っています。私はみなが酔い乱れて何も分からないのに気を許して、また人に誰と知られるはずもあるまいなどと思って、右大将にちょっと言葉なども話しかけてみましたところ、ひどく当世風に気どっている人よりも、右大将は一段とご立派でいらっしゃるようでした。祝杯の順がまわって来て即興の賀歌を詠進するのを、右大将は恐れておられましたけれど、例のいい古された千年万代《ちとせよろづよ》のお祝い歌ですませました。

左衛門《さえもん》の督《かみ》が、「失礼ですが、このあたりに若紫はおいででしょうか」と、几帳の間からおのぞきに

まへり。「美濃山《みのやま》」謡《うた》ひて、御遊びさまばかりなれど、いとおもしろし。

その次の間の東の柱もとに、右大将寄りて、衣《きぬ》の褄《つま》、袖口かぞへたまへるけしき、人よりことなり。酔ひのまぎれをあなづりきこえ、また誰れとかはなど思ひはべりて、はかなきことども言ふに、いみじくざれ今めく人よりも、けにいと恥づかしげにこそおはすべかめりしか。盃《さかづき》の順《ずん》の来るを、大将はおぢたまへど、例のことなしびの、「千歳万代《ちとせよろづよ》」にて過ぎぬ。

左衛門《さゑもん》の督《かみ》、「あなかしこ、このわたりに若紫やさ

右大将　藤原実資。当年五十二歳。

左衛門の督　藤原公任。当年四十三歳。

三位の亮　藤原実成。後の侍従の宰相も同人。
父の内大臣　内大臣藤原公季。実成の父。
権中納言　藤原隆家。
兵部のおもと　中宮女房。九月九日に倫子からの菊のきせ綿を式部に届けたことがあった（一一ページ）。
［三一］　八千歳《やちとせ》の君が御代
殿のご子息たち　頼通。教通など。
宰相の中将　藤原兼隆。

なります。源氏の君に似ていそうなほどのお方もお見えになりませんのに、ましてあの紫の上などがどうしてここにいらっしゃるものですか、と思って、私は聞き流していました。「三位《さんみ》の亮《すけ》、盃を受けよ」などと殿がおっしゃいますので、侍従の宰相《さいしょう》は立って、父の内大臣がそこにおられますので、敬って前を通らず、南の階段の下から殿のお前に進み出ましたのを見て、内大臣は感激のあまり酔い泣きをなさいます。権中納言は隅の間の柱の下に近寄って、兵部のおもとの袖を無理に引っぱっておりますし、聞きにくいふざけ声など殿はご注意なさいません。

　何だかこわいことになりそうな今夜のご酩酊《めいてい》のご様子を見てとって、宴が終わりますとすぐに、私は宰相《さいしょう》の君と申し合わせて隠れてしまおうとしますと、東面の間には殿のご子息たちや宰相の中将などが入

ぶらふ」と、うかがひたまふ。源氏に似るべき人も見えたまはぬに、かの上はまいていかでものしたまはむと、聞きゐたり。「三位《さんみ》の亮《すけ》、かはらけ取れ」などあるに、侍従の宰相立ちて、内《うち》の大臣《おとど》のおはすれば、下より出でたるを見て、大臣酔ひ泣きしたまふ。権中納言、隅の間の柱もとに寄りて、兵部のおもとひこしろひ、聞きにくきたはぶれ声も、殿のたまはず。

　恐ろしかるべき夜の御酔《ゑひ》なめりと見て、事果つるままに、宰相《さいしやう》の君に言ひ合はせて、隠れなむとするに、東面《ひむがしおもて》に殿の君達、宰相の

りこんで騒がしい様子です。そこで二人で御帳台《みちょうだい》の後ろに座って隠れていますと、殿は隔てている几帳をお取り払いになって、二人いっしょに袖を捉えてそこへお座らせになりました。「お祝いの和歌を一首ずつお詠《よ》み申せ。そうしたら許してつかわそう」と殿は仰せになります。うるさくもあり、おそろしくもありますので、こう申し上げます。

いかにいかが数へやるべき八千歳《やちとせ》のあまり久しき君が御代《みよ》をば

（幾千年にも余るあまりにも久しい若宮さまの御代をば、どうして、どのようにして数えあげることができましょうか、いいえ、決してできません。）

「ほほう、うまく詠んだものよなあ」と、殿は二度ばかりお声に出してうたわれて、即座に仰せられることには、

あしたづのよはひしあらば君が代の千歳《ちとせ》の数も

中将など入りて、騒がしければ、二人御帳《みちょう》の後ろにゐ隠れたるを、取り払はせたまひて、二人ながら捉へ据ゑさせたまへり。「和歌一つ仕うまつれ。さらば許さむ」と、のたまはす。いとわびしく恐ろしければ聞こゆ。

いかにいかが数へやるべき八千歳《やちとせ》のあまり久しき君が御代《みよ》をば

「あはれ、仕うまつれるかな」と、二たびばかり誦《ず》せさせたまひて、いと疾《と》うのたまはせたる、

あしたづのよはひしあ

いかにいかが 「いかに」に「五十日」をかけ、「八千歳のあまり」に「あまり久しき」をかけ続ける。「五十日」を巧みに詠みこんで若宮の将来の長寿繁栄を祝った歌。

あしたづの 「あした

づ」は葦の生えた水辺の略。千年の時の齢を積んで若宮の将来をいつまでも長生きして見届けたいと詠む。

かぞへとりてむ
（わたしに千年の寿命を保つという鶴の齢《よわい》さえあったら、若宮の御代の千年の数も数えとることができるだろうよ。）

あれほどひどく酔っておられる御心地にも、詠まれたお歌はいつもお心にかけておられる若宮のことの趣ですので、ほんとうにしみじみとそのお心もごもっともと思われます。全くこのように殿が若宮を大切に取り扱われるからこそ、すべての栄光も一層おまさりになるのでありましょう。千年でも満足できないほどの末長い若宮のご将来のお栄えが、私のような人数にも入らない者の気持ちにさえも、ひたすら思い続けられるのです。

「宮さま、お聞きですか。上手に詠《よ》みましたよ」と、殿はご自分でお褒めになって、「宮の御父としてわたしは不相応でないし、わたしの娘として宮も恥ず

らば君が代の千歳《ちとせ》の数
もかぞへとりてむ

さばかり酔ひたまへる御心地にも、おぼしけることのさまなれば、いとあはれにことわりなり。げにかくもてはやしきこえたまふにこそは、よろづのかざりもまさらせたまふめれ。千代もあくまじき御ゆくすゑの、数ならぬ心地にだに思ひ続けらる。

「宮の御前《おまへ》、聞こしめすや。仕うまつれり」と、我《われ》ぼめしたまひて、「宮の御父《てて》に

かしくなくいらっしゃる。母上もまた幸福だと思って笑っておいでのようだ。きっとよい夫を持ったことだと思っているのだろうな」と、おたわむれ申し上げなさいますのも、格別のご酩酊の勢いにまぎれてのことと見受けられます。ご冗談だけでたいしたこともありませんので、不安な気持ちはしながらも結構なことと思います。殿の戯《ざ》れ言を聞いておいでになった北の方は、聞きづらいと思われたのでしょうか、あちらへお出でになるご様子ですので、「お送りしないといって母上がお恨みなさるといけないな」と言って、殿は急いで御帳台の中をお通り抜けになります。「宮はさぞ無作法だとお思いだろう。だが、この親があるからこそ子供も立派になったのだ」と、ひとりごとをおっしゃるのを、女房たちはお笑い申し上げます。

てまろ悪《わろ》からず、まろが娘にて宮悪《わろ》くおはしまさず。母もまた幸ひありと思ひて、笑ひたまふめり。良い夫《をとこ》は持たりかし、と思ひたんめり」と、戯《たはぶ》れきこえたまふも、こよなき御酔ひの紛《まぎ》れなりと見ゆ。さることもなければ、騒がしき心地はしながらめでたくのみ。聞きゐさせたまふ殿の上は、聞き憎しと思《おぼ》すにや、渡らせたまひぬるけしきなれば、「送りせずとて、母恨みたまはむものぞ」とて、急ぎて御帳の内を通らせたまふ。「宮なめしと思《おぼ》すらむ。親のあればこそ子も賢《かし》こけれ」と、うち呟《つぶや》きたまふを、人々笑ひきこゆ。

［三二］ 御冊子《みそうし》づくり――十一月中旬

物語のお冊子　この冊子作りは式部が主になって書写の依頼や整本をとりしきっているので、『源氏物語』と考えられる。

中宮さまが内裏へ還御なさるべきことも近くなりましたけれど、女房たちは、行事がいろいろと引き続いてゆっくりとくつろぐ暇《いとま》もないのに、中宮さまには、物語のお冊子《そうし》をお作りになられるというので、私は夜が明けますと真っ先にお前にさし向かい伺候《しこう》して、色とりどりの紙を選び揃えて、それに物語のもとの本を添えては、あちらこちらに書写を依頼する手紙を書いてくばります。また一方では、書写したものを綴じ集めて整理するのを仕事にして日を送ります。殿は、「どのような子持ちが、この冷たい時節にこんなことをなさるのか」と、中宮さまに申し上げなさいますものの、上等の薄様の紙とか、筆、墨などを、何度か持っておいでになり、はては硯までも持っておいでになりましたので、中宮さまがその硯を私にご下賜になりましたのを、殿は大げさに惜しみ騒いで、「いつも物の奥で向かいはべってい

入らせたまふべきことも近うなりぬれど、人々はうちつぎつつ心のどかならぬに、御前には御冊子《みさうし》作りいとなませたまふとて、明けたてば、まづ向かひ候《さぶら》ひて、色々の紙選り調《ととの》へて、物語の本ども添へつつ、所々に文《ふみ》書き配る。かつは綴じ集めしたたむるを役にて明かし暮らす。「なぞの子持ちか、冷たきにかかるわざはせさせたまふ」と、聞こえたまふものから、よき薄様ども、筆、墨など、持て参りたまひつつ、御硯をさへ持て参りたまへれば、取らせたまへるを、惜しみののしりて、「ものの奥にて向かひ候《さぶら》ひて、かかるわざし

て、こんな仕事をしはじめるとは」とお咎《とが》めになります。けれど殿は、立派な墨挟みや墨や筆などを私に下さいました。

自分の部屋に物語の原本を実家《さと》から取り寄せて隠しておきましたのを、私が中宮さまのお前に出ている間に、殿がこっそり部屋においでになって、お探し出しになって、みんな内侍《ないし》の督《かん》の殿《との》にさし上げておしまいになりました。まずまずという程度に書き直しておいた本は、みな紛失してしまっていて、手直しをしていないのがみなの目に触れることになってしまい、きっと気がかりな評判をとったことでしょうよ。

内侍の督の殿　道長の次女妍子。

［三三］　若宮の成長

若宮は、もう「あ、う」などとお声をお出しになります。主上におかせられましては、若宮の御参内の日を待ち遠しくお思いになりますのも、まことに

出づ」とさいなむ。されど、よき継ぎ、墨、筆など賜《たま》はせたり。

局《つぼね》に物語の本《ほん》ども取りにやりて隠しおきたるを、御前にあるほどに、やをらおはしまいて、あさらせたまひて、みな内侍《ないし》の督《かん》の殿《との》にたてまつりたまひてけり。よろしう書きかへたりしはみなひき失ひて、心もとなき名をぞとりはべりけむかし。

若宮は御物がたりなどせさせたまふ。内裏《うち》に心もとなくおぼしめす、ことわり

もっともなことです。

［三四］ 里居の物憂い心

お前のお庭の池に、水鳥の群《むれ》が日に日に多くなっていきますのを見ながら、中宮さまが宮中へお帰りにならない前に雪が降ってくれればよいのに、このお前のお庭の雪景色は、どんなにか趣があることだろうと思いますうちに、ついちょっと実家《さと》に退出しました間、二日ほどたってあいにくにも雪が降ったではありませんか。何の見どころもない古里の庭木《こ》立《だち》を見ますにつけても、憂鬱であれこれと思い乱れて、夫の死後数年来、所在なさにただ茫然ともの思いに沈んで明かし暮らしては、花の色を見ても鳥の声を聞いても、また春秋の移り変わる空の様子や月の光、霜、雪を見ては、その時節がめぐって来たのだなあと、かろうじて思い知っては、一体わが身は結局どうなることだろうと思いますばかりで、行く

なりかし。

御前の池に、水鳥どもの日々に多くなり行くを見つつ、入らせたまはぬさきに雪降らなむ。この御前のありさま、いかにをかしからむと思ふに、あからさまにまかでたるほど、二日ばかりありてしも雪は降るものか。見所もなきふるさとの木《こ》立《だち》を見るにも、ものむつかしう思ひ乱れて、年ごろつれづれにながめ明かし暮らしつつ、花鳥の色をも音《ね》をも、春秋に行き交ふ空のけしき、月の影、霜、雪を見て、その時来にけりとばかり思ひ分きつつ、いかに

末の心細さは晴らしようもないのでしたけれど、それでもとるにも足りない物語などにつけて、ちょっと話を交わす人で気心の合う人とは、しみじみと手紙を書きかわしたり、いささか疎遠な縁故などをたよってまでも文通したりしたものですが、ただこのような物語をいろいろといじり、とりとめがない話に所在のなさを慰めたりして、自分など世の中に存在価値のある人間とは思いませんものの、今さしあたっては恥ずかしい、つらいと思い知るようなことだけは免れて来ましたのに、宮仕えに出てからは、ほんとうにわが身のつらさを残ることなく思い知ることですよ。

　そんな気持ちも慰むかと、ためしに物語の本をとり出して読んでみても、以前見たときのようにおもしろいとも思われず、あきれるほど味気なくて、かつて愛着を感じた人で親しく語り合った友も、宮仕

やいかにとばかり、行く末の心細さはやる方なきものから、はかなき物語などにつけて、うち語らふ人、同じ心なるは、あはれに書き交はし、すこしけ遠きたよりどもを尋ねてもいひけるを、ただこれをさまざまにあへしらひ、そぞろごとにつれづれをば慰めつつ、世にあるべき人数とは思はずながら、さしあたりて恥づかし、いみじと思ひ知る方ばかり逃れたりしを、さも残ることなく思ひ知る身の憂さかな。

　試みに物語を取りて見れど、見しやうにもおぼえず、あさましく、あはれなりし人の語らひしあたりも、わ

物語の本を 自作の『源氏物語』であろう。

えに出た私をどんなにかあつかましく浅はかなものと軽蔑しているだろうと推量しますと、そんな邪推をすることさえもひどく恥ずかしくて手紙も出せません。人から奥ゆかしく見られようと思っている人は、いいかげんな宮仕え女では手紙もとり散らすであろうなどと、つい疑う気にもなるでありましょうから、そんな人がどうして私の内心や今の有様を深く推察してくれようかと思いますと、それももっともなことで、ひどくつまらない気がしますので、交際が中絶えするというわけではありませんが、しぜんと音沙汰がなくなる人も多いのです。また、私が宮仕えに出ていつも家に落ち着いていない身になってしまったと推量して、訪れてくる人も来にくくなったりして、すべてがちょっとしたことにつけてもまったく別世界に来ているような気持ちが、ほかならぬこのわが家に帰って一層強く感じられ、何やら

れをいかに面《おも》なく心浅きものと思ひおとすらむと、おしはかるに、それさへいと恥づかしくて、えおとづれやらず。心にくからむと思ひたる人は、おほぞうにては文《ふみ》や散らすらむなど、疑はるべかめれば、いかでかは、わが心のうち、あるさまをも深うおしはからむと、ことわりにて、いとあいなければ、仲絶ゆとなけれど、おのづからかき絶ゆるもあまた。住み定まらずなりにたりとも思ひやりつつ、おとなひ来る人も難《かた》うなどしつつ、すべてはかなきことにふれても、あらぬ世に来たる心地ぞ、ここにてしもうちまさり、ものあはれな

りける。

　ただ、えさらずうち語らひ、すこしも心とめて思ふ、こまやかにものを言ひかよふ、さしあたりておのづから睦び語らふ人ばかりを、すこしもなつかしく思ふぞ、ものはかなきや。

　大納言の君の、夜《よる》々は御《お》前《まへ》にいと近う臥したまひつつ、物語したまひしけはひの恋しきも、なほ世にしたがひぬる心か。

　浮き寝せし水の上のみ恋しくて鴨の上毛《うはげ》にさへぞ劣らぬ

しみじみとした悲しみに閉ざされるのです。

　今の私には、ただ宮仕えでやむをえず話をして、多少なりとも心をかけて思う人とか、ねんごろにものを言いかわす人とか、さしあたってしぜんと仲よく話をし合う人ぐらいが、ほんの少々慕わしく思われるばかりですのは、ほんとうに頼りないことですよ。

　大納言の君が、毎夜中宮さまのお前近くおやすみになっては、お話をなさったご様子が恋しく思われますのも、やはり世間のならわしに順応してしまった心なのでしょうか。

　浮き寝せし水の上のみ恋しくて鴨の上毛《うはげ》にさへぞ劣らぬ
（ご一緒に仮寝した中宮さまのお前ばかりがひたすら恋しく思われて、ひとり里居の身にしみ入る冷たさは、鴨の上毛《うわげ》に置く霜の冷たさにも劣りません

大納言の君　中宮付きの上臈女房。源扶義の娘廉子。

浮き寝せし　「浮き寝」「水の上」「鴨の上毛」は縁語。「浮き」に「憂き」をかける。中宮の御前の夜を恋いつつ、里居の寂しさを訴えたもの。

わ。）

返歌

うちはらふ友なきころの寝覚めにはつがひし鴛《を》
　鴦《し》ぞ夜半《よは》に恋しき

（おしどりがお互いに上毛の霜を払い合うような友のいないこのごろの夜半《よわ》のねざめには、いつも一緒にいらしたあなたのことが恋しくてなりませぬ。）

歌の書き様までが実に趣深いのを、すべてに申し分のないお方だこと、と思って拝見します。

「中宮さまが雪をご覧になって、折も折あなたが実家《さと》に退出したことをひどく残念がっていらっしゃいますのよ」と、女房たちも手紙でおっしゃいます。殿の北の方からのお手紙には、「私が引きとめたお里帰りなものだから、ことさらに急いで退出して、『すぐに帰参しましょう』と言ったのもうそで、実家《さと》にいつまでもいるようね」とおっしゃって来られ

返し、

うちはらふ友なきころ
　の寝覚めにはつがひし
　鴛《を》鴦《し》ぞ夜半《よは》に恋しき

書きざまなどさへいとをかしきを、まほにもおはする人かなと見る。

「雪を御覧じて、折しもまかでたることをなむ、いみじく憎ませたまふ」と、人びとものたまへり。殿の上の御消息には、「まろがとどめし旅なれば、ことさらに急ぎまかでて、『疾く参らむ』とありしもそらごと

うちはらふ　贈歌の鴨を鴛鴦《おしどり》に言いかえ、それがいつも一つがいでいる習性をふまえて、いつも一緒にいた式部を恋う気持ちを詠む。

〔三五〕 中宮内裏還啓―十一月十七日

宮の宣旨 中宮付きの宣旨役の女房。中納言源伊陟《これただ》の娘陟子《たかこ》。

少輔の乳母 若宮の乳母。五十日《いか》の夜に禁色を許された。

ましたので、たとえそのお言葉がご冗談にもせよ、私も早く帰参すると申し上げたことですし、このようにわざわざお手紙を下さったことですので、恐縮に思って参上しました。

　中宮さまが宮中へお入りになるのは十七日です。時刻は午後八時ごろなどと聞いていましたけれど、だんだん延びて夜も更けてしまいました。みんな髪上げをして控えている女房は三十人余り、その顔などはよく見分けられません。母屋《もや》の東面の間《ま》や東の廂《ひさし》に、主上付きの女房も十人余り、私たちとは南の廂の妻戸を隔てて座っていました。

　中宮さまの御輿《みこし》には宮の宣旨《せんじ》が陪乗します。糸毛のお車には殿の北の方、それに少輔《しょう》の乳母が若宮をお抱き申し上げて乗ります。大納言の君と宰相《さいしょう》の君は黄金《こがね》造りの車に、次の車には小少将《こしょうしょう》の君と宮の内

にて、ほど経《ふ》るなめり」と、のたまはせたれば、たはぶれにても、さ聞こえさせ、たまはせしことなれば、かたじけなくて参りぬ。

　入らせたまふは十七日なり。戌《いぬ》の刻《とき》など聞きつれど、やうやう夜更けぬ。みな髪上げつつゐたる人、三十余人、その顔ども見え分かず。母屋《もや》の東《ひむがし》面《おもて》、東の廂《ひさし》に内裏《うち》の女房も十余人、南の廂の妻戸隔ててゐたり。

　御輿《みこし》には宮の宣旨《せんじ》乗る。糸毛《いとげ》の御車《みくるま》に殿の上、少輔《せふ》の乳母《めのと》若宮抱きたてまつりて乗る。大納言、宰相の君、黄金造《こがねづく》りに、次の車に小少

馬の中将　中宮女房。左馬頭藤原相尹《すけまさ》の娘。

殿の宣旨の式部　道長家女房。大式部のおもと。三六ページに「陸奥の守の妻」とある。

侍、その次の車に私は馬の中将と乗りましたのを、中将が好ましくない人と乗り合わせたと思っている様子ですのは、まあもったいぶってと、一層このような宮仕えが煩わしく思われたことでした。殿司《とのもり》の侍従の君、弁の内侍、その次に左衛門《さえもん》の内侍《ないし》と殿の宣旨の式部というところまでは順序がきまっていて、それから次々の女房たちは例のように思い思いに乗車しました。車を降りますと月が限なく照らしていますので、何ときまりが悪いことかと思い思い、足も地につかない気持ちでした。馬の中将の君を先に立てて行きますので、どこへ行くのかも分からず、おぼつかない足どりでついてゆきます。その奇妙な格好は、私の後ろ姿を見る人がどう見たことだろうかと思いますと、ほんとうに恥ずかしく思われました。

細殿の三つ目の戸口の部屋に入って横になってい

将、宮の内侍、次に馬の中将と乗りたるを、わろき人と乗りたりと思ひたりしこそ、あなことごとしと、いとどかかるありさまむつかしう思ひはべりしか。殿司《とのもり》の侍従の君、弁の内侍、次に左衛門《さゑもん》の内侍、殿の宣旨式部とまでは次第知りて、次々は例の心々にぞ乗りける。月の隈なきに、いみじのわざやと思ひつつ足をそらなり。馬の中将の君を先に立てたれば、行方も知らずたとたどしきさまこそ、わが後ろを見る人、恥づかしくも思ひ知らるれ。

細殿の三の口に入りて臥

ますと、小少将《こしょうしょう》の君もいらっしゃって、やはりこういう宮仕えの生活のつらいことなどを語り合いながら、寒さで冷えきってこわばった衣装などを脱いで隅へ押しやり、厚ぼったい綿入れの着物を着重ねて、香炉に火を入れて、体もすっかり冷えきってしまった者同志が、お互いの不体裁な有様を言っていますと、侍従の宰相、左の宰相の中将、公信《きんのぶ》の中将などが次々に寄ってきては言葉をかけますのも、かえって煩わしく思われます。今夜はいないものと思われて過ごしたいものだと思っていますのに、ここにいることを誰かに尋ねてお聞きになったのでありましょう。「明朝早く参りましょう。今夜はがまんできないほど寒くて、体もすくんでおりますから」などと、別段これということもない挨拶をしては、こちらの詰所の門の方から出て行きます。めいめいわが家をさして急いで帰って行くのですけれど、一体どれほ

したれば、小少将の君もおはして、なほかかるありさまの憂きことを語らひつつ、すくみたる衣《きぬ》ども押しやり、厚ごえたる着重ねて、火取に火をかき入れて、身も冷えにける、もののはしたなさを言ふに、侍従の宰相《さいしやう》、左の宰相の中将、公信《きんのぶ》の中将など、次々に寄り来つつとぶらふも、いとなかなかなり。今宵《こよひ》はなきものと思はれてやみなばやと思ふを、人に問ひ聞きたまへるなるべし。「いと朝《あした》に参りはべらむ。今宵は耐へがたく、身もすくみてはべり」など、ことなしびつつ、こなたの陣のかたより出づ。おのがじし家路と急ぐも、何ばか

侍従の宰相　中宮権亮藤原実成。

左の宰相の中将　参議左近衛中将源経房。

公信の中将　右近衛中将藤原公信。

どの女性が待っているのだろうかなどと、しぜんそんな思いで見送られます。こんなことをつい思いますのは、わが身の上に引き寄せて言うのではありません。世間一般の男女の間柄とか、ことに小少将《こしょうしょう》の君がとても上品で美しいご様子で、しかもそのような人の世をすっかり憂うつでつらいものに思いこんでいらっしゃるのを見るからです。この君は父君がご出家になったことからご不幸が始まって、そのお人柄に比してご運が格段にお悪いようなのですよ。

父君がご出家に　小少将の君の父源時通は、永延元年（九八七）四月に出家した。

[三六]　殿から宮への贈物

昨夜の殿からの御贈物を、中宮さまは今朝になって一つ一つていねいにご覧になります。御髪箱《おぐしばこ》の中のお道具類は言葉に言い尽くしようもなく、見ていてもきりのないほどに立派です。手箱が一対、その一方には白い色紙を綴じた本の類、『古今集』『後撰集』『拾遺集』などで、その歌集一部はそれぞれ五

りの里人ぞはと思ひ送らる。わが身に寄せてははべらず、おほかたの世のありさま、小少将の君の、いとあてにをかしげにて、世を憂しと思ひしみてゐたまへるを、見はべるなり。父君よりことはじまりて、人のほどよりは、幸ひのこよなくおくれたまへるなめりかし。

昨夜《よべ》の御贈物、今朝ぞこまかに御覧ずる。御櫛《くし》の筥《はこ》の内の具ども、言ひ尽くし見やらむかたもなし。手筥《てばこ》一具《よろひ》、片つ方には白き色紙作りたる御冊子《みさうし》ども、『古今』『後撰集』『拾遺抄』、

帖に作って、能書家の侍従の中納言と延幹《えんかん》とに、おのおの冊子一帖に四巻をあててお書かせになっています。表紙はうす絹で、紐も同じうす絹の唐様の組紐で、懸子《かけご》の上段に入れてあります。下段には大中臣能宣《よしのぶ》や清原元輔《もとすけ》のような、昔や今の著名な歌人たちの家集を書き写して入れてあります。延幹と近澄《ちかずみ》の君とが書いたものは、もとより立派なもので、これらはもっぱら中宮さまがお身近におかれてお使いになるべきものとして、見たこともない見事な装丁にお作りになられましたのは、また当世風で様子が変わっています。

五節の舞姫は、二十日《はつか》に内裏に参入します。中宮さまは侍従の宰相《さいしょう》に舞姫の装束などをお遣わしになります。右の宰相の中将が、舞姫に日陰《ひかげ》の鬘《かずら》の御下賜をお願い申し上げましたのをお遣わしになります。

その部どものは五帖に作りつつ、侍従の中納言、延幹《えんかん》と、おのおの冊子一つに四巻をあてつつ書かせたまへり。表紙は羅《ら》、紐同じ唐の組、懸子《かけご》の上に入れたり。下には能宣《よしのぶ》、元輔《もとすけ》やうの、いにしへいまの歌よみどもの家々の集書きたり。延幹と近澄《ちかずみ》の君と書きたるは、さるものにて、これはただけ近うもてつかはせたまふべき、見知らぬものどもにしなさせたまへる、今めかしうさまことなり。

五節《ごせち》は二十日《はつか》に参る。侍従の宰相に舞姫の装束などつかはす。右の宰相の中将の五節にかづら申されたる、

侍従の中納言　藤原行成。能書家で三蹟の一人として著名。

延幹　大納言清蔭の孫。能書の僧。

大中臣能宣　『後撰集』の撰者で梨壺の五人の一人。

清原元輔　『後撰集』の撰者で梨壺の五人の一人。清少納言の父。

［三七］　五節の舞姫
—十一月二十日

五節の舞姫　「五節」は大嘗会・新嘗会に催す女楽。舞姫は公卿か

ら二人（大嘗会は三人）、受領から二人選ばれる。

侍従の宰相に　この年の舞姫は、侍従宰相藤原実成の娘、宰相の中将藤原兼隆の娘、丹波の守高階業遠の娘、尾張の守藤原中清の娘の四人が選ばれた。

そのついでに箱一対にお香を入れ、飾りの造花には梅の花をつけて、妍を競うようにしてお贈りになられました。

さしせまって急に用意される例年よりも、今年は一段と競いに競い合って立派だとの評判でありましたが、当日は東のご座所の向かいにある立蔀《たてじとみ》の所に、隙間もなくずっと続けて灯した灯《ひ》の光が、昼間よりもきまりが悪いほどあかあかと照らしています。その所へ舞姫たちがしずしずと歩いて入場してきます様子なども、よくもまあ平気でとりすましていることよとしきりに思いますけれど、それは他人ごととばかりは思われません。わたしたちもただこのように、殿上人と面と向かって顔をつき合わせ、脂燭《しそく》を照らしていないというだけのことなのです。幔幕をひきめぐらしてさえぎってあるとしても、中の大体の様子はさぞ同じようにあらわに見えることでしょ

つかはすついでに、筥一よろひに薫物《たきもの》入れて、心葉《こころば》、梅の枝《え》をして、いどみきこえたり。

にはかにいとなむ常の年よりもいどみましたる聞こえあれば、東の御前の向かひなる立蔀《たてじとみ》に、ひまもなくうちわたしつつ灯したる火の光、昼よりもはしたなげなるに、歩み入るさまども、あさましうつれなのわざやとのみ思へど、人の上とのみおぼえず。ただかう殿上人のひたおもてにさし向かひ、脂燭《しそく》ささぬばかりぞかし。屏幔《へいまん》ひき、おひやるとすれど、おほかたのけしきは、同じごとぞ見るらむと思ひ出づるも、まづ胸ふた

業遠の朝臣　高階業遠。東宮権亮丹波の守。受領として舞姫を奉った一人。

中清　藤原中清。受領として舞姫を奉った一人。

右の宰相の中将　藤原兼隆。公卿として舞姫を奉った一人。

うと、わが身について思い出しますにつけても、まず胸のふさがる思いがします。

業遠《なりとお》の朝臣の舞姫の介添役は、錦の唐衣を来て、闇の夜にも他にまぎれず、ひときわ珍しく見えます。衣装を幾重にも着重ねて身動きもしなやかでないように見えます。それを殿上人が格別ねんごろに世話をしています。こちらの中宮さまのご座所に主上もお渡りになって舞姫をご覧になります。殿もそっと遣戸《やりど》の北側の方にいらっしゃっていますので、気ままにもできず煩わしいことです。

中清《なかきよ》の舞姫の介添役は、背丈がみんな同じくらいに揃っていて、まことに優雅で奥ゆかしい様子は、ほかのにまさるとも劣らないと評定されます。右の宰相《さいしょう》の中将の介添役は、なすべきことは十二分に手を尽くしてありました。その中の下仕えの女二人のきちんとした身づくろいが、どこかひなびていると、

がる。

業遠《なりとほ》の朝臣のかしづき、錦の唐衣、闇の夜にもものに紛れず、珍しう見ゆ。衣《きぬ》がちに、身じろきもたをやかならずぞ見ゆる。殿上人心殊にもてかしづく。こなたに主上《うへ》も渡らせたまひて御覧ず。殿も忍びて遣戸《やりど》より北におはしませば、心に任せたらずうるさし。

中清《なかきよ》のは、丈《たけ》どもひとしくととのひ、いとみやびかに心にくきけはひ、人に劣らずと定めらる。右の宰相《さいしやう》の中将の、あるべきかぎりはみなしたり。樋洗《ひすまし》の二人ととのひたるさまぞさとび

人々はほほえんでいるようでした。最後に藤《とう》宰相のは、そう思って見ますせいか、現代的で格別の趣があります。介添の女房は十人います。孫廂の御簾をおろして、その下からこぼれ出ている衣装の褄《つま》なども、さも得意然として誇らしげに見せているのよりは、一段と見ばえがして、灯火の光の中に美しく見渡されます。

寅《とら》の日の朝、殿上人が中宮さまのお前に参上します。例年のことですけれど、ここ数か月のご退出の間に里なれてしまったのでしょうか、若い女房たちはそれを珍しいと思っている様子です。それにしても、今日はまだあの珍らしい青摺衣《あおずりごろも》も見えないことです。

その宵方、中宮さまは東宮の亮《すけ》をお召しになって薫物《たきもの》を賜わります。大きめの箱一つにうずたかくお

たりと、人ほほ笑むなりし。はてに、藤《とう》宰相の、思ひなしに今めかしく心ことなり。かしづき十人あり。又廂《またびさし》の御簾下ろして、こぼれ出でたる衣《きぬ》の褄《つま》ども、したり顔に思へるさまどもよりは、火影《ほかげ》に見どころまさりて、見えわたさる。

寅《とら》の日の朝《あした》、殿上人参る。つねのことなれど、月ごろにさとびにけるにや、若人たちのめづらしと思へるけしきなり。さるは、摺れる衣も見えずかし。

その夜さり、東宮の亮《すけ》召して、薫物《たきもの》賜ふ。大きやか

藤宰相　藤原実成。公卿として舞姫を奉った一人。

［三八］　殿上の淵酔《えんずい》・御前の試み――二十一日

寅の日　御前の試みの日。

青摺衣　小忌衣《おみごろも》のことで、神事にたずさわる者たちが着る祭服。

東宮の亮　東宮権亮高階業遠。

尾張の守　尾張守藤原中清。

御前の試み　五節の二日目寅の日に清涼殿で行われる五節舞。

小兵衛や小兵部　中宮女房。二人とも三四ページの五夜の産養の折に、髪上げの女房として見えた。

入れになられました。尾張の守へは殿の北の方が遣わされました。その夜は御前《ごぜん》の試みとかで、中宮さまも清涼殿へおいでになってご覧になります。若宮さまもご一緒ですので、魔よけの散米《うちまき》をし、高声をたてるのが例年とは違った気持ちがします。

　私は気が進みませんので、しばらく局で休んで、そのときの様子に従って御前に参上しようと思っていましたところ、小兵衛《こひょうえ》や小兵部《こひょうぶ》なども囲炉裏《いろり》のそばに座って、「とても狭いものだから、思うようによくものも見えませんわ」などと言っていますときに、殿がおいでになって、「どうしてこんなことをして過ごしているのかね。さあ一緒に参ろう」とおせきたてになりますので、不本意ながら御前に参上しました。舞姫たちがどんなにか苦しいことであろうと思って見ていますと、尾張《おわり》の守の舞姫が気分が悪いといって退出して行きます、その様子がまるで

なる筥一つに、高う入れさせたまへり。尾張《をはり》へは殿の上ぞ遣はしける。その夜は御前《ごぜん》の試みとか、上に渡らせたまひて御覧ず。若宮おはしませば、散米《うちまき》しののしる。常に異なる心地す。

　もの憂ければしばしやすらひて、ありさまにしたがひて参らむと思ひてゐたるに、小兵衛《こひやうゑ》、小兵部《こひやうぶ》なども、炭櫃《すびつ》にゐて、「いとせばければ、はかばかしうものも見えはべらず」など言ふほどに、殿おはしまして、「などて、かうて過ぐしてはゐたる。いざもろともに」と、せめたてさせたまひて、心にもあらず参う上りたり。舞姫どものいか

夢のように見えることですよ。やがて御前《ごぜん》の試みが終わって、中宮さまはお部屋におさがりになりました。

　このころの若い殿方たちは、もっぱら五節所《ごせちどころ》の趣深いことを話しています。「簾のはしや帽額《もこう》さえも、それぞれの部屋ごとに趣が変わっていて、そこに出仕している介添の女たちの髪格好や立居の物腰などさえ、決して同じではなくそれぞれに趣がある」などと、聞きづらいほどに話しています。

　今年のように舞姫たちの美しさを競い合わない普通の年でさえも、童女御覧《わらわごらん》の日の童女たちの気持ちは、並たいていの緊張ではありませんのに、まして今年はどんなであろうなどと気にかかって、早く見たいと思っていますと、やがて介添えの女房と並んで次々に歩み出て来ました様子には、もうわけもな

に苦しからむと見ゆるに、尾張《をはり》の守のぞ、心地悪しがりて往ぬる、夢のやうに見ゆるものかな。こと果てて下りさせたまひぬ。

　このごろの君達は、ただ五節所《ごせちどころ》のをかしきことを語る。「簾の端、帽額《もかう》さへ心々にかはりて、出でゐたる頭《かしら》つき、もてなすけはひなどさへ、さらにかよはず、さまざまになむある」と、聞きにくく語る。

　かからぬ年だに御覧《ごらん》の日の童女《わらは》の心地どもは、おろかならざるものを、まして いかならむなど、心もとなくゆかしきに、歩み並びつつ出で来たるは、あいなく胸つぶれて、いとほしくこ

五節所　五節の舞姫の控所。五節の局ともいう。

帽額　御簾や御帳の上辺に横に引き渡した布。

［三九］　童女御覧《わらわごらん》の儀—二十二日

童女御覧　卯の日に舞姫の付添の童女らを帝が清涼殿に召して御覧になる行事。

く胸がつまって、ほんとうに気の毒な感じがします。といいましても、別にとりわけ深く好意を寄せなければならない人もいないのですよ。われもわれもとあれほど人々が自信をもってさし出したことだからでありましょうか、どれにも目移りしてしまって、その優劣もはっきりとは見分けられません。現代的な感覚をもった人の目には、きっとすぐにその優劣も見分けがつくことでありましょう。ただこのように陰もない昼中に、顔を隠す扇も満足に持たせずに、大勢の殿方が立ちまじっている所で、まあ相当な身分心用意の人たちとはいいますものの、やはり人に負けまいと競い合う気持ちも、どんなにか気おくれがすることだろうと、むしょうに気の毒に思われますのは、全くわれながら融通のきかない思いですよ。

丹波の守の童女《わらは》の着ている青い白つるばみの汗衫《かざみ》を美しいと思っていましたところ、藤宰相《とうさいしょう》の童女に

丹波の守の童女　高階業遠の舞姫付きの童女。

そあれ。さるは、とりわきて深う心寄すべきあたりもなしかし。我も我もと、さばかり人の思ひてさし出でたる事なればにや、目移りつつ、劣り勝《まさ》りけざやかにも見え分かず。今めかしき人の目にこそ、ふとものけぢめも見とるべかめれ。ただかく曇りなき昼中に、扇もはかばかしくも持たせず、そこらの君達のたちまじりたるに、さてもありぬべき身の程、心用ゐといひながら、人に劣らじと争《あらそ》ふ心地も、いかに臆すらむと、あいなくかたはらいたきぞ、かたくなしきや。

丹波《たば》の守の童女《わらは》の青い白《しら》橡《つるばみ》の汗衫《かざみ》、をかしと思ひ

藤宰相の童女　藤原実成の舞姫付きの童女。

宰相の中将　藤原兼隆。

は赤い白つるばみの汗衫を着せて、その下仕えの童女には、唐衣に青い白つるばみを対照させて着せているのは、妬ましいほどに気がきいた趣向です。その童女の容貌も、丹波の守の方の一人はそれほど整っているとは見えません。宰相の中将のは童女がみな背丈がすらりとしていて、髪の様子も美しいです。その中の物馴れしすぎた一人の童女を、どんなものでしょうか、あまりよくないのでは、などと人々は話題にしました。みんな濃い紅の衵《あこめ》を着て、表着《うわぎ》はおのおのさまざまです。汗衫はみな五重のものを着ています中に、尾張《おわり》の守は童女にただ葡萄《えび》染《ぞめ》の襲《かさね》だけを着せています。それがかえって由緒ありげな趣のある様子で、衣装の色合いや光沢なども、大層優れています。下仕えの童女《わらわ》の中にとても容貌の優れている者が、その扇を置かせようとして六位の蔵人などが近寄ると、自分から進んで扇を投げてやった

たるに、藤宰相《とうさいしやう》の童女は、赤色を着せて、下仕への唐衣に青色をおしかへしたる、ねたげなり。童女のかたちも、一人はいとまほには見えず。宰相の中将は、童女いとそびやかに、髪どもをかし。馴れすぎたる一人をぞ、いかにぞや、人のいひし。みな濃き衵《あこめ》に、表着《うはぎ》は心々なり。汗衫は五重なる中に、尾張《をはり》はただ葡萄《えび》染《ぞめ》を着せたり。なかなかゆゑゆゑしく心あるさまして、ものの色合ひ、つやなど、いとすぐれたり。下仕への中にいと顔すぐれたる、扇取るとて六位の蔵人《くらうど》ども寄るに、心と投げやりたるこそ、やさしきものから、あまり

のは、けなげなこととはいうものの、あまりにも女らしくないのではないかと思われます。もしも私たちをあの人たちと同じように人前に出ていよというのでしたら、やはりこんな批評めいたことを言っていましても、あがってしまってうろうろ歩きまわるだけでしょうよ。私だって以前はこんなにまで人前に立ち出ようなどとは想像したことでありましょうか。けれども目の前に見ながらもどうしようもなく浅はかなものは人間の心ですから、私とてこれから以後のあつかましさは、ただもう宮仕えにすっかり慣れすぎて、男と直接に顔を合わせるようなこともきっとたやすくなることでしょうと、わが身の成り行きが夢のように思い続けられて、果てはあってはならないことにまで想像が及んで、そら恐ろしく思われますので、眼前の盛儀にも例によって目がとまることもないのでした。

女にはあらぬかと見ゆれ。われらを、かれがやうにて出でゐよとあらば、またさてもさまよひありくばかりぞかし。かうまで立ち出でむとは思ひかけきやは。されど、目にみすみすあさましきものは、人の心なりければ、今より後のおもなさは、ただなれになれすぎ、ひたおもてにならむやすしかしと、身のありさまの夢のやうに思ひ続けられて、あるまじきことにさへ思ひかかりて、ゆゆしくおぼゆれば、目とまることも例のなかりけり。

[四〇]　左京の君

侍従の宰相の舞姫の部屋　藤原実成の舞姫の控所。
弘徽殿の女御　藤原義子。内大臣公季の娘。実成の姉に当る。
左京の馬　もと内裏女房。現在は女御義子付きの女房。
宰相の中将　藤原兼隆。
源少将　源雅通。

侍従の宰相《さいしょう》の舞姫の部屋は、中宮さまのご座所からすぐ見渡せるほどの近くです。立蔀《たてじとみ》の上からあの評判の簾のはしも見えます。人のもの言う声もほのかに聞こえます。「あの弘徽殿《こきでん》の女御《にょうご》の御方に、左《さ》京《きょう》の馬といふ人がひどくもの慣れた様子でまじっていましたね」と、宰相の中将が昔の左京を見知っていてお話しになるのを聞いて、「先夜、あの侍従の宰相の舞姫の介添役でいた女房のうち、東側にいたのがその左京ですよ」と、源《げん》少将も見知っていましたのを、何かの縁があって左京のことを伝え聞いた女房たちが、「とってもおもしろいことだわ」と口々に言って、さあ、知らん顔をして放ってはおかれないわ。以前お上品ぶって見ならした宮中へ、こんな介添役などで出て来るなんてあるかしら。本人は隠れてやっているつもりでしょうが、ひとつそれを暴露してやりましょうよ、という気で、中宮さまの

侍従の宰相《さいしやう》の五節局《ごせちつぼね》、宮の御前《おまへ》のただ見渡すばかりなり。立蔀《たてじとみ》の上《かみ》より音に聞く簾の端も見ゆ。人のもの言ふ声もほの聞こゆ。「かの女御《にようご》の御方に、左京《さきやう》の馬といふ人なむいと馴れてまじりたる」と、宰相の中将昔見知りて語りたまふを、「一夜かのかいつくろひにてゐたりし、東なりしなむ左京」と、源《げん》少将も見知りたりしを、もののよすがありて伝へ聞きたる人々、「をかしうもありけるかな」と、言ひつつ、いざ知らず顔にはあらじ、昔心にくだちて見ならしけむ内裏《うち》辺《あた》りを、かかるさまにてやは出で立つべき。忍ぶと思

お前に扇がたくさんある中で、蓬莱《ほうらい》の絵が描いてあるのをとりわけ選んだのには、何か趣向があるにちがいないですが、それを相手の左京は理解したでしょうか。箱のふたに扇を広げてその上に日蔭の蔓《かずら》を丸めて乗せ、それに反《そ》らした刺櫛《さしぐし》や白粉《おしろい》など、ひどく念入りに端々を結い添えました。「少し盛りを過ぎた方だから、これでは櫛の反りようが平凡だな」と殿方がおっしゃいますので、当世風のみっともないほどに両端も合うばかり反らした形にして、さらに黒方《くろぼう》を押し丸めて太くぶかっこうにあとさきを切り、別に白い紙二枚を一重ねにして立文《たてぶみ》にしました。手紙には大輔《たゆう》のおもとをして次のように書きつけさせます。

　おほかりし豊の宮人さしわきてしるき日蔭をあはれとぞ見し

（大勢いた豊明《とよのあかり》の節会に奉仕する宮人の中で、とり

大輔のおもと　中宮女房。大輔の命婦。

おほかりし　「さし」に「射す」、「日蔭」に「日影」をかけ、「射す」「日影」は縁語。「豊の

ふらむを、現はさむの心にて御前に扇どもあまたさぶらふ中に、蓬莱《ほうらい》作りたるをしも選りたる、心ばへあるべし、見知りけむやは。筥《はこ》の蓋《ふた》に広げて、日蔭《ひかげ》を丸《まろ》めて、反らいたる櫛ども、白き物、いみじく端々《つまづま》を結ひ添へたり。「少しさだ過ぎたまひにたる辺《わた》りにて、櫛の反りざまなむ、なほなほしき」と、君達のたまへば、今様のさま悪しきまで端《つま》もあはせたる反らしざまして、黒方《くろぼう》をおし丸《まろ》がして、ふつつかに尻先《しりさき》切りて、白き紙一重ねに立文にしたり。大《たい》輔《ふ》のおもとして書きつけさす。

　おほかりし豊の宮人さ

宮人」は豊明の節会に奉仕する宮人。

わけ目立った日蔭の鬘のあなたを、しみじみ感慨深くお見受けしましたわ。）

中宮さまは、「同じことなら趣あるようにして、扇などももっとたくさんあげたら」と仰せになりますけれど、「あまり大げさにしますのも、事の趣旨に合わないでしょう。特別にご下賜になるのでしたら、このように内々にして意味ありげになさるべきでもございません。これはこういうほんの私事なのでございます」と申し上げて、顔のよく知られていないはずの部屋の人を使いにやって、「これは中納言の君からのお預りした手紙で女御さまからのものです。左京の君にお届けいたしましょう」と声高に言って置いて来ました。使いの者が引きとどめられたらそれこそみっともないと思っていますと、使いは走って戻って来ました。先方では女の声で、「どこから入って来たの」と下仕えに尋ねているようで

しわきてしるき日蔭を
あはれとぞ見し

御前には、「同じくは、をかしきさまにしなして、扇などもあまたこそ」と、のたまはすれど、「おどろおどろしからむも、事のさまにあはざるべし。わざとつかはすにては、忍びやかにけしきばませたまふべきにもはべらず。これはかかる私事にこそ」と、聞こえさせて、顔しるかるまじき局《つぼね》の人して、「これ中納言の君の御文、女御殿より左京の君にたてまつらむ」と高やかにさしおきつ。ひきとどめられたらむこそ見苦しけれと思ふに、走りきた

[四一] 五節も過ぎて

高松の上腹の若君 頼宗（十六歳）、顕信（十五歳）、能信（十四歳）など。高松の上は道長の第二夫人。源高明の娘明子。

したが、それは女御さまからの手紙と疑いなく信じているのでありましょう。

何ほども耳をとどめることもありませんでしたこの数日間ではありましたが、五節《ごせち》がもう終わってしまったと思います宮中の様子は、急に寂しい気がしますけれど、巳《み》の日の夜に行なわれました試楽は、ほんとうにおもしろうございました。若々しい殿上人などはどんなに名残りが尽きず、所在ない気持でありましょうか。

高松の上腹の若君たちまでが、このほど中宮さまが宮中にお入りになりました夜からは、女房の部屋に出入りすることを許されて、私たちのすぐそばを通って歩かれますので、ひどくきまりが悪い思いをすることですよ。私は盛りの年を過ぎたのを口実にばかりして隠れています。若君たちは、五節を恋し

り。女の声にて、「いづこより入りきつる」と問ふなりつるは、女御殿のと、疑ひなく思ふなるべし。

何ばかりの耳とどむることもなかりつる日ごろなれど、五節《ごせち》過ぎぬと思ふ内裏《うち》わたりのけはひ、うちつけにさうざうしきを、巳《み》の日の夜の調楽《てうがく》は、げにをかしかりけり。若やかなる殿上人など、いかに名残つれづれならむ。

高松の小君達さへ、こたみ入らせたまひし夜よりは、女房ゆるされて、間のみなく通りありきたまへば、いとはしたなげなりや。さだ過ぎぬるを効《かう》ばかりにてぞ隠ろふる。五節恋しなど

いなども思っておらず、やすらいや小《こ》兵衛《ひょうえ》など若女房たちの裳の裾や汗衫《かざみ》にまつわりつかれて、まるで小鳥のようにきゃっきゃっとふざけ合っていらっしゃるようです。

も、ことに思ひたらず、やすらひ、小《こ》兵衛《ひやうゑ》などや、その裳の裾、汗衫《かざみ》にまつはれてぞ、小鳥のやうにさへづりざれおはさうずめる。

[四二] 臨時祭《りんじのまつり》―十一月二十八日

権の中将の君 道長の五男右近衛権中将教通《のりみち》。

内大臣 藤原公季。

賀茂の臨時祭《りんじのまつり》の奉幣使《みてぐらづかい》は、殿のご子息の権《ごん》の中将の君です。当日は宮中の御物忌《ものいみ》ですので、殿は御宿直《とのい》をなさいました。公卿方も舞人をつとめる若殿方も、宮中にこもって、そのためか一晩中女房の局のあるこの細殿のあたりは、何だかひどくざわついたけはいがしていました。

祭の日の朝早く、内大臣の御随身《みずいじん》がこちらの殿の御随身に贈り物を手渡して帰っていきましたが、それは先日の左京に扇を贈ったときの箱のふたで、それに銀製の冊子箱が置いてあります。その箱の中に鏡を押し入れて、沈《じん》の香木製の櫛や白銀製の笄《こうがい》など、

臨時《りんじ》の祭の使ひは殿の権《ごん》の中将の君なり。その日は御物忌《おほんものいみ》なれば、殿、御宿直《とのゐ》せさせたまへり。上達部も舞人の君達もこもりて、夜一夜、細殿わたり、いともの騒がしきけはひしたり。

つとめて、内の大殿《おほいどの》の御《み》随身《ずいじん》、この殿の御随身にさしとらせていにける、ありし筥の蓋に白銀《しろがね》の冊子《さうし》筥《ばこ》を据ゑたり。鏡おし入れて、沈《ぢん》の櫛、白銀の笄《かうがい》など、使

葦手書き　仮名を水辺の葦の絵の中にまぎれこませて書く書風。

内蔵の命婦　道長家女房。教通の乳母。

使いの権の中将の君が鬘を整えなさるようにという気持ちをこめています。箱のふたに葦手《あしで》書《が》きで浮き出て書いてありますのは、あの「日蔭」の歌の返事のようです。葦手書きのために文字が二つほど抜けていて、何だか変にことの趣旨が違っているなと見えましたのは、あの内大臣がてっきりそれを中宮さまからの贈り物とお考えになってしまって、このように仰山にご返事をされたのだと聞きました。ちょっとしたいたずら事を、お気の毒にこんなに大げさになさって。

殿の北の方も、参内して奉幣使《みてぐらづかい》の出立の儀式をご覧になります。使いの君が藤の造花を冠に挿し、大層立派に大人びていらっしゃいますのを、乳母《めのと》の内《く》蔵《ら》の命婦《みょうぶ》は、舞人たちなどには目も向けないで、使いの君をつくづくと見守っては感涙にむせんでいました。

ひの君の鬢《びん》かかせたまふべきけしきをしたり。筥の蓋に葦手《あしで》に浮き出でたるは日蔭の返り事なめり。文字二つ落ちて、あやしうことの心たがひてもあるかなと見えしは、かの大臣《おとど》の、宮よりと心得たまひて、かうことごとしくしなしたまへるなりけり、とぞ聞きはべりし。はかなかりしたはぶれわざを、いとほしう、ことごとしうこそ。

殿の上も、参《ま》う上りてもの御覧ず。使ひの君の藤かざして、いとものものしくおとなびたまへるを、内蔵《くら》の命婦《みやうぶ》は、舞人には目も見やらず、うちまもりうちまもりぞ泣きける。

還立のお神楽　使いが神社から帰参すると、東庭でもう一度神楽を奏する。

兼時　尾張兼時。左近将監。人長（神楽人の長）として当代の舞の名手で、教通らの舞の師であった。

［四三］　年末独詠——十二月二十九日の夜

十二月二十九日の夜　式部が初めて宮中に出仕した日。寛弘元年（一〇〇四）と思われる。

宮中の御物忌《ものいみ》ですので、賀茂のお社から使いの一行が午前二時ごろに帰還しますと、還立《かえりだち》のお神楽《かぐら》などもほんの形だけ行なわれました。兼時《かねとき》が去年までは舞人としていかにもふさわしい様子でありましたのに、今年はすっかり衰えてしまった動作は、私には関係のない人のことではありますけれども、しみじみと同情され、おのずとわが身の上に思いなぞらえられることが多いことでした。

十二月二十九日に、実家《さと》から宮中に参上します。はじめて私が宮中へ参上しましたのも、たしか今夜——そう、十二月二十九日の夜のことでした。全くあのときはまるで夢の中をさまよい歩いているような心持ちであったなあと、新参の当時を思い出してみますと、今ではもうすっかり宮仕えに慣れきってしまっていますのも、われながらいとわしい身の上

御物忌《ものいみ》なれば、御社《みやしろ》より丑《うし》の刻《とき》にぞ帰りまゐれば、御神楽《みかぐら》などもさまばかりなり。兼時《かねとき》が去年《こぞ》まではいとつきづきしげなりしを、こよなく衰へたる振る舞ひぞ、見知るまじき人の上なれど、あはれに思ひよそへらるること多くはべる。

師走《しはす》の二十九日に参る。初めて参りしも今宵のことぞかし。いみじくも夢路にまどはれしかなと思ひ出づれば、こよなくたち馴れにけるも、うとましの身のほどやとおぼゆ。

よと思われます。

夜は大層更《ふ》けてしまいました。中宮さまは御物忌《ものいみ》にこもっておいでですので、お前にも参らず、もの寂しい気持ちでうち臥していますと、一緒にいる若い女房たちが、「宮中あたりはやっぱりほかと様子が違っているわねえ。実家《さと》にいたら、今ごろはもう寝てしまっているはずなのに、ほんとうに寝つかれないほど殿方の沓《くつ》音が頻繁なことね」と、浮き浮きして言っていますのを聞いて、

年暮れてわが世ふけ行く風の音に心のうちのすさまじきかな

(今年も暮れて、私の生涯もだんだんと老いてゆく。折からこの夜更けの風の音をじっと聞いていると、わが身の行く末がつくづくと思われて、心の中にも木枯が吹きすさび、まことに荒涼として寂しく思われることよ。)

夜いたう更《ふ》けにけり。御物忌《ものいみ》におはしましければ、御前にも参らず、心細くてうち臥したるに、前なる人びとの、「内裏《うち》わたりはなほいとけはひことなりけり。実家《さと》にては今は寝なましものを。さもいざとき沓《くつ》のしげさかな」と色めかしく言ひゐたるを聞く。

年暮れてわが世ふけ行く風の音に心のうちのすさまじきかな

年暮れて 「わが世ふけ行く」に「夜更けゆく」をかける。年末にしみじみとわが身の老いゆくのを思い、荒涼とした孤独の心境を告白した歌。

と思わずひとりつぶやかれました。

大晦日《おおみそか》の夜、鬼やらいの行事は大層早くすんでしまいましたので、お歯黒をつけたりなど、ちょっとしたお化粧などをしようとして、くつろいでいますと、弁の内侍がやって来て、いろいろ話などをして、そのままおやすみになりました。内匠《たくみ》の蔵人《くろうど》は、長押《なげし》の下座に座って、童女《わらわ》のあてきが縫う仕立物の褄《つま》の重ね方折り込み方を教えたりなど、一心にやっていましたときに、中宮さまのおいでになる方ではげしい悲鳴がします。弁の内侍をゆり起こしましたが、すぐにも起きません。誰かが泣き騒いでいる声が聞こえますので、とても恐ろしく、どうしてよいかも分かりません。「火事かしら」と思いましたが、そうではありません。「内匠《たくみ》の君、さあさあ」と内匠の蔵人を前におし立てて、「ともかくも中宮さま

とぞ独りごたれし。

つごもりの夜、追儺《ついな》はいと疾く果てぬれば、歯黒めつけなど、はかなきつくろひどもすとて、うちとけゐたるに、弁の内侍来て、物語して臥したまへり。内匠《たくみ》の蔵人《くらうど》は長押《なげし》の下《しも》にゐて、あてきが縫ふ物の、重ねひねり教へなど、つくづくとしゐたるに、御前《おまへ》のかたにいみじくののしる。内侍起こせど、とみにも起きず。人の泣き騒ぐ音の聞こゆるに、いとゆゆしくものもおぼえず。火かと思へど、さにはあらず。「内匠《たくみ》の君、いざいざ」と先におし立て

［四四］　大晦日《おおみそか》の夜の引きはぎ

鬼やらい　大晦日の夜に悪鬼を追い払う行事。「儺やらい」ともいう。

内匠の蔵人　中宮女房。女蔵人。素姓未詳。

は下《しも》のお部屋にいらっしゃいます、まずそちらへ参上してご様子をおうかがい申しあげましょう」と、弁の内侍を荒々しく突き起こして、三人がふるえふるえしながら、足も地につかないさまで参上してみますと、裸の人が二人うずくまっています。見ると靫負《ゆげい》と小兵部でした。さては引きはぎであったのかと、事情が分かりますとますます気味が悪く思われます。御厨子所《みづしどころ》の人々もみな退出しており、中宮付きの侍《さぶらい》も滝口《たきぐち》の侍も、鬼やらいがすむとすぐにみな退出してしまっていました。手を叩いて大声で呼んでも返事をする人もいません。御膳宿《おものやどり》の老女を呼び出して、それに「殿上《てんじょう》の間《ま》に兵部の丞という蔵人《くろうど》がいます。早くその人を呼んで呼んで」と、恥も忘れて直接に言いましたので、老女はすぐに探しましたが、やはり退出してしまっていました。ほんとうに情けないことといったらこの上もありません。

て、「ともかうも、宮下《しも》におはします。まづ参りて見たてまつらむ」と、内侍をあららかにつきおどろかして、三人ふるふふるふ、足も空にて参りたれば、裸なる人ぞ二人ゐたる。靫負《ゆげひ》、小兵部《こひやうぶ》なりけり。かくなりけりと見るに、いよいよむくつけし。御厨子所《みづしどころ》の人もみな出で、宮の侍《さぶらひ》も滝口《たきぐち》も儺《な》やらひ果てけるままに、みなまかでにけり。手をたたきののしれど、いらへする人もなし。御膳宿《おものやどり》の刀自《とじ》を呼び出でたるに、「殿上《てんじやう》に兵部《ひやうぶ》の丞《じよう》といふ蔵人《くらうど》、呼べ呼べ」と、恥も忘れて口づから言ひたれば、たづねけれど、まかでにけり。つ

滝口の侍　宮中警護の武士。清涼殿東北の御溝水《みかわみず》の落ちる所に詰所（陣）があるのでこの名がある。

御膳宿　御膳を納めておく所。

兵部の丞　藤原惟規《のぶのり》。式部の弟で少内記、兵部丞、蔵人であった。

式部の丞資業 藤原資業。式部丞、六位蔵人。

やっと式部の丞資業《すけなり》がやって来て、あちらこちらの灯台のさし油をただ一人で注いでまわられます。女房たちの中には、もうただ茫然としてしまって、顔を見合わせたまま座りこんでいるものもいます。主上から中宮さまにお見舞いのお使いなどが遣わされました。ほんとうにとても恐ろしゅうございましたよ。中宮さまは納殿にあるご衣装を取り出させて、この盗まれた人々に賜わりました。元日用の晴着は盗《と》っていきませんでしたので、二人とも何もなかったようなふうをしていますけれども、あの裸姿は目に焼きついて忘れられず、それを思い出しますと、恐ろしいとは思いますものの、今となっては何かおかしくも感じられますが、それを口に出しておかしいとも言わないでいます。

らきこと限りなし。

式部の丞資業《すけなり》ぞ参りて、所々のさし油ども、ただ一人さし入れられてありく。人びとものおぼえず、向かひゐたるもあり。主上《うへ》より御使ひなどあり。いみじう恐ろしうこそはべりしか。納殿《をさめどの》にある御衣《みそ》取り出でさせて、この人びとにたまふ。朔日《ついたち》の装束は盗らざりければ、さりげもなくてあれど、裸姿は忘られず、恐ろしきものから、をかしうとも言はず。

［四五］新年 戴餅《いただきもちい》の儀―寛弘六年正月

正月一日、元旦なので言忌《こといみ》をすべきですのに、昨

正月一日、言忌《こといみ》もしあへ

夜の一件をつい口に出してしまいます。坎日《かんにち》に当たっていましたので、若宮の戴餅《いただきもちい》の儀式はとりやめになりました。それで三日の日に若宮さまは清涼殿におのぼりになられます。今年の若宮さまのご陪膳役は大納言の君。その装束は、元日の日は紅の袿、葡萄染《えびぞめ》の表着、唐衣は赤色で地摺りの裳。二日は紅梅の織物の表着、打衣の掻練《かいねり》は濃い紅で、青色の唐衣に色摺りの裳。三日は唐綾の桜襲の表着《うわぎ》に、唐衣は蘇芳の織物。掻練は濃い紅を着る日は紅の袿を中に着、紅の掻練を着る日は紅の袿を中に着るなど、いつもおきまりのことです。女房たちは萌黄襲《もえぎがさね》、蘇芳襲、山吹襲の濃いのや薄いの、紅梅襲、薄色襲など、ふだん用いるそれぞれの色目を一度に六種ほど、これに表着とを重ね合わせて、まことに体裁よいほどに着こなして控えています。

宰相《さいしょう》の君が若宮さまのお守刀を捧持して、殿が若

ず。坎日《かんにち》なりければ、若宮の御戴餅《おほんいただきもちひ》の事、停《と》まりぬ。三日ぞ参う上らせたまふ。今年の御まかなひは大納言の君。装束、朔日《ついたち》の日は紅、葡萄染《えびぞめ》、唐衣は赤色、地摺の裳。二日、紅梅の織物、掻練《かいねり》は濃き、青色の唐衣、色摺の裳。三日は、唐綾《からあや》の桜襲《がさね》、唐衣は蘇芳《すはう》の織物。掻練は濃きを着る日は紅は中に、紅を着る日は濃きを中になど、例のことなり。萌黄《もえぎ》、蘇芳、山吹の濃き薄き、紅梅、薄色など、つねの色々をひとたびに六つばかりと、表着《うはぎ》とぞ、いとさまよきほどにさぶらふ。

宰相《さいしやう》の君の、御佩刀《みはかし》取り

坎日　陰陽道で諸事に凶とする忌日。

戴餅の儀式　元旦に小児の頭上に餅を当てて祝言を唱え生い先を祝う儀式。

宰相の君　藤原道綱の娘豊子。

宮さまをお抱《だ》き申し上げておられますのに続いて、清涼殿に参上されます。紅の袿の三重縫い五重縫い、三重縫い五重縫いと交互にまぜて、同じ紅のつやを出した七重襲《かさね》の打衣に、さらに一重を縫い重ね、重ねまぜて八重にして、その上に同じ紅の固紋の五重のふきの表着をつけ、袿には葡萄染《えびぞめ》の浮紋で堅木の紋様を織り出してありますのが、縫い方までも気がきいています。それに縁を三重に重ねた裳をつけ、赤色の唐衣は菱形の紋様を織り出して、意匠も大層唐風にしゃれています。まことに美しく、髪などもいつもより念入りにつくろって見栄えがして、容姿やふるまいも、ものなれていて上品です。背丈もちょうどよいほどで、ふっくらとしている人で、顔はとてもかわいらしく、色つやも美しい様子をしています。

大納言の君は、大変小柄でむしろ小さいといって

大納言の君　中宮女房。源扶義の娘廉子。

て、殿の抱《いだ》きたてまつらせたまへるに続きて、参う上りたまふ。紅の三重五重、三重五重とまぜつつ、同じ色のうちたる七重《ななへ》に、一重《ひとへ》を縫ひ重ね、重ねまぜつつ、上に同じ色の固紋の五重《いつへ》、袿、葡萄染の浮紋のかたぎの紋を織りたる、縫ひざまさへかどかどし。三重襲の裳、赤色の唐衣、菱の紋を織りて、しざまもいと唐めいたり。いとをかしげに、髪などもつねよりつくろひまして、やうだい、もてなし、らうらうじくをかし。丈だちよきほどに、ふくらかなる人の、顔いとこまかに、にほひをかしげなり。

大納言の君は、いとささ

宣旨の君　中宮付の宣旨女房。前出の殿の宣旨と同人。八一ページ。

もよいほうの人で、色白くかわいらしげにつぶらに肥えています。それが見た目には大変すらりとしていて、髪は背丈に三寸ほど余っています。その髪の裾の様子、髪の生えぐあいなど、どれもたぐいのないほどこまやかに行き届いて美しいです。顔もとてもかわいらしくきれいで、身なりなども可憐でものやさしい感じです。

宣旨《せんじ》の君は小柄な人で、とてもほっそりとすんなりとしていて、髪の毛筋はすみずみまで整ってきれいで、その髪の垂れさがっている末が、袿《うちき》の裾から一尺ほど余っていらっしゃいます。ほんとにこちらが気恥ずかしくなるほどに、この上もなく気品のある様子をなさっています。物陰から歩み出ていらっしゃるお姿にしても、気品に満ちていて、しぜん気がおけて心遣いせずにはおられないような気持ちがします。上品な人というのはこのようにこそあるの

やかに、小さしといふべきかたなる人の、白ううつくしげにつぶつぶと肥えたるが、上べはいとそびやかに、髪、丈《たけ》に三寸ばかり余りたる裾つき、髪ざしなどぞ、すべて似るものなく細《こま》かにうつくしき。顔もいとらうらうじく、もてなしなどらうたげになよびかなり。

宣旨《せんじ》の君は、ささやけ人の、いと細やかにそびえて、髪の筋こまかにきよらにて、生ひさがりのするゑより一尺《いつさく》ばかり余りたまへり。いと心恥づかしげに、きはもなくあてなるさましたまへり。ものよりさし歩みて出でおはしたるも、わづらはしう心づかひせらるる心地す。

[四六] 人々の容姿と性格

だろうと、その気立てのほどが、何かちょっとおっしゃるにつけてもしのばれます。

このついでに、人々の容姿のことをお話し申し上げましたら、口さがないということになるでしょうか。それも現在の人のことについてでしたらなおさらでしょう。さしあたってよく顔を合わせる人のことは、やはり憚られますし、それにどうかと思われるような、少しでも欠点のある人のことは言いますまい。

宰相《さいしょう》の君は、これは北野の三位《さんみ》の娘の方ですよ、彼女はふっくらとして、まことに容姿がすみずみまで欠点がなく、才気ばしった理知的な容貌をした人で、ちょっと見た目よりも、何度も会っているうちに格段と見まさりがし、いかにももの慣れていて、しかも口もとにこちらが恥じ入るほどの気品がただ

あてなる人はかうこそあらめと、心ざま、ものうちのたまへるも、おぼゆ。

このついでに、人の容貌《かたち》を語りきこえさせば、物言ひさがなくやはべるべき。只今をや。さしあたりたる人の事は、煩はし、いかにぞやなど、少しもかたほなるは、言ひはべらじ。

宰相の君は北野の三位《さんみ》のよ、ふくらかにいと様態《やうだい》こまめかしう、才々《かどかど》しき容貌《かたち》したる人の、うち見たるよりも、見もてゆくにこよなくうち勝《まさ》り、労々じくて、口つきに恥づかしげさも匂

宰相の君　参議藤原遠《とお》度《のり》の娘。遠度は従三位で「北野の三位」といわれた。

よい、こぼれるような愛嬌も備わっています。立居ふるまいも大層美しく華やかにお見えです。気立てがとても穏やかで、かわいらしくすなおですのに、また一方ではこちらがひどく気おくれするような気品も備わっています。

小少将《こしょうしょう》の君は、どことなく上品に優雅で、例えば二月ごろのしだれ柳のようなしなやかな風情をしています。容姿はとてもかわいらしげで、物ごしは奥ゆかしく、性質なども、まるで自分自身の心では物事を判断することができないかのように遠慮をし、ひどく世間に出るのを恥ずかしがり、余りにも見るに忍びないほどまでに子供っぽくいらっしゃいます。もしも意地の悪い人で、あしざまに扱ったり事実と違うことを言いつけたりする人があれば、そのままそのことをひどく気に病んで死んでしまいそうなほど、弱々しくてどうしようもないと思われ

ひやかなる事も添ひたり。もてなしいと美々しく華やかにぞ見えたまへる。心ざまもいと目安く、心美しきものから、またいと恥づかしき所添ひたり。

小少将《こせうしやう》の君は、そこはかとなくあてになまめかしう、二月ばかりのしだり柳のさましたり。様態《やうだい》いとうつくしげにもてなし心にくく、心ばへなどもわが心とは思ひとるかたもなきやうにものづつみをし、いと世を恥ぢらひ、あまり見苦しきまで児めいたまへり。腹汚き人、悪しざまにもてなしいひつくる人あらば、やがてそれに思ひ入りて、身をも失ひつべく、あえかにわり

小少将の君　中宮女房。源時通の娘。

二月ごろの　『源氏物語』（若菜下）では、女三の宮を「二月の中の十日ばかりの青柳の、わづかにしだりはじめたらむ心地」と形容している。

宮の内侍　中宮女房。橘良芸《らき》子。

るところをお持ちなのが、あまりにも頼りなく気がかりな感じです。

宮の内侍はまた実に清楚な人です。背丈はまさにちょうどよいほどで、その座っている様子や姿格好は、まことに堂々としていて、当世風な容姿で、こまかにいちいちとりたてては趣があるようには見えませんものの、まことに清楚ですらりとしていて、中高な美しい顔立ちで、黒髪に映えた顔の色合いの白さなど、ほかの人よりも優れています。頭髪の格好や髪の生えぐあい、額のあたりなど、まあ何ときれいなと思われて、華やかで愛嬌がおありです。ごく自然にありのままにふるまっていて、気立てなど穏やかで、つゆほども、どの方面においても気づかわしいところがなく、すべてにつけてあのようにありたいものだと、人のお手本にしてもよさそうな人柄です。風流がったり気どったりするようなところ

なき所ついたまへるぞ、あまり後ろめたげなる。

宮の内侍ぞまたいと清げなる人。丈《たけ》だちいとよきほどなるが、ゐたるさま姿つきいとものものしく、今めいたる様態《やうだい》にて、細《こま》かにとりたててをかしげにも見えぬものから、いともの清げにそびそびしく、中高き顔して、色のあはひ白さなど人に優れたり。頭《かしら》つき髪ざし額つきなどぞ、あなもの清げと見えて、華やかに愛敬づきたる。ただありにもてなして、心ざまなども目安く、つゆばかり、いづ方ざまにも後ろめたい方なく、全てさこそあらめと、人の例にしつべき人柄なり。艶

式部のおもと　中宮女房。宮の内侍の妹。上野介橘忠範《ただのり》の妻。

はありません。

式部のおもとはその妹です。大層ふっくらとしすぎるほどに肥《ふと》っている人で、色はとても白くつややかで、顔は実によく整っており、趣深い様子をしています。髪も非常に美しく、長くはないのでしょうか、付け髪などでつくろって宮仕えには出ています。出仕の当時はその肥《ふと》った容姿がとても美しい人でしたよ。目もとや顔のあたりなどは、ほんとうにきれいで、ちょっとほほえんだ所など、愛嬌にも富んでいます。

若い人たちの中でも、とりわけ容貌が美しいと思われるのは、小大輔《こだいふ》や源式部《げんしきぶ》などです。小大輔はとても小柄な人で、容姿は大層当世風な様子をしていて、髪は美しく整い、もとはとてもふさふさと豊かで、長さは丈に一尺以上も余っていましたのに、今では脱け落ちて細っています。顔もきりりとひきし

がりよしめく方はなし。

式部のおもとはおとうとなり。いとふくらけさ過ぎて肥えたる人の、色いと白くにほひて、顔ぞいとこまかによくはべる。髪もいみじくうるはしくて、長くはあらざるべし、つくろひたるわざして、宮には参る。ふとりたるやうだいの、いとをかしげにもはべりしかな。まみ、額つきなど、まことにきよげなる、うち笑みたる、愛敬も多かり。

若人の中も容貌《かたち》よしと思へるは、小大輔《こだいふ》、源《げん》式部など。大輔はささやかなる人の、やうだいいと今めかしきさまして、髪うるはしく、もとはいとこちたくて、丈《たけ》

小兵衛　中宮女房。三四ページの髪上げの女房の中にも四〇ページの舟遊びの条にも見える。九七ページでは高松の小君達にまつわりつかれている。

小弐　中宮女房。素姓未詳。

宮木の侍従　中宮女房。四〇ページの舟遊びの若女房の中に見えた。

まっていて、まあ何と美しい人よと見られるほどです。容貌はなおさなければならないところなどありません。

源式部は、背丈がちょうどよいころあいにすらりとした高さで、顔つきはすみずみまで整っていて、見れば見るほど実に美しくかわいらしい風情で、どこかすがすがしくこざっぱりしており、宮仕えの女房というよりは、むしろどこか良家の娘かと思われるような様子をしています。

小兵衛《こひょうえ》、少弐《しょうに》などもとてもきれいです。それらの美しい人たちは、殿上人がそのままに見過ごしておくということは少ないということです。誰もまかり間違うと隠れなく知れ渡ってしまうのですが、人の目の届かないところでも用心していますので、知られずにすんでいるのですよ。

宮木《みやぎ》の侍従《じじゅう》は実にすみずみまで整った美しい人で

に一尺《いっさく》余りたりけるを、落ち細りてはべり。顔もかどかどしう、あなをかしの人やとぞ見えてはべる。容貌《かたち》は直すべきところなし。

源式部は、丈よきほどにそびやかなるほどにて、顔こまやかに、見るままにいとをかしく、らうたげなるけはひ、ものきよくかはらかに、人のむすめとおぼゆるさましたり。

小兵衛《こひやうゑ》、少弐《せうに》などもいと清げにはべり。それらは殿上人の見残す、少なかなり。誰もとりはづしては隠れなけれど、人隅《ぐま》をも用意するに隠れてぞはべるかし。

宮木《みやぎ》の侍従《じじゅう》こそ、いとこ

五節の弁　中宮女房。四〇ページの舟遊びの若女房の中に見えた。
平中納言　中納言従三位平惟仲。寛弘二年（一〇〇五）太宰府で没した。

した。とても小さくほっそりしていて、まだまだ童女《わらわ》姿のままでおきたいような様子でしたのに、自分から老いこんでしまい、尼姿になってそれっきり宮仕えを退いてしまいました。髪が袿《うちき》の丈に少し余って、その先を大層華やかに切り揃えて参上しましたのが、宮仕えの最後のときでした。顔もとても美しゅうございました。

五節《ごせち》の弁《べん》という人がおります。平中納言が養女にして大事にしていたと聞いている人です。絵に描いたような顔立ちをして、額が大層晴ればれと広い人で、目尻がとても長く、顔もここはと目にとまるような個性はなく、色白で手つきや腕の様子は実に風情があって、髪は、私がはじめてお会いしました春には、背丈に一尺ほど余って豊かにたくさんあったようでしたが、どうしたことかあきれるほど分け取ったように脱け落ちてしまって、髪の裾の方もさす

まかにをかしげなりし人。いと小さく細く、なほ童女《わらは》にてあらせまほしきさまを、心と老いつき、やつしてやみはべりにし。髪の、袿《うちき》にすこし余りて末をいとはなやかに削ぎてまゐりはべりしぞ、果ての度なりける。顔もいとよかりき。

五節《ごせち》の弁《べん》といふ人はべり。平中納言の、娘にしてかしづくと聞きはべりし人。絵に描いたる顔して、額いたうはれたる人の、目尻いたうひきて、顔もここはやと見ゆるところなく、色白う、手つき腕つきいとをかしげに、髪は、見はじめはべりし春は、丈《たけ》に一尺《いつさく》ばかり余りて、こちたく多かりげなりて、こちたく多かりげな

がにほめられたものではなく、それでも長さは丈に少し余っているようです。

　小馬《こま》という人は髪が大層長うございました。昔は美しい若女房でしたが、今ではまるで琴柱《ことじ》を膠《にかわ》でつけたように、かたくなに実家《さと》に引っこんでいるそうです。

　このように人々の容姿を次々と批評して来まして、さて気立てはどうかといいますと、これはと思う人はなかなかいないものですよ。それもめいめいの個性があって、全くよくないというのもありません。また優れて気品があって思慮深く、才覚や風情も趣も信頼も、すべて持ち合わせているというようなことはなかなかありません。それぞれが各人各様で、一体どれをとるべきかと思い迷う人ばかりが多うございます。こんなことを言って本当に怪しからぬことですね。


りしが、あさましう分けたるやうに落ちて、裾もさすがにほめられず、長さは少し余りてはべるめり。

　小馬《こま》といふ人、髪いと長くはべりし。むかしはよき若人、今は琴柱《ことぢ》に膠《にかは》さすやうにてこそ、里居してはべるなれ。

　かういひいひて、心ばせぞかたうはべるかし。それもとりどりに、いとわろきもなし。また、すぐれてをかしう、心おもく、かどゆゑも、よしも、後ろやすさも、みな具することはかたし。さまざま、いづれをかとるべきとおぼゆるぞ、多くはべる。さもけしからずもはべることどもかな。

小馬　中宮女房。三四ページの髪上げの女房の中に見えた。

［四七］ 斎院と中宮御所

斎院の御所 賀茂の斎院。当時の斎院は村上天皇の第十皇女選子内親王で、その御所には才媛が奉仕し、風流の噂が高かった。

中将の君 斎院女房。斎院長官藤原為理《ためまさ》の娘。歌人で、式部の弟惟規の愛人であったらしい。

斎院《さいいん》の御所に中将の君という人がお仕えしているとか聞いていますが、つてがあってこの人が他の所に書き送った手紙を、ある人がこっそり取り出して見せてくれました。その手紙といったら、それはそれは華やかで、自分だけがこの世の中でものの情趣を解し、心の深い点では比類ないと思い、すべて世間の人などは深い心もしっかりした分別もないように思っているらしいのです。その手紙を見ましたら、もうむしょうに胸がむかむかして、公憤とでもいうのでしょうか、下賤の者が言うように本当に憎らしく思われたことでした。たとえ手紙の文面にもせよ、「和歌などの趣のあるものは、わが斎院さまよりほかに誰がよくお見分けになるお方がありましょう。世の中に情趣豊かな女性が生まれ出るとすれば、わが斎院さまこそがきっとお見分けなさることでしょう」などとあります。

斎院《さいゐん》に、中将の君といふ人はべるなりと聞きはべる、たよりありて、人のもとに書き交はしたる文を、密《みそ》かに人の取りて見せはべりし。いとこそ艶に、我のみ世にはもののゆゑ知り、心深き類《たぐひ》はあらじ、すべて世の人は、心も肝《きも》もなきやうに思ひてはべるべかめる、見はべりしに、すずろに心やましう、公腹《おほやけばら》とか、よからぬ人のいふやうに、憎くこそ思うたまへられしか。文《ふみ》書きにもあれ、「歌などのをかしからむは、わが院よりほかに、誰か見知りたまふ人のあらむ。世にをかしき人の生ひ出でば、わが院のみこそ御覧じ知るべけれ」

などぞはべる。

げにことわりなれど、わが方ざまのことをさしも言はば、斎院より出できたる歌の、すぐれてよしと見ゆるも殊にはべらず。ただいとをかしう、よしよししうはおはすべかめる所のやうなり。候《さぶら》ふ人を比べて挑まむには、この見たまふるわたりの人に、必ずしもかれは勝らじを、常に入り立ちて見る人もなし、をかしき夕月夜、故ある有明、花の便り、ほととぎすの尋ね所に参りたれば、院はいと御心のゆゑおはして、所のさまはいと世離れ神さびたり。また紛るる事もなし。上に参う上らせたまふ、もしは、

なるほど、それももっともなことですが、自分の方のことをそれほど誇って言うのならば、斎院方から作り出された歌はどうかといいますと、優れてよいと思われるものも別にありません。ただ斎院は大層趣があり、風雅な生活をなさっておいでの所のようです。もしもお仕えしている女房を比べて優劣を競うとすれば、私がいつも拝見しております中宮さま周辺の人たちに、必ずしも斎院方の人々は勝っておりませんものを、何分斎院方は、いつも内部まで立ち入って見ている人もおりませんし、たまに趣深い夕月夜とか、風情のある有明方とか、花見のついでや、ほととぎすの忍び音の尋ね所として出かけてみますと、斎院さまはまことに趣味豊かなお心がおありで、御所の様子は大変浮世離れがして神々しい感じです。また俗事にとりまぎれることもありません。こちらの宮中のように、中宮さまが清涼殿にお

上りになられるとか、あるいは殿が中宮さまの所へおいでになるとか、宿直《とのい》なさるとかのもの騒がしい折もありませんし、身のもてなしがしぜんそのように風雅を好むような環境になっていますので、優雅の限りを尽くしたとしても、その中に何の軽々しい言い過ごしなどしましょうか。私のように、埋もれ木をさらに土の中深く折り入れたような引っ込みがちの性質でも、あの斎院方に宮仕えしていましたら、そこで知らない男の方に出会ってものを言いかけるにしましても、人が軽薄な女だという評判をいいかぶせるはずはないと、心をゆったりとくつろがせて、しぜん優雅なふるまいもしなれてゆくことでしょうよ。まして若い女房で、容貌につけても年齢の点でも引け目を感じることのない人が、めいめい身を入れて色めき、何か歌を詠むにしても、自分の趣好のままにしましたら、そんなにひどくは斎院方の人た

殿なむ参りたまふ、御宿直《とのゐ》なるなど、もの騒しき折もまじらず。もてつけ、自《おの》づからしか好む所となりぬれば、艶なる事どもを尽くさむ中に、何の奥《あう》なき言ひすぐしを交はしはべらむ。かういと埋もれ木を折り入れたる心ばせにて、かの院に交らひはべらば、そこにて知らぬ男に出であひ、もの言ふとも、人の奥なき名を言ひおほすべきならずなど、心ゆるがして自づからなまめきならひはべりなむをや。まして若き人の容貌《かたち》につけて、年齢《としよはひ》に、つつましき事なきが、各々心に入りて懸想だち、ものをも言はむと好みだちたらむは、こよな

ちに劣るものでもありますまい。

　けれども、こちらは宮中で明け暮れ顔を合わせ、競い争われる女御や后もおいでにならず、そちらの局の御方、あちらの細殿の局においでになる御方というように、並べあげるお相手もなく、男も女も争いがましいこともありませんのでのんびりとしており、中宮さまのご気風として、色めかしいことをひどく軽薄なことと思しめしておられますので、少しは人並でありたいと思っている女房は、並大抵には人前に出るようなことをしません。もっとも、気安く気恥ずかしがりもせず、なんのかのという世間の噂も気にしない人は、また違った心意気を見せることもないではありません。ただそんな女房は、気がおけないままに男たちが立ち寄って話をしますので、「中宮方の女房たちは引っ込み思案だ」とも、あるいは「奥ゆかしさがない」などと批評するのでしょ

う人に劣るもはべるまじ。

　されど、内裏《うち》わたりにて明け暮れ見ならし、きしろひたまふ女御《にようご》、后《きさい》おはせず、その御方、かの細殿といひ並ぶる御あたりもなく、男も女も、挑ましき事もなきにうちとけ、宮のやうとして、色めかしきをばいと淡々しとおぼしめいたれば、少しよろしからむと思ふ人は、おぼろけにて出でゐはべらず。心安く、もの恥ぢせず、とあらむかからむの名をも惜しまぬ人、はた異なる心ばせのぶるもなくやは。たださやうの人の安きままに、立ち寄りてうち語らへば、中宮の人埋もれたり、もしは用意なしなども

う。たしかにこちらの上臈《じょうろう》、中臈あたりの方々は、あまりにも引っ込みすぎて、お高くとまってばかりいるようです。そんな様子でばかりいては、中宮さまのおために何の引き立て役にもならず、かえって見苦しいとも思われるのです。

　こういいますと、上臈・中臈方の欠点を私がこんなふうによく知って批評しているようですけれど、人はみんな各人各様で、そうひどく劣ったり勝《まさ》ったりすることもありません。そのことが優れていればあのことが劣るといったようなもののようですよ。けれども若い人たちでさえなるべく重々しく見せようと真面目《まじめ》にふるまっております折柄、上臈・中臈の方々が見苦しく戯れたりなさるというのも、ひどくみっともないことでしょう。ただ全体の中宮さま方の雰囲気を、全くこのような無風流ではなくしたいと思うのです。

言ひはべるなるべし。上臈《じやうらふ》中臈のほどぞ、あまりひき入り上衆《ざうず》めきてのみはべるめる。さのみして、宮の御ためものの飾りにはあらず、見苦しとも見はべり。

　これらをかく知りてはべるやうなれど、人はみなとりどりにて、こよなう劣り勝る事もはべらず。その事よければ、かの事遅れなどぞはべるめるかし。されど、若人だに重りかならむとまめだちはべるめる世に、見苦しうざれはべらむも、いとかたはならむ。ただ大方を、いとかく情けなからずもがなと見はべり。

といいますのも実は、中宮さまのお心は何一つ不足なところもなく、全てに行き届いて奥ゆかしくおいでですが、あまり内気でいらっしゃるお心には、進んで何とも言い出すまい、たとえ言い出しても気遣いなく後悔しないですむような人はめったにいないものと思いこんでおいでです。たしかに何かの折などになまじっかのことをしでかしたのは、できのよくないのよりも劣るというものですね。とりわけ深い心づかいもない人で、この御所で得意顔になっている者が、なまじ筋の通らないことを何かの折に言い出しましたのを、中宮さまはまだとてもお若いころでおいでになって、それをひどく見苦しいこととお聞きになり、心からそう思いこまれていらっしゃいますので、ただ目立った欠点がなくて過ごすのを無難なこととお思いになっていられます、そのお気持ちに、いささか子供っぽい娘のような女房たち

さるは、宮の御心あかぬ所なく、らうらうじく心憎くおはしますものを、あまりものづつみせさせたまへる御心に、何とも言ひ出でじ、言ひ出でたらむも後ろやすく恥なき人は、世に難いものとおぼしならひたり。げにものの折などなかなかなる事し出でたる、後れたるには劣りたるわざなりかし。ことに深き用意なき人の、所につけてわれは顔なるが、なまひがひがしき事ども、ものの折に言ひ出だしたりけるを、まだいと幼きほどにおはしまして世になうかたはなりと聞こしめし、おぼほししみにければ、ただ殊なる咎なくて過ぐす

がみなよく叶うようお仕え申し上げていますので、こんな地味で控え目な気風に慣れてしまったのだと私は思っています。

今では中宮さまもだんだん大人らしくおなりになりますにつれて、世の中の本当の姿や、人の心の善《よ》し悪しも、行きすぎも及ばないのも、みなお分かりになって、この中宮御所のことを、殿上人も誰も見慣れて、とくにおもしろいこともないと思ったり言ったりしているらしいと、万事ご承知でいらっしゃいます。といって、奥ゆかしさばかりで押し通すこともできず、一歩踏みはずしますと、ひどく軽薄なことも出て来ますものの、やはり風流気もなく引っこみがちにしていますのは、中宮さまも、もっと積極的になってほしいとお思いになり、お口にも出されるのですが、この中宮方の控え目な気風はなかなかなおりにくく、それにまた当世風の若君達ときま

を、ただ目安き事におぼしたる御けしきに、うち児めいたる人の娘どもは、みないとよう叶ひきこえさせたるほどに、かくならひにけるとぞ心得てはべる。

今はやうやうおとなびさせたまふままに、世のあべきさま、人の心の良きも悪しきも、過ぎたるも後れたるも、みな御覧じ知りて、この宮わたりの事を、殿上人も何も目馴れて、殊にをかしき事なしと思ひ言ふべかめりと、みな知ろしめいたり。さりとて、心憎くもありはてず、とりはづせば、いと淡つけい事も出で来るものから、情けなく引き入りたる、かうしてもあらな

したら、この気風に順応して、中宮御所にいる間はみな慎んで実直にふるまう人ばかりです。斎院などのような所で、月を見たり花を賞《め》でたりする一途《いちず》な風流事は、しぜんと自分から求めもし想像しても言うことでしょう。しかし朝に夕に出入りして何の奥ゆかしさもない所では、何でもない普通の言葉をも趣深く聞きとったり、口に出したり、あるいは気のきいたことを言いかけられて返事が恥ずかしくなくできるような人は、本当にまれになってしまったと、殿上人たちは評しているようです。でもこれは私の直接見たことではありませんから、よくは分かりませんわ。

人が立ち寄って話しかけたとき、ちょっとした返事をしようとして、じきに相手の気持ちを損なうようなことを引きおこすのはよくないことです。上手に応対してそれで当然なのです。これをさして世間

むとおぼしのたまはすれど、そのならひ直り難く、また今様の君達といふもの、倒《たふ》るるかたにて、ある限りみなまめ人なり。斎院などやうの所にて、月をも見、花をも愛づる、ひたぶるの艶なる事は、自《おの》づから求め、思ひても言ふらむ。朝夕たちまじり、ゆかしげなきわたりに、ただ言をも聞き寄せ、うち言ひ、もしは、をかしき事をも言ひかけられて、答《いら》へ恥なからずすべき人なむ、世に難《かた》くなりにたるをぞ、人々は言ひはべるめる。自らえ見はべらぬ事なれば、え知らずかし。

必ず人の立ち寄り、はかなき答《いら》へをせむからに、憎

中宮の大夫　藤原斉信。

では優れた気立ての人はめったにいないというのでしょう。どうして必ずしもとりすまして引っ込んでいるのが賢いと言えましょうか。といってまた、どうして人中をしまりなくあちこちと出しゃばりまわるべきでしょうか。適当にその時々の有様に従って心を働かせてゆくことが、本当に難かしいことなのでしょう。

まず例えば、中宮の大夫《だいぶ》がおいでになって、中宮さまへ啓上なさることがありましたような折に、ひどく上品で子供っぽくおいでの上臈たちは、取り次ぎに出て応対なさることはめったにありません。また応対に出られても、何事をもはきはきとおっしゃれそうにも見えません。別に応対の言葉が十分でないからでもなく、心持ちが行き届かないからでもありませんが、きまりが悪い、恥ずかしいと思いますにつけて、つい言い損ないもしそうですのを、いや

い事をひき出でむぞ怪しき。いとようさてもありぬべき事なり。これを、人の心有難しとは言ふにはべるめり。などか必ずしも、面《おも》にくくひき入りたらむが賢こからむ。また、などてひたたけてさまよひさし出づべきぞ。よきほどに、折々の有様に従《したが》ひて、用ゐむ事のいと難《かた》きなるべし。

まづは、宮の大夫《だいぶ》参りたまひて、啓せさせたまふべき事ありける折に、いとあえかに児めいたまふ上臈《じやうらふ》たちは、対面したまふ事難《かた》し。また会ひても、何事をかはかばかしくのたまふべくも見えず。言葉の足るまじきにもあらず、心の及ぶまじ

なことだ、何事も聞かれまいと思って、少しでも姿を見られまいとするのでしょう。ほかの女房たちはそれほどでもないようです。このような殿方たちとも対面しなければならない宮仕え生活に、一たび入ってしまえば、ずっと高貴な方々でもみんな世間のしきたりに従うものですのに、ここの上臈方は、どなたもただ姫君のままのふるまいでいらっしゃいます。下級の女房が応対に出ますのを、大納言は快よく思っていらっしゃらないようですから、しかるべき上臈の方々が実家《さと》に退出していたり、局にいてもやむをえない差し支えがある折々などには、応対に出る人がいなくて大納言はお帰りになるときもあるようです。そのほかの公卿方で、中宮さまの御所に参りなれていて、何か啓上なさいますときは、めいめいひいきにしている女房がいて、しぜんそれぞれに昵懇《じっこん》で、そのお目あての女房がいないときは、つ

大納言　中宮大夫藤原斉信。ただし斉信の任大納言は寛弘六年（一〇〇九）三月であるから、ここはそれ以後の執筆と考えられる。

きにもはべらねど、つつまし、恥づかしと思ふに、僻《ひが》事《ごと》もせらるるを、あいなし、すべて聞かれじと、ほのかなるけはひをも見えじ。ほかの人は、さぞはべらざなる。かかる交らひなりぬれば、こよなきあて人も、みな世に従ふなるを、ただ姫君ながらのもてなしにぞ、みなものしたまふ。下臈《げらふ》の出で会ふをば、大納言心よからずと思ひたまふたなれば、さるべき人々里にまかで、局なるも、わりなき暇《いとま》にさはる折々は、対面する人なくて、まかでたまふ時もはべるなり。そのほかの上達部、宮の御方に参り馴れ、ものをも啓せさせたま

まらなさうに立ち去ってゆくのですが、そんな殿方たちが何かと機会あるごとに、その中宮方のことを「引っ込み思案だ」などと言うらしいのも無理のないことです。

斎院あたりの人も、こんなところを軽蔑するのでしょう。だからといって、自分の方こそ優れたところがあり、他の人はものを見る目もないのだろう、と思いあなどりますのは、また道理のないことです。一体に他人を非難する方はたやすく、自分の方に十分心をくばっていくことは難かしいはずのことですのに、そうは思わないで、まず第一に自分が賢ぶって他人を無視したり世間を非難したりするところに、ご当人の浅薄な心のほどがはっきりと現われ見えているようです。

全く、お目にかけたいような斎院の中将の君の手紙の書きぶりでしたわ。その手紙をある人が、隠し

ふは、各々心寄せの人、自づからとりどりにほの知りつつ、その人ない折はすさまじげに思ひて、たち出づる人々の、事にふれつつ、この宮わたりの事、「埋もれたり」など言ふべかめるも、ことわりにはべり。

斎院わたりの人も、これをおとしめ思ふなるべし。さりとて、わが方の、見所あり、ほかの人は目も見知らじ、ものをも聞きとどめじと、思ひあなづらむぞ、またわりなき。すべて、人をもどくかたは安く、わが心を用ゐむ事は難《かた》かべいわざを、さは思はで、まづ我賢《さか》しに、人をなきになし、世を誹《そし》るほどに、心のきは

ておいたのをそっと取り出してこっそり見せてくれて、またすぐにとり返してしまいましたので、本当に残念ですわ。

和泉式部《いずみしきぶ》という人は、実に趣深く手紙をやりとりしたものです。しかし和泉には感心しない面があります。気軽に手紙を走り書きした場合、その方面の才能がある人で、ちょっとした言葉にも色艶《いろつや》が見えるようです。和歌は大層興深いものですよ。でも古歌についての知識や歌の価値判断などは、本当の歌よみというふうではないようですが、口にまかせて詠《よ》んだ歌などに必ず興ある一点の目にとまるものが詠みそえてあります。それほどの歌を詠む人でも、他人の詠んだ歌を非難したり批評したりしていますのは、さあ、それほど和歌に精通してはいないようです。口についてしぜんにすらすらと歌が詠み出さ

[四八] 和泉式部・赤染衛門・清少納言批評

和泉式部 越前守大江雅致《まさむね》の娘。和泉守橘道貞の妻、小式部内侍の母。情熱的歌人で、冷泉天皇の皇子為尊・敦道親王との恋愛は有名。

のみこそ見え現はるめれ。

いと御覧ぜさせまほしうはべりし文《ふみ》書きかな。人の隠しおきたりけるを盗みて密かに見せて、取り返しはべりにしかば、妬うこそ。

和泉式部《いづみしきぶ》といふ人こそ、おもしろう書き交はしける。されど和泉は怪しからぬ方こそあれ。うちとけて文走り書きたるに、その方の才《ざえ》ある人、はかない言葉の匂ひも見えはべるめり。歌はいとをかしきこと。もの覚え、歌の道理真《ことわりまこと》の歌詠みざまにこそはべらざめれ、口に任せたる事どもに、必ずをかしき一ふしの、目にとまる詠み添へはべり。それだに、人の詠みたらむ歌、

難じことわりゐたらむは、いでやさまで心は得じ、口にいと歌の詠まるるなめりとぞ、見えたる筋にはべるかし。恥づかしげの歌詠みやとは覚えはべらず。

　丹波《たんば》の守《かみ》の北の方をば、宮、殿などのわたりには、匡衡衛《まさひらゑ》門《もん》とぞ言ひはべる。ことにやむごとなき程ならねど、まことにゆゑゆゑしく、歌詠みとて万《よろづ》の事につけて詠み散らさねど、聞こえたる限りは、はかなき折節の事も、それこそ恥づかしき口つきにはべれ。ややもせば、腰離れぬばかり折れかかりたる歌を詠み出で、えも言はぬよしばみ事しても、われ賢こに思ひたる人、

れるらしい、と思われるたちの人なのですね。こちらがきまりが悪くなるほどのすばらしい歌人とは思われません。

　丹波《たんば》の守《かみ》の北の方を、中宮さまや殿などのあたりでは匡衡衛《まさひらえ》門《もん》と言っています。歌は格別優れているほどではありませんが、実に由緒ありげで、歌人だからといって何事につけても歌を詠み散らすことはしませんが、世に知られている歌はみな、ちょっとした折の歌でも、それこそこちらが恥ずかしくなるような詠みぶりです。それにつけましても、どうかすると上の句と下の句が離れてしまいそうな腰折れがかった歌を詠み出して、何ともいえぬ由緒ありげなことをしてまでも、自分こそ上手な歌詠みだと得意になっている人は、憎らしくもまた気の毒にも思われるというものです。

　清少納言は実に得意顔をして偉そうにしていた人

丹波の守の北の方　大江匡衡の妻。赤染衛門。赤染時用の娘。道長家女房。

清少納言　清原元輔の

娘。一条天皇の皇后定子に仕えた才媛で、『枕草子』の作者。晩年は不幸落魄の身であったらしい。

［四九］ わが身をかえりみて

です。あれほど利口ぶって漢字を書き散らしております程度も、よく見ますとまだひどく足りない点がたくさんあります。このように人より特別に優れようと思い、またそうふるまいたがる人は、きっと後には見劣りがし、ゆくゆくは悪くばかりなってゆくものですから、いつも風流ぶっていてそれが身についてしまった人は、全く寂しくつまらないときでも、しみじみと感動しているようにふるまい、興あることも見逃さないようにしているうちに、しぜんとよくない浮薄な態度にもなるのでしょう。そういう浮薄なたちになってしまった人の行く末が、どうしてよいことがありましょう。

このようにあれこれにつけても、何一つ思い出となるようなこともなくて過ごして来ました私が、ことに夫を亡《な》くして将来の頼みもないのは、本当に思

憎くもいとほしくもおぼえはべるわざなり。

清少納言こそ、したり顔にいみじうはべりける人。さばかりさかしだち、真名書き散らしてはべるほども、よく見れば、まだいと足らぬ事多かり。かく、人に異ならむと思ひ好める人は、必ず見劣りし、行末うたてのみはべれば、艶になりぬる人は、いとすごうすずろなる折も、もののあはれにすすみ、をかしき事も見過ぐさぬほどに、おのづからさるまじくあだなるさまにもなるにはべるべし。そのあだになりぬる人の果て、いかでかはよくはべらむ。

かく、方《かた》々につけて、一

い慰める方法すらありませんが、しかしせめて寂しさのあまりに心すさんで自棄的なふるまいをする身だとだけは思いますまい。が、そんなすさんだ気持ちがやはりなくならないのでしょうか、もの思いのまさる秋の夜なども、縁近くに出て座って、月をぼんやりと見ながらもの思いにふけっていますと、一層あの月が昔の盛りのわが身をほめてくれた月だったのだろうかと、まるで今の私の姿を誘いおこすように思われます。世間の人が忌むといいます不吉な鳥も、きっと渡ってくることだろうと憚られて、思わず奥の方に引っ込んではみますものの、やはり心の中では次から次へとおのずからものを思い続けているのです。

　風の涼しい夕暮れに、聞きよくもない独奏の琴をかきならしては、「嘆き加はる琴の音（悲しみが一層加わる琴の音がする）」と侘び住居を聞き知る人もあろう

ふしの思ひ出でらるべき事なくて過ぐしはべりぬる人の、殊に行末の頼みもなきこそ、慰め思ふ方だにはべらねど、心凄《すご》うもてなす身ぞとだに思ひはべらじ。その心なほ失せぬにや、もの思ひ勝る秋の夜も、端に出でゐて眺めば、いとど、月やいにしへほめてけむと、見えたる有様を、催《もよほ》すやうにはべるべし。世の人の忌むといひはべる鳥をも、必ず渡りはべりなむと憚られて、少し奥にひき入りてぞ、さすがに心の中《うち》には尽きせず思ひ続けられはべる。

　風の涼しき夕暮れ、聞きよからぬ独り琴をかき鳴らしては、「嘆き加はる」と

不吉な鳥　月夜に不吉な鳥が飛び来ることを忌む俗信があったらしい。「鳥」「渡る」は縁語。

嘆き加はる琴の音　「わび人の住むべき宿

と見るなべに嘆き加はる琴の音ぞする」（古今・雑下・良岑宗貞）

雨の降る日は　雨の降る日は弦を張っておくと湿気で弦がゆるむので、琴柱を倒しておけという。

夫も亡くなって　式部の夫の藤原宣孝は、長保三年（一〇〇一）四月二十五日に没した。

かと、忌まわしくなど思われますのは、全く愚かであり、またみじめでもございました。それが実は、見苦しく黒ずみすすけた部屋に、箏《そう》の琴と和琴が調律したままで、気をつけて「雨の降る日は琴柱《ことじ》をお倒し」などとも言いませんのでそのままに、塵が積もって寄せ立ててありました、その厨子《ずし》と柱との間に首をさし入れたまま、琵琶も右右に立てかけてあります。大きな厨子一対に、隙間もなく積んでありますものは、一つの厨子には古歌や物語の本のいいようもなく虫の巣になってしまったもので、気味の悪いほど虫がはい散りますので、開けて見る人もおりません。もう一方の厨子には、漢籍の類で、とくに大切に所蔵していた夫も亡くなってしまった後は、手を触れる人も別におりません。

　それらの漢籍を、あまり所在がなくてしかたがないときなど、私が一冊二冊引き出して見ますのを、

聞き知る人やあらむと、ゆゆしくなどおぼえはべるこそ、をこにもあはれにもはべりけれ。さるは、あやしう黒みすすけたる曹司《ざうし》に箏《さう》の琴、和琴《わごん》、調べながら心に入れて、「雨降る日、琴《こと》柱《ぢ》倒せ」なども言ひはべらぬままに塵積もりて、寄せ立てたりし厨子《づし》と柱とのはざまに首さし入れつつ、琵琶も左右に立ててはべり。大きなる厨子一よろひに、隙《ひま》もなく積みてはべるもの、一つには古歌、物語のえもいはず虫の巣になりにたる、むつかしく這ひ散れば、開けて見る人もはべらず。片つ方に書《ふみ》どもわざと置き重ねし人もはべらずなりにし

侍女たちが集まって、「ご主人さまはいつもこんなふうでいらっしゃるから、お幸せが少ないのです。一体どういう女の人が漢文の書物なんか読むのでしょうか。昔は女がお経を読むのさえ人はとめたものよ」と陰口を言うのを聞きますにつけて、縁起をかついだ人が、将来長命であるらしいということなど、まだ見たこともないためしですと言ってやりたくなりますけれど、それでは深い思いやりがないようですし、また一方侍女たちの言うのも実際その通りなのです。

何事につけても人によって性格はさまざまです。いかにも得意そうに派手で、気持ちよさそうに見える人もあります。またすべてに所在なく思う人が、気の紛れることもないままに、不要になった古い書物を探し出して読んだり、あるいは仏へのお勤めに身を入れてお経を絶えず口に唱え、数珠《じゅず》の音も高く

後、手触る人も殊になし。

それらをつれづれせめて余りぬるとき、一つ二つ引き出でて見はべるを、女房集まりて、「御前はかくおはすれば、御幸ひは少なきなり。なでふ女が真名書《まなぶみ》は読む。昔は経読むをだに人は制しき」としりうごち言ふを聞きはべるにも、物忌みける人の行末命長かめるよしども、見えぬ例《ためし》なりと、言はまほしくはべれど、思ひくまなきやうなり、ことはたさもあり。

よろづの事、人によりて異事《ことごと》なり。誇りかにきらきらしく心地よげに見ゆる人あり。よろづつれづれなる人の紛るる事なきままに、

おしもんでいるのなど、あまりわが意にそわないように見えるやり方だと思いますので、私は思い通りにしてもよいことでさえ、ただひたすら家の侍女たちの目を遠慮し、気がねをしているのです。まして宮仕えをして人の中にまじっては、何かにつけて言いたいこともありますけれど、いやもう何も言うまいと思われ、分かってくれそうもない人には、たとえ言っても何の益もないでしょうし、また何かと他人を非難し、自分こそはと思っている人の前では、煩わしいものですから、口をきくこともおっくうになるのです。とりわけて十分に何もかもすべてに通じている人というのは、めったにないものです。たいていの人は、ただ自分が心にこうときめこんだ得意な方面のことだけを取り上げて、他人を無視するもののようです。

　そのような人は、本心と違った私の様子を、恥ず

古き反古《ほんご》ひき探し、行《おこな》ひがちに口ひひらかし、数珠《ずず》の音高きなど、いと心づきなく見ゆるわざなりと思ひたまへて、心に任せつべき事をさへ、ただわが使ふ人の目に憚り、心に包む。まして人の中に混《まじ》りては、言はまほしき事もはべれど、いでやと思ほえ、心得まじき人には、言ひて益なかるべし。ものもどきうちし、われはと思へる人の前にては、うるさければもの言ふ事ももの憂くはべり。殊にいとしも、ものの方《かた》々得たる人は難し。ただ、わが心の立てつる筋を捉へて、人をばなきになすなめり。

　それ、心より外のわが面

かしくて気遅れしているのだと誤解しますけれど、やむを得ず向かい合って一緒に座っていたことさえありますし、かくかくとまで非難されないようにしようと、別に気遅れしているわけではありませんけれど、お相手をするのも面倒だと思って、もうろくしたぼんやり者にますますなりきっていますと、「こんなお方だとは思ってもいなかったわ。いつもひどく風流ぶって、気づまりで近づきにくく、よそよそしい様子で物語を好み、気どっていて、何かというとすぐ歌を詠《よ》むし、人を人とも思わず、憎らしげに人を軽蔑したりするような人だと、誰もみな言ったり思ったりして心よく思っていなかったのに、お会いしてみると、不思議なほどおっとりとなさっていて、まるで別人かと思いますわ」と、みなが言いますので、きまりが悪く、人からこんなにまでおっとりした者と見下げられてしまったとは思います

影を恥づと見れど、えさらずさし向かひまじりゐたる事だにあり。しかじかさへもどかれじと、恥づかしきにはあらねど、難かしと思ひて、ほけ痴れたる人にいとどなり果ててはべれば、「かうは推し量らざりき。いと艶に恥づかしく、人見えにくげに、稜々《そば》しきさまして、物語好み、由めき、歌がちに、人を人とも思はず、妬げに見落とさむものとなむ、みな人々言ひ思ひつつ憎みしを、見るには怪しきまでおいらかに、異《こと》人かとなむおぼゆる」とぞ、みな言ひはべるに、恥づかしく、人にかうおいらけ者と見落とされにけるとは思

けれど、ただこれが自分の心から進んでふるまいならしております態度で、中宮さまも、「あなたとは本当にうちとけて会うこともあるまいと思ったのに、ほかの人よりもずっと仲よくなってしまったことね」と仰せになる折々もあります。個性的で優雅にふるまい、中宮さまからも一目おかれているような上臈の方たちからも、反感を持たれないようにしましょう。

[五〇]　人の心さまざま

すべて女は、見苦しからず穏やかで、少し心の持ち方もゆったりとして、落ち着いていますことを基本としてこそ、品位も風情も趣深く思われて安心です。あるいはまた、色っぽく移り気であるけれども、生来の人柄に癖がなく素直で、周囲の人にもつき合いにくい様子をしないというようにさえなってしまえば、憎くはありますまい。自分こそは人とは違う

ひはべれど、ただこれぞわが心とならひもてなしはべる有様、宮の御前《おまへ》も、「いと打解《うちと》けては見えじとなむ思ひしかど、人よりけに睦ましうなりにたるこそ」と、宣はする折々はべり。癖《くせ》々しく優しだち、恥ぢられたてまつる人にも、側《そば》めたてられではべらまし。

様《さま》よう、全て人はおいらかに、少し心掟のどかに、おちゐぬるを基としてこそ、故も由もをかしく心安けれ。もしは色めかしくあだあだしけれど、本性《ほんじやう》の人柄癖なく、傍らのため見えにくきさませずだになりぬれば、憎うははべるまじ。われは

と、気どってふるまうことに慣れていき、態度がもったいぶったようになってしまった人は、立居ふるまいにつけて、自分からおのずと気を配っているときでも、その人にはみなの目がとまります。みなが目をとめれば、必ずものを言う言葉の中にも、来て座る動作や立ってゆく後ろ姿にも、きっと癖は見つけられるものです。言うことが少々ちぐはぐで、矛盾している人と、他人のことをすぐにけなしてしまう人とは、まして一層耳も目もそばだてられるというものでしょう。悪い癖のない人でさえあれば、何とかしてちょっと批判をするような言葉も口に出すまいと遠慮し、かりそめの好意さえかけてあげたい気にもなるのです。

人が進んで気に入らないことをしでかしたときは、よくないことを誤ってやった場合も同様で、これを批判し嘲笑するのに遠慮はいらないと思います。非

と、奇《くす》しくならひもち、気色ことごとしくなりぬる人は、立ち居につけてわれ用意せらるるほども、その人には目留《とど》まる。目をし留めつれば、必ずものを言ふ言葉の中にも、来てゐる振舞ひ立ちて行く後ろでにも、必ず癖は見つけらるるわざにはべり。もの言ひ少しうち合はずなりぬる人と、人の上うち落としめつる人とは、まして耳も目も立てらるるわざにこそはべるべけれ。人の癖なき限りは、いかではかなき言の葉をも聞こえじと慎《つつ》み、なげの情《なさけ》作らまほしうはべり。

人進みて憎い事し出でつるは、悪《わろ》き事を過ちたらむ

三宝　仏教では、仏と、仏の説いた法と、その法を広める僧とを三つの宝とした。

常に気立てのよい人は、他人が自分を嫌っていると思っても、自分はやはりその人を思い、世話をしてやるかもしれませんが、普通の人はとてもそんなことまではできないものです。慈悲深くいらっしゃる仏さまでさえも、三宝をそしる罪は軽いとはお説きになられたでしょうか。ましてこれほどに濁り深い世俗の人は、やはりこちらにつらく当る人には、こちらもつらく出るのが当然でしょう。それも相手に負けないくらいに言ってやろうとひどい言葉を投げつけたり、面と向かって険悪な面持ちでにらみ合ったりするのと、そうではなくて、気持ちをじっとおしかくして、表面は穏やかにしているのと、この違いによってその人の思慮分別の程度は分かるというものですよ。

も、言ひ笑はむに憚りなう覚えはべり。いと心よからむ人は、われを憎むともわれはなほ人を思ひ後ろむべけれど、いとさしもえあらず。慈悲深うおはする仏だに、三宝謗《そし》る罪は浅しとやは説いたまふなる。まいてかばかりに濁り深き世の人は、なほ辛き人は辛かりぬべし。それをわれ勝りて言はむといみじき言の葉を言ひつけ、向かひゐて気色悪しうまもり交はすと、さはあらずもて隠し、上べはなだらかなるとのけぢめぞ、心の程は見えはべるかし。

[五一]　日本紀の御局・楽府の進講

左衛門《さえもん》の内侍《ないし》という人がいます。この人が私を、

左衛門《さいも》の内侍《ないし》といふ人は

妙にわけもなく快よからず思っていたのも知りませんでおりましたところ、いやな陰口がたくさん耳に入って来ました。

　主上が『源氏の物語』を人にお読ませになられてはお聞きになっていらっしゃったときに、「この作者はあのむずかしい日本書紀をお読みのようだね。本当に学識があるらしい」と仰せになられましたのを内侍が聞いて、「とっても学問があるんですってさ」と、殿上人などに言いふらして、私に「日本紀の御局《みつぼね》」とあだ名をつけたのでしたが、まことに笑止千万なことです。私の実家《さと》の侍女たちの前でさえ、漢籍を読むのを憚かっておりましたのに、そんな宮中のようなところで、どうして学問をひけらかしたりするでしょうか。

　私の弟の式部《しきぶ》の丞《じょう》という人が、まだ子供のころに漢籍を読んでいましたとき、私はそれをそばでいつ

べり。あやしうすずろによからず思ひけるも、え知りはべらぬ、心憂き後言《しりうごと》の多う聞こえはべりし。

　内裏《うち》の上の源氏の物語人に読ませたまひつつ聞こしめしけるに、「この人は日本紀をこそ読みたるべけれ。真《まこと》に才《ざえ》あるべし」と、のたまはせけるを、ふと推し量りに、「いみじうなむ才がる」と殿上人などに言ひ散らして、「日本紀の御局《みつぼね》」とぞつけたりける、いとをかしくぞはべる。この古里の女の前にてだに慎《つつ》みはべるものを、さる所にて才賢《さか》し出ではべらむよ。

　この式部《しきぶ》の丞《じやう》といふ人の、童にて書《ふみ》読みはべりし時、

左衛門の内侍　内裏女房。橘隆子。敦成親王誕生前後には中宮付きをも兼ねていた。↓五二ページ。

式部の丞　藤原惟規。一〇二ページの引きはぎ事件の時には、兵部の丞として見えている。

父親　式部の父藤原為時は、文章生出身の文人であった。

も聞き習っていて、弟が読み覚えるのに手間どったり忘れたりするようなところでも、私は不思議なほど早く理解しましたので、学問に気を入れていた父親は、「残念なことに、この娘が男の子でなかったのは、全く幸せがなかったのだ」と、いつも嘆いておられました。

それなのに、「男でさえ学問をひけらかす人はどうでしょうか、派手に栄達はしないようですよ」と、だんだん人の言うのを耳に聞きとめてからは、一《いち》という漢字でさえ書いてみせることもしませんので、大層無学であきれるばかりです。かつて読んだ漢籍などというものは、目にもとめなくなっておりましたのに、ますますこんなあだ名を聞きましたので、どんなにか人も聞き伝えて私を嫌がることだろうかと思いますと、恥ずかしさに、お屏風の上に書いてある文句をさえ読まないふりをしておりましたもの

聞き習ひつつ、かの人は遅う読みとり忘るる所をも、怪しきまでぞ聡《さと》くはべりしかば、書に心入れたる親は、「口惜しう、男子《をのこご》にて持たらぬこそ幸ひなかりけれ」とぞ常に嘆かれはべりし。

それを、「男《をのこ》だに才《ざえ》がりぬる人はいかにぞや、華やかならずのみはべるめるよ」と、やうやう人の言ふも聞きとめて後、一《いち》といふ文字をだに書き渡しはべらず、いとてづつにあさましくはべり。読みし書《ふみ》などいひけむもの目にも留《とど》めずなりてはべりしに、いよいよかかること聞きはべりしかば、いかに人も伝へ聞きて憎むらむと恥づかしさに、

『白氏文集』 唐の詩人白居易（楽天）の詩集。七十一巻。

「楽府」という本二巻 『白氏文集』の巻三・巻四が「楽府」。

を、中宮さまがお前で『白氏文集《はくしもんじゆう》』のところどころを私にお読ませになったりして、そういう漢詩文の方面のことをお知りになりたげにお思いでしたので、極力人目を避けて、誰も伺候していない合間合間に、一昨年《おととし》の夏ごろから「楽府《がふ》」という本二巻を、たどたどしいながらもお教え申し上げておりますが、このことも隠しているのです。中宮さまもお隠しになっておりましたが、殿も主上もその様子にお気づきになられて、漢籍などを立派に書家にお書かせになり、それを殿は中宮さまにおさし上げになりました。本当に、こうして中宮さまが私に漢籍をお読ませになっていることまでは、さすがにあの口うるさい内侍もまだ聞きつけていないでしょう。もし知ったならば、どんなにか悪口を言うことでしょうと思いますと、何事につけても世の中は煩わしく憂鬱なものでございますね。

御屏風《みびやうぶ》の上《かみ》に書きたる言《こと》をだに読まぬ顔をしはべりしを、宮の御前《おまへ》にて『文集《もんじふ》』の所々読ませたまひなどして、さるさまの事知ろしめさまほしげに思《おぼ》いたりしかば、いと忍びて人の候はぬものの隙《ひま》々に、一昨年《をととし》の夏頃より、「楽府《がふ》」といふ書《ふみ》二巻をぞしどけなながら教へたてきこえさせてはべる、隠しはべり。宮も忍びさせたまひしかど、殿も内裏《うち》も気色を知らせたまひて、御書《ふみ》どもをめでたう書かせたまひてぞ殿はたてまつらせたまふ。まことにかう読ませたまひなどする事、はたかのもの言ひの内侍はえ聞かざるべし。知りたらばい

［五二］　求道の救いとためらい

ご来迎の雲　阿弥陀仏の来迎の雲。

さあ、今はもう不吉な言葉を慎しむこともしますまい。他人がとやかく言っても、ただ阿弥陀仏《あみだぼとけ》に向かって一心にお経を習いましょう。世の中のいとわしいことは、すべてほんの少しばかりも、心もとまらなくなってしまいましたから、出家して仏道修行に精進したとしても怠けるはずもありません。でもただ一途に世を背いて出家の道に入ったとしましても、ご来迎《らいごう》の雲に乗らない間は、心が迷って動揺するようなこともきっとあるでしょう。年齢がまた、出家をしてもよい年ごろにだんだんなって来ました。ひどくこれ以上に老いぼれては、また目がかすんでお経も読まず、心も一層愚かに鈍くなってゆくでしょうから、思慮深い人のまねのようですけれど、今はただこういう仏道の方面のことだけを考えているのです。それに私のような罪深い人間は、また必ずしも出家の志がかなうとは限らないでしょう。前世

かに誹《そし》りはべらむものと、すべて世の中ことわざしげく憂きものにはべりけり。

いかに今は言忌《こといみ》しはべらじ。人、と言ふともかく言ふとも、ただ阿弥陀仏《あみだぼとけ》に弛《たゆ》みなく経を習ひはべらむ。世の厭はしき事は、全《すべ》てつゆばかり心もとまらずなりにてはべれば、聖《ひじり》にならむに懈怠《けだい》すべうもはべらず。ただ一途《ひたみち》に背きても、雲に乗らぬ程のたゆたふべきやうなむはべるべかなる。それに休《やす》らひはべるなり。年もはたよき程になりもてまかる。いたうこれより老いほれて、はた目暗うて経読まず、心もいとどたゆさまさりはべらむものを、心深

き人まねのやうにはべれど、今はただかかる方の事をぞ思ひたまふる。それ罪深き人は、また必ずしも叶ひはべらじ。前《さき》の世知らるる事のみ多うはべれば、万《よろづ》につけてぞ悲しくはべる。

　御文《ふみ》にえ書き続けはべらぬ事を、良きも悪しきも世にある事、身の上の憂へにても、残らず聞こえさせおかまほしうはべるぞかし。けしからぬ人を思ひ、聞こえさすとても、かかるべき事やははべる。されどつれづれにおはしますらむ、またつれづれの心を御覧ぜよ。またおぼさむ事の、いとかうやくなし事多からずとも、書かせたまへ。見たまへむ。

の宿業の拙なさが、おのずと思い知られることばかり多うございますので、何事につけても悲しゅうございます。

　お手紙にうまく書き続けられませぬ事を、よい事でも悪い事でも、世間の出来事や身の上の訴え事でも、残らず申し上げておきたく思うのですよ。いくら不都合な人のことを頭において申し上げたとしても、こんなにまで書きたててよいものでしょうか、よくないでしょうね。けれどもあなたさまは所在なくおいででしょうし、また私の所在ない気持ちをご覧になって下さい。またお思いになっていることで、全くこんなにも無益なことはたくさんおありでなくても、お手紙にお書き下さい。拝見いたしましょう。この手紙が万一世間に散って人目に触れるようなことになりましたら、本当に大変なことでしょう。世

［五三］　文をとじるにあたって

お手紙に　以下は手紙の末に添書きした体裁をとったもの。

間の耳も多うございます。このごろはいらなくなった手紙などもみな破ったり焼いたりしてなくしてしまい、雛遊びの家を作るのにこの春使ってしまいましてから後は、人からの手紙もございませんし、新しい紙にはとくに書くまいと思っておりますのも、極力人目に立たないようにしたつもりなのです。でもそれは別によくない方面のことによってではございません。わざとしたのですよ。この手紙をご覧になりましたら、早くお返し下さい。よくお読みになれない所々などは、文字を落としているかもしれません。そんなところは、いいえかまいません、どうぞお読み過ごし下さいな。このように世間の人の口の端を心配しいしい、最後に書き結んでみますと、わが身を思い捨てきれない気持ちが、こんなにも深くあるものなのですね。我ながら一体どうしたらよいというのでしょうか。

夢にても散りはべらばいといみじからむ。耳も多くぞはべる。この頃反古《ほんご》もみな破《や》り焼き失ひ、雛《ひひな》などの屋づくりに、この春しはべりにし後、人の文《ふみ》もはべらず、紙にはわざと書かじと思ひはべるぞいとやつれたる。ことわろきかたにははべらず、殊更によ。御覧じてはべらむ。え読みはべらぬ所々、文字落としぞはべらむ。それは何かは、疾うたまはらむ。御覧じも漏らさせたまへかし。かく世の人言《ごと》の上を思ひ思ひ、果てにとぢめはべれば、身を思ひ捨てぬ心のさても深うはべるべきかな。何せむとにかはべらむ。

［五四］ 御堂詣でと舟遊び

大懺悔　天台宗の講式にある滅罪のための一作法。仏前で過去の罪を悔告し、懺悔文を読誦する。

後夜　六時の修法（晨《じん》朝《ちょう》・日中・日没・初《そ》夜《や》・中夜・後夜）の一つ。明け方の四時頃。

　十一日の明け方に、中宮さまは池のほとりにある供養堂へお渡りになられます。中宮さまのお車には殿の北の方が同乗され、女房たちは舟に乗って池を棹さして渡りました。私はそれには遅れて夜分になってから参上します。仏事を行なう所は、比叡山《ひえいざん》や三井寺の作法をさながらに移して大懺悔《おおいざんげ》をします。白い百万塔などをたくさん絵に描いて興じ遊ばれます。公卿方は大部分退出されて、少しだけ残っておられます。後夜《ごや》の御導師の祈願は説教の仕方がみんなめいめい異なっていて、二十人の僧たちがみな中宮さまのこうして身重でいらっしゃる旨を、言葉を尽くして祈り合い、言葉につまって笑われることもたびたびありました。

　仏事が終わって、殿上人たちは舟に乗ってみんな池に漕ぎ連ねて管弦の遊びをします。お堂の東の端の北向きにおし開いてある戸の前に、池に降りられ

　十一日の暁、御堂《みだう》へ渡らせたまふ。御車《みくるま》には殿の上、人々は舟に乗りてさし渡りけり。それには遅れて夜さり参る。教化《けうげ》行ふ所、山、寺の作法移して大懺悔《おほいざんげ》す。白い塔など多う絵に描いて、興じ遊びたまふ。上達部多くは罷出《まかで》たまひて、少しぞとまりたまへる。後夜《ごや》の御導師、教化ども、説相《せつさう》みな心々、二十人ながら宮のかくておはします由を、こちかひきしな、言葉絶えて、笑はるる事も数多《あまた》あり。

　事果てて、殿上人舟に乗りて、みな漕ぎ続きて遊ぶ。御堂の東《ひむがし》のつま、北向きに

中宮の大夫　中宮大夫藤原斉信。

大蔵卿　藤原正光。当年五十三歳。

舟の中で老いの身を　『白氏文集』巻三「海漫々」の詩に「童男丱《どうなんかん》女《じょ》舟中ニ老ユ」とあるのに依った表現。

るように造ってあります階段の欄干を押さえて、中宮の大夫《だいぶ》はおいでになります。殿がちょっと中宮さまの方へおいでになられましたとき、宰相《さいしょう》の君などが中宮の大夫のお話相手をして、お前なので気を許さないように心を配っている様子など、御簾の内も外も風情のある折です。

　暁方の月が雲間からおぼろに出て、若々しい殿方たちが、はやりの俗謡をうたうのも、舟にみんなうまく乗りこめたものですから、晴れやかに楽しく聞こえます中に、大蔵卿が年がいもなく本気で仲間入りをして、しかしさすがに若い人々に声を合わせるのも気がひけるのか、遠慮がちにそっと座っています後ろ姿がおかしく見えますので、御簾の中の女房たちも、そっと笑っています。「舟の中で老いの身を嘆いているのでしょうか」と私が言いましたのを、お聞きつけになったのでありましょうか、中宮の大《だい》

押し開けたる戸の前、池に作り下ろしたる階《はし》の高欄《かうらん》を押さへて、宮の大夫《だいぶ》はゐたまへり。殿あからさまに参らせたまへるほど、宰相《さいしやう》の君など物語して、御前なれば、うちとけぬ用意、内も外もをかしきほどなり。

　月朧ろにさし出でて、若やかなる君達、今様歌《いまやううた》謡ふも、舟に乗りおほせたるを、若うをかしく聞こゆるに、大蔵卿《おほくらきやう》の、おほなおほなまじりて、さすがに声うち添へむも慎ましきにや、忍びやかにてゐたる後ろでの、をかしう見ゆれば、御簾の中《うち》の人も密《みそ》かに笑ふ。「舟の中にや老いをば託《かこ》つらむ」と、言ひたるを聞きつ

徐福文成誑誕多し 前の「海漫々」の詩の続きの一句。

池の浮草 今様歌の一節と考えられる。

[五五] 人にまだ折られぬものを

すきものと 「すきもの」に「好き者」と「酸き物」をかけ、「折る」は梅の枝を折る意と、女を手に入れる意をかける。「酸き物」は「梅」の縁語。

夫《ぶ》が「徐福文成誑誕《じよふくぶんせいきようたん》多し」と吟誦なさる声も様子も、格段と華やいで当世風に見えます。殿方たちは「池の浮草」などとうたって、笛などを吹き合わせています。その音《ね》を運ぶ夜明けの風の趣までが、何やら特別な感じです。こんなちょっとしたことでも、場所柄、時節柄で、特別趣深く感じられるのでした。

源氏の物語が中宮さまのお前にありますのを殿がご覧になって、いつものご冗談などもおっしゃり出されたついでに、梅の実の下に敷かれてある紙にお書きになります。

すきものと名にし立てれば見る人の折らで過ぐるはあらじとぞ思ふ

（そなたは浮気者ということで評判になっているから、見る人が自分のものにせずそのまま見過ごしてゆくことは、きっとあるまいと思うのだが。）

けたまへるにや、大夫《だいぶ》、「徐福文成誑誕《じよふくぶんせいきやうたん》多し」と、うち誦《ず》じたまふ声もさまもこよなう今めかしく見ゆ。「池の浮草」と謡《うた》ひて、笛など吹き合せたる、暁方の風の気配さへぞ心殊なる。はかない事も所柄折柄なりけり。

源氏の物語、御前《おまへ》にあるを、殿の御覧じて、例のすずろ言ども出で来たるついでに、梅の下に敷かれたる紙に書かせたまへる。

すきものと名にし立てれば見る人の折らで過ぐるはあらじとぞ思ふ

たまはせたれば、

「人にまだ折られぬものをたれかこのすきものぞとは口ならしけむ

めざましう。」と聞こゆ。

渡殿《わたどの》に寝たる夜、戸をたたく人ありと聞けど、恐ろしさに、音もせで明かしたるつとめて、

夜もすがら水鶏《くひな》よりけになくなくぞ槙《まき》の戸口にたたきわびつる

こんな歌を下さいましたので、

「人にまだ折られぬものをたれかこのすきものぞとは口ならしけむ

（私はまだどなたにもなびいたことはございませんのに、一体誰がこの私を浮気者などとは言いふらしたのでございましょうか。）

心外なことですわ」と申し上げました。

渡り廊下にある部屋に寝ました夜、部屋の戸をたたいている人がいる、と聞きましたけれど、恐ろしさにそのまま答えもしないで夜を明かしました、その翌朝に殿より、

夜もすがら水鶏《くひな》よりけになくなくぞ槙《まき》の戸口にたたきわびつる

（夜通し水鶏がほとほとたたくにもまして、わたしは泣く泣く槙の戸口で、戸をたたきながら思い嘆い

人にまだ　「口ならし」は酸っぱくて口を鳴らす意と、言いふらす意をかける。

[五六]　戸をたたく人

夜もすがら　「なく」に「泣く」と「鳴く」をかけ、「たたく」に戸を叩くと水鶏の鳴き声をかける。「鳴く」「たたく」は水鶏の縁語。

返し、

ただならじとばかりたたく水鶏ゆゑあけてはいかに悔やしからまし

今年正月三日まで、宮たちの御《おほん》戴《いただき》餅《もちひ》に日々に参う上らせたまふ、御供に、みな上臈《じやうらふ》も参る。左衛門《さゑもん》の督《かみ》抱いたてまつりたまうて、殿、餅《もちひ》は取り次ぎて、主上《うへ》にたてまつらせたまふ。二《ふた》間《ま》の東《ひむがし》の戸に向かひて、主上の戴かせたてまつらせたまふなり。下《お》り上《のぼ》らせたま

たことだ。）

返歌

ただならじとばかりたたく水鶏ゆゑあけてはいかに悔やしからまし

（ただではおくまいとばかり熱心に戸をたたくあなたさまのことゆえ、もし戸をあけてみましたら、どんなにか後悔したことでございましょうね。）

今年は正月三日まで、若宮方の御戴餅《いただきもちい》の御儀のために、毎日清涼殿におのぼりになります。そのお供に、みな上臈の女房方も参上します。左衛門《さえもん》の督《かみ》が、お二人の若宮をお抱え申し上げなさって、殿が、お餅は取り次いで、主上におさし上げになります。二間《ふたま》の東の戸に向かって、主上が若宮方のおつむにお餅をいただかせなさるのです。若宮方が抱かれて主上のお前に参上したり退下したりする儀式作法は、

ただならじ　「とばかり」に「戸ばかり」、「たたく」に戸を叩くと水鶏の鳴き声を、「あけて」に戸を開けると夜が明けるをかける。

［五七］　若宮たちの戴餅―寛弘七年正月

若宮方　彰子腹の敦成・敦良親王。

左衛門の督　藤原頼通・若宮の伯父に当たる。

御薬の儀　元日から三日まで、宮中で御薬（屠蘇・白散など）を供する儀式。

生気の衣裳　その年の吉方の色の服を唐衣の上に着る。

文屋の博士　内裏女房。文屋時子。

膏薬　「こうやく」が「皇焼く」に通じるのを忌んで「とうやく」という。

［五八］中宮の臨時客・子の日の遊び

すばらしい見ものです。母宮さまはおのぼりになりませんでした。

今年の元日は、御薬の儀の陪膳役は宰相の君で、例の生気《しょうけ》の衣装の色合いなど、いつもと違っていてとても趣があります。取り次ぎの女蔵人は、内匠《たくみ》と兵庫《ひょうご》が奉仕します。髪上げをした容貌などこそご陪膳役は格別りっぱにお見えになりますけれど、しかしそのお務めの胸中をお察ししますと、私はたまらなくせつない気持ちになるのですよ。御薬の儀の女官に出ている文屋《ふや》の博士は、しきりに利口ぶって才ありげにふるまっていました。献上された膏薬《とうやく》が式後人々に配られましたが、それらは例年行われることです。

二日、中宮さま主催の大饗《だいきょう》は中止となって、臨時《りんじ》客《きゃく》が、東面の間《ま》をすっかり取り払って、例年の通り

ふ儀式、見物なり。大宮は上らせたまはず。

今年の朔日《ついたち》、御まかなひ宰相《さいしやう》の君。例のものの色合などことに、いとをかし。蔵人《くらうど》は、内匠《たくみ》、兵庫《ひやうご》仕うまつる。髪上げたる容貌《かたち》などこそ、御まかなひはいとことに見えたまへ、わりなしや。薬の女官《にようかん》にて、文屋《ふや》の博士《はかせ》さかしだちさいらきゐたり。膏薬《たうやく》配れる例のことどもなり。

二日、宮の大饗《だいきやう》はとまりて、臨時客《りんじきやく》東面《ひむがしおもて》とり払ひ

中宮様主催の大饗　正月二日に中宮が公卿・殿上人に賜る宴。
臨時客　年始に中宮や摂関家で大臣・公卿などを招いて催す饗宴。
傅の大納言　藤原道綱。
四条の大納言　藤原公任。以下、藤原隆家・行成・頼通・有国・正光・実成・源頼定。
源中納言　源俊賢。以下、藤原懐平・源経房・藤原兼隆。
若宮（兄宮）　敦成親王。
弟宮　敦良親王。
右大将　藤原実資。

催されました。ご列席の公卿方は、傅《ふ》の大納言・右大将・中宮の大夫《だいぶ》・四条の大納言・権中納言・侍従の中納言・左衛門《さえもん》の督《かみ》・有国の宰相・大蔵卿・左兵衛の督・源宰相などで、お互いに向かい合ってお座りになっていました。源中納言・右衛門の督・左右の宰相の中将は、長押《なげし》の下手の、殿上人の席の上座におつきになりました。殿が若宮をお抱き申しあげお出ましになられて、いつものようにいろいろなことを若宮に言わせ申し上げたりして、おかわいがりになられます。そして北の方に、「弟宮をお抱き申し上げよう」と殿がおっしゃいますのを、兄宮がひどくやきもちをおやきになって、「いやーん」と駄々をこねられます。それをまた殿はおいつくしみになられて、いろいろとなだめあやされますので、右大将などはそのご様子をおもしろがり申し上げていらっしゃいます。

て、例のごとしたり。上達部は、傅《ふ》の大納言、右大将、中宮の大夫《だいぶ》、四条の大納言、権中納言、侍従の中納言、左衛門《さゑもん》の督《かみ》、有国の宰相、大蔵卿、左兵衛の督、源宰相、向かひつつゐたまへり。源中納言、右衛門の督、左右の宰相の中将は長押《なげし》の下《しも》に、殿上人の座の上《かみ》に着きたまへり。若宮抱き出でたてまつりたまひて、例の事ども言はせたてまつり、うつくしみきこえたまひて、上に、「いと宮抱きたてまつらむ」と、殿ののたまふを、いと妬き事にしたまひて、「ああ」とさいなむを、うつくしがりきこえたまひて、申したまへば、右大将

初子の日　正月最初の子《ね》の日。この日野に出て小松を引き、若菜の羹《あつもの》を食べると、病厄を免れるとされた。朝廷では宴が催され、賀歌が詠進される。

それから公卿方は清涼殿に参上して、主上も殿上《てんじよう》の間《ま》にお出ましになられて、そこで管弦の御遊びがありました。殿はいつものようにお酔いになられていいます。私は煩わしいと思って隠れていましたのに、見つけられて、「どうしてそなたの父御《ててご》は、わたしがお前の御遊びに呼んだのに伺候《しこう》もしないで、急いで退出してしまったのかね。ひねくれているな」などとご機嫌を損じていらっしゃいます。「その咎が許されるぐらいの見事な歌を一首詠《よ》んでお出し。親の代りにね。それに今日は初子《はつね》の日だし、さあ詠んだ、詠んだ」とおせきたてになります。すぐに詠み出したとしても、ひどく不体裁なことでありましょう。殿は格別なお酔いざまのようですので、一層お顔色も美しく、その灯火に照らし出されたお姿は輝き映えて理想的で、「この数年来、宮がお子もなく寂しそうにお一人でおられたのを、心寂しく拝して

など興じきこえたまふ。

上に参りたまひて、主上《うへ》、殿上《てんじやう》に出でさせたまひて、御遊びありけり。殿、例の酔はせたまへり。煩はしと思ひて、隠ろへゐたるに、「など、御父《てて》の御前《おまへ》の御遊びに召しつるに、さぶらはで急ぎまかでにける。ひがみたり」など、むつからせたまふ。「許さるばかり歌一つ仕うまつれ。親の代りに。初子《はつね》の日なり。詠め詠め」とせめさせたまふ。うち出でむに、いとかたはならむ。こよなからぬ御酔ひなめれば、いとど御色合ひきよげに、火影《ほかげ》華やかにあらまほしくて、「年頃、宮のすさまじげにて、一所

いたのに、今ではこのように煩わしいまでも左右に若宮方を見奉るとは、本当に嬉しいことよ」とおっしゃって、おやすみになっていらっしゃいます若宮方を、帳台の垂絹を何度もお開《あ》けになってお覗き申し上げます。そして「野辺に小松のなかりせば」とお口ずさみになります。このさい新しい歌を詠《よ》み出されるというよりも、こうした折にぴったりの古歌を吟誦される、そうした殿のご様子が、私にはご立派に思われたことでした。

おはしますを、さうざうしく見たてまつりしに、かくむつかしきまで、左右に見たてまつるこそ嬉しけれ」と、大殿籠《おほとのごも》りたる宮たちを、ひき開けつつ見たてまつりたまふ。「野辺に小松のなかりせば」とうち誦《ず》じたまふ。新しからむ事よりも折節の人の御有様、めでたくおぼえさせたまふ。

野辺に小松の　「子の日する野辺に小松のなかりせば千代のためしに何を引かまし」（拾遺・春・壬生忠岑）。

［五九］　中務の乳母

次の日の夕方、思いがけなくはやばやと霞んでいます空には、いくつも造り続けてある御殿の軒が隙間もないほど重なり合った状態で、ただ渡り廊下の上のあたりに見える空をわずかに眺めながら、中務《なかつかさ》の乳母《めのと》と、昨夜の殿のお口ずさみをおほめしあいます。この命婦《みょうぶ》は実に物事の道理をよくわきまえて、

またの日、夕つ方、いつしかと霞みたる空を、造り続けたる軒のひまなさにて、ただ渡殿《わたどの》の上のほどをほのかに見て、中務《なかつかさ》の乳母《めのと》と昨夜の御口ずさびをめできこゆ。この命婦《みやうぶ》こそものの心

中務の乳母　中宮女房。命婦源隆子。源致時の娘。敦良親王の乳母。

気がきいておいでの人です。

　ほんのちょっと実家《さと》に退出して、二の宮の御五十日《いか》のお祝いは正月十五日ですので、その日の明け方に参上しましたが、小少将《こしょうしょう》の君は、すっかり夜が明けはなれて間《ま》が悪いほどのころになって参上なさいました。いつものように同じ部屋に一緒にいました。二人の部屋を一つに合わせて、どちらか一方が実家にさがっている間もそこに住んでいます。また二人が同時に参上しました時は、几帳だけを隔てにして暮らしています。そんな有様をご覧になって、殿はお笑いになります。「お互いに知らない人でも誘い入れたらどうする」と、聞きづらいことをおっしゃいます。でも二人ともそんなよそよそしいことはありませんから安心です。

日が高くなってから私は中宮さまのお前に参上し

［六〇］二の宮の御五十日《いか》―正月十五日

二の宮　敦良親王。寛弘六年（一〇〇九）十一月二十五日誕生。

得て、かとかどしくははべる人なれ。

　あからさまにまかでて、二の宮の御《おほん》五十日《いか》は正月十五日、その暁に参るに、小《こ》少将《せうしやう》の君、明け果ててはしたなくなりにたるに参りたまへり。例の同じ所にゐたり。二人の局《つぼね》を一つに合はせて、かたみに里なるほども住む。一度《ひとたび》に参りては、几帳ばかりを隔てにてあり。殿ぞ笑はせたまふ。「かたみに知らぬ人も語らはば」など聞きにくく。されど誰もさるうとうとしき事なければ、心安くてなむ。

日たけて参う上る。かの

ます。あの小少将の君は、桜の綾織の袿に赤色の唐衣を着て、いつもの摺裳をつけておられます。私は紅梅の袿に萌黄の表着、柳襲の唐衣で、裳の摺り模様なども当世風に派手ですので、少将の君のととりかえた方がよさそうに思われるほど若々しいです。

主上付きの女房たち十七人が、中宮さまの御方に参上しました。弟宮のご陪膳役は橘の三位、取次役は端の方に小大輔《こだいふ》、源《げん》式部、内には小少将《こしょうしょう》の君が奉仕します。主上と中宮さまとがお二方お揃いで、それぞれの御帳台の中においでになります。折から朝日がさし光り輝いて、まぶしいほどにご立派なお前の情景です。主上はお引直衣《ひきのうし》に小口袴をお召しになり、中宮さまはいつもの紅の袿に紅梅、萌黄、柳、山吹の袿をお重ねになり、上には葡萄染《えびぞめ》の綾織の表着を召され、さらに柳襲の上白の御小袿の、紋様も色合いも珍しく当世風なのをお召しになっておられます。

君は、桜の織物の袿、赤色の唐衣、例の摺裳《すりも》着たまへり。紅梅に萌黄、柳の唐衣、裳の摺目など今めかしければ、とりもかへつべくぞ、若やかなる。上人《うへびと》ども十七人ぞ、宮の御方に参りたる。いと宮の御まかなひは橘の三位《さんみ》。取り次ぐ人、端には小大輔《こだいふ》、源《げん》式部、内には小《こ》少将《せうしやう》。帝、后、御帳の中《うち》には二所ながらおはします。朝日の光りあひて、まばゆきまで恥づかしげなる御前なり。主上《うへ》は御直衣《なほし》、小口《こぐち》たてまつりて、宮は例の紅の御衣《みそ》、紅梅、萌黄、柳、山吹の御衣、上には葡萄染《えびぞめ》の織物の御衣、柳の上白《うへじろ》の御小袿、紋も色も珍らしく

あちらの中宮さまのお前はとても目立ちますので、私はこちらの奥にそっと入りこんでじっとしていました。中務《なかつかさ》の乳母《めのと》が若宮をお抱き申し上げて御帳台の間から南面の方にお連れ申し上げます。よく整っていて、すらりとなどはしていない容姿ですが、ただゆったりといささか重々しい様子をして、乳母として人を教育するのにいかにもふさわしく思われるような、才気ある様子をしています。葡萄染《えびぞめ》の織物の袿と紋様のない青色の表着の上に、桜襲の唐衣を着ていました。

その日の女房たちの衣装は、誰も彼も優劣をつけがたいほど華麗を尽くしたものでしたが、袖口の色の配合を、あまりよくはなく重ねている人でも、お前のものをとり下げるというので、大勢の公卿方や殿上人に、前に出てまじまじと見られてしまったことと、後になって宰相《さいしょう》の君などが悔やしがっておい

今めかしき、たてまつれり。あなたはいと顕証《けそう》なれば、この奥にやをらすべりとどまりてゐたり。中務《なかつかさ》の乳母《めのと》、宮抱きたてまつりて、御帳の間《はざま》より南ざまに率てたてまつる。こまかにそびそびしくなどもあらぬ容姿《かたち》の、ただゆるるかに、ものものしきさまうちして、さるかたに人教へつべく、かどかどしきけはひぞしたる。葡《え》萄《び》染《ぞめ》の織物の袿、無紋の青色に、桜の唐衣着たり。

その日の人の装束、いづれとなく尽くしたるを、袖口のあはひ悪《わろ》う重ねたる人しも、御前の物とり入るとて、そこらの上達部、殿上人に、さし出でてまぼられ

でのようでした。とはいっても、それほど悪いというほどでもありませんでした。ただ色のとり合わせが引き立たなかっただけです。小大輔《こだいふ》は、紅の袿一重ねに、上に紅梅の袿の濃いの薄いのを五枚重ねていました。唐衣は桜襲です。源《げん》式部は濃い紅の袿に、さらに紅梅襲の綾の表着を着ていたようでした。唐衣が織物でなかったのをよくないというのでしょうか。でもそれは禁色ですから無理というものです。表立った晴の場であればこそ、過失がはた目にちょっと見えたような場合でも、とり立てて批判なさることもよいでしょうが、しかし衣装の優劣は、身分上の制約もあることですから、云々すべきことではありません。

若宮にお餅を献上なさる儀式なども終わって、御食膳などもとり下げて、廂《ひさし》の間の御簾を巻き上げます。そのそばに、主上付きの女房は御帳台の西面《にしおもて》の

つる事とぞ、後に宰相の君など、口惜しがりたまふめりし。さるは悪しくもはべらざりき。ただあはひの褪《さ》めたるなり。小大輔《こだいふ》は紅一《ひと》襲《かさね》、上に紅梅の濃き薄き五つを重ねたり。唐衣、桜。源《げん》式部は濃きに、また紅梅の綾ぞ着てはべるめりし。織物ならぬを悪《わろ》しとにや。それあながちのこと。顕証《けそう》なるにしもこそ、とり過ちのほの見えたらむ側目《そばめ》をも選らせたまふべけれ、衣《きぬ》の劣り勝りは言ふべき事ならず。

餅《もちひ》まゐらせたまふことども果てて、御台《おほんだい》などまかでて、廂《ひさし》の御簾上ぐるきはに、

昼《ひ》の御座《おまし》の向こうに、おし重ねたように並んで座っています。橘の三位《さんみ》をはじめとして、典侍《ないしのすけ》たちも大勢参上していました。

　中宮付きの女房たちは、若い人々は廂の長押《なげし》の下手、東の廂と母屋の間の南側の襖《ふすま》をとりはずして御簾をかけてあります所に、上臈方は座っています。御帳台の東側の廂との間がほんの少しあいている所に、大納言の君や小少将の君が座っていらっしゃいます、その所に私は訪ねていって、ご祝宴を拝見します。

　主上は平敷《ひらしき》のご座所におつきになり、そのお前に御食膳がさし上げられ並べられました。お膳の調度や飾り付けの有様は、言いつくしようもないほど立派です。縁側には北向きに西の方を上座にして、公卿方は左、右、内の大臣方、東宮の傅《ふ》・中宮の大夫・四条の大納言と並び、それより下座は見ること

上の女房は御帳の西面《にしおもて》の昼《ひ》の御座《おまし》に、おし重ねたるやうにて並みゐたり。三位《さんみ》をはじめて典侍《ないしのすけ》たちもあまた参れり。

　宮の人々は、若人は長押《なげし》の下《しも》、東《ひむがし》の廂の南の障子《さうじ》放ちて御簾かけたるに、上臈はゐたり。御帳の東のはざま、ただ少しあるに、大納言の君、小少将の君ゐたまへる所に、訪ねゆきて見る。

　主上《うへ》は、平敷《ひらしき》の御座《ござ》に御《お》膳《もの》まゐり据ゑたり。御前のもの、したるさま、言ひ尽くさむかたなし。簀子に北向きに西を上《かみ》にて、上達部。左、右、内の大臣殿、春宮の傅《ふ》、中宮の大夫《だいぶ》、四条の

橘の三位　内裏女房橘徳子。

平敷のご座所　床にじかに畳二畳を敷き、その上に唐綾の茵を重ねて置いた座席。

左、右、内の大臣方　左大臣道長、右大臣顕光、内大臣公季。

がてきませんでした。

　管弦の御遊びが催されます。殿上人はこちらの東の対の東南にあたる廊に伺候しています。地下《ちげ》の席は決まっています。そこには景斉《かげまさ》の朝臣・惟風《これかぜ》の朝臣・行義《ゆきよし》・遠理《とおまさ》などというような人々がいました。殿上では、四条の大納言が拍子をとり、頭の弁が琵琶、琴は□□、左の宰相《さいしょう》の中将が笙《そう》の笛とかいうことです。双調の調子で「安名尊《あなとうと》」、次に「席田《むしろだ》」「此《この》殿《との》」などを謡います。楽曲は鳥の曲の破《は》と急《きゅう》を演奏します。戸外の地下の座でも、調子の笛などを吹き合わせます。歌に合わせる拍子を打ちまちがえて咎められたりします。次に「伊勢の海」を謡います。右大臣は「和琴が実に見事だわい」などと、聞きながらおほめそやしになります。戯れておられるようでしたが、そのあげくのはてに大変な失敗をしでかされ、そのお気の毒な様子といったら、見ていて私

大納言、それより下《しも》は見えはべらざりき。

　御遊びあり。殿上人はこの対の辰巳《たつみ》にあたりたる廊にさぶらふ。地下《ちげ》は定まれり。景斉朝臣《かげまさあそん》、惟風《これかぜ》朝臣、行義《ゆきよし》、遠理《とほまさ》などやうの人々。上に、四条の大納言拍子《はうし》とり、頭の弁、琵琶、琴は、□□、左の宰相の中将、笙《さう》の笛とぞ。双調《さうでう》の声にて、「安名尊《あなたふと》」、次に「席田《むしろだ》」「此殿《このとの》」などうたふ。曲《こく》のものは、鳥の破《は》、急《きふ》を遊ぶ。外《と》の座にも調子などを吹く。歌に拍子《はうし》うち違へてとがめらる。伊勢の海。右の大臣《おとど》、「和琴、いとおもしろし」など、聞きはやしたまふ。ざれたまふめりし果てに、

地下　昇殿を許されない者。
景斉の朝臣　以下藤原景斉、藤原惟風、平行義、藤原遠理。
頭の弁　左中弁蔵人頭源道方。
□□　琴の奏者不詳。
「安名尊」　「安名尊」「席田」「此殿」はいずれも催馬楽の呂《りょ》の歌。

「伊勢の海」　催馬楽の律の歌。

右大臣　藤原顕光。六十七歳。

どもの体さえ冷え切ってしまったくらいでした。殿からのお贈物は、横笛の葉二《はふたつ》で、箱に納められてさし上げられたと拝見しました。

いみじき過ちのいとほしきこそ、見る人の身さへ冷えはべりしか。御贈物、笛葉《は》二《ふたつ》、筥に入れてとぞ見はべりし。

葉二　この笛は、道長が花山院御匣殿《みくしげどの》から賜った名笛である。

附録

解説

一　作者とその環境

家系

『紫式部日記』は、『源氏物語』の作者として名高い紫式部の日記である。

紫式部は藤原為時《ためとき》の娘で、その家系は、系図に見られるように、父方も母方も閑院《かんいん》左大臣藤原冬嗣《ふゆつぐ》の流れであるが、父方はその中の良門《よしかど》流、母方は長良《ながら》流で、同じ冬嗣門流の良房《よしふさ》の系統が代々摂関家を継承していくのに対して、政権とは離れた系流であった。それでも父方の曽祖父兼輔《かねすけ》や、母方の曽祖父文範《ふみのり》は、いずれも上達部《かんだちめ》に列しているが、祖父の代からは国司《こくし》を歴任して四、五位程度にとどまっており、式部の時代にはもはやすっかり固定した受領《ずりょう》階級の家格となっていた。

しかし曽祖父の堤中納言兼輔が、三十六歌仙の一人に数えられるほどの有名歌人であったのをはじめ、祖父の雅正《まさただ》・為信《ためのぶ》、伯父の為頼《ためより》・為長《ためなが》なども勅撰集に和歌を採られており、一族に歌人として知られている人々が多いことは、文芸的な血筋の面で看過できないことであろう。

父為時

父の為時《ためとき》も『後拾遺和歌集』や『新古今和歌集』に歌を残しているが、むしろ詩人として名高く、文章博士《もんじょうのはかせ》菅原文時《ふみとき》門下の逸材として、当代有数の文人であった。その詩は『本朝麗藻《ほんちょうれいそう》』『類聚句題抄《るいじゅくだいしょう》』等に収載されている。

為時の官歴は、『類聚符宣抄《るいじゅふせんしょう》』に「播磨権少掾《はりまのごんのしょうじょう》」とあるのが初出で、これは安和元年（九六八）十一月十七日付の任符である。その後円融天皇の貞元二年（九七七）三月、閑院での東宮の読書始《ふみはじめ》の儀に副侍読《じどく》をつとめたことが知られるが、この時はまだ文章生《もんじょうのしょう》であった。その七年後の永観二年（九八四）八月、花山天皇が即位すると、為時は式部丞蔵人《しきぶのじょうくろうど》に任ぜられ、やがて式部大丞に進んだが、寛和二年（九八六）六月、天皇の退位とともに官を退き、以後は一条天皇の長徳二年（九九六）正月に越前守となるまでの十年間散位《さんに》であった。

この為時《ためとき》の任越前守については、『続本朝往生伝』『今昔物語集』『古事談』『十訓抄』等にその詩才を讃える逸話が伝えられている。それによれば、正月の除目《じもく》で下国の淡路守に任ぜられた為時が、傷心を詩に託して上申したところ、一条天皇がいたく感動され、その叡慮を体した道長が、すでに越前守に決まっていた源国盛《みなもとのくにもり》に代えて為時をこれに任じたという。為時の詩才を讃えた詩徳説話ではあるが、当時の受領《ずりよう》の激しい任官争いや情実を垣間見ることもできよう。

長徳二年（一〇〇二）春、越前守の任終えて帰京した為時は、その後、寛弘五年（一〇〇八）三月、蔵人左少弁に任じられるまで、再び長い散位《さんに》生活を送ったらしい。その間、文人としては貴顕の邸宅に出入りし、歌合や詩会の席に陪して和歌や詩文を残している。

寛弘八年二月、為時は越後守に任ぜられたが、長和三年（一〇一四）、任半ばで職を辞して帰京し、五年四月、三井寺で出家した。推定年齢七十歳ぐらいと考えられている（岡一男氏説）。その後寛仁二年（一〇一八）一月、摂政藤原頼通《よりみち》の大饗《たいきよう》の料の屏風に詩を献じたことが知られているが、以後の消息は明らかでない。

家族と家風

式部の母は藤原為信《ためのぶ》の娘で、式部の幼いころに早世した。兄弟には同腹に夭逝した姉と弟の惟規《のぶのり》、それに異腹の弟の惟通《のぶみち》・定暹《じようせん》と一人の妹がいたらしい。

式部の生年は明らかでない。天禄元年（九七〇）〈今井源衛〉・天延元年（九七三）〈岡一男〉・天元元年（九七八）〈与謝野晶子〉などの説があるが、ほぼ天禄から天延ごろの出生と考えるのが妥当なところであろう。本書では仮に天延元年出生とする岡一男氏説に従っておく。

幼くして生母に死別した式部は、継母とともに少女期を過ごしたと思われる。この継母については語るところがないが、為時との間に二男一女を儲《もう》けているので、夫婦仲は円満であったと見られ、散位時代が長い為時にとって精神的に支えとなる忠実な妻であったと思われる。文章生出身の為時は、長男惟規を後継に育てあげるべく、幼時から彼に学問を仕込んだ。学者肌の質朴で地道な生活態度が式部の家の家風であった。式部の地味で内省的な性格の多くは、この地道な家風と、生母や実姉を早くに亡くした孤独感、寂漠感に培われたものと思われる。

実弟の惟規は、寛弘四年正月に少内記《しょうないき》から蔵人《くろうど》に補されているが、式部と二歳違いとしても、すでに三十二、三歳であるから、父為時の任蔵人よりも若いとはいえ、官途は遅いといわねばならない。やがて兵部丞《ひょうぶのじょう》となり式部丞《しきぶのじょう》に転じたが、父の越後守赴任に際して蔵人式部丞の官を辞して同行し、その下向の途次発病して彼の地で病没した。大斎院《だいさいいん》（選子《せんし》内親王）の女房斎院の中将を愛人にもつ風流歌人で、勅撰集にも十首採られており、歌集『藤原惟規集』を残している。

少女・娘時代

この惟規が父の為時について漢籍を習っている時、傍らで聞いていた式部のほうが理解が早かったので、父は利発な式部を男子であったらと残念がったという有名な逸話は、もちろん少女時代の式部の聡明さを伝えるものではあるが、それ以上に看過できないことは、学者の父がいつも式部を男と対等もしくはそれ以上に評価して、それを口に出していたということである。それは式部の知的な面での自信を過剰なまでに醸成したと思われるが、その性格は後年の宮仕え生活における対男性意識や、知的女房に対する強い批判精神にも連なるものであろう。

式部の娘時代を伝える資料は少ないが、家集に見える次の贈答は興味深い。

姉なりし人亡《な》くなり、又人の妹《おとと》うしなひたるが、かたみに行きあひて、亡きが代りに、思ひかはさんといひけり。文《ふみ》の上に、姉君と書き、中の君と書き通はしけるが、をのがじし遠き所へ行き別るるに、よそながら別れ惜《を》しみて、

北へ行く雁《かり》のつばさにことづてよ雲の上がき書き絶えずして

返しは西の海の人なり。

行きめぐり誰《たれ》も都にかへる山いつはたと聞くほどのはるけさ

この贈答歌は、返歌に鹿蒜山《かへる》、五幡《いつはた》など越前の地名がよみこまれているので、式部の越前下向の直前、二十二歳ぐらいの頃のものと推定されるが、詞書《ことばがき》によれば、姉を亡くした式部と妹を失った友だちとが、たがいに姉君、中の君と呼び合って文通していたという。姉妹を亡くした者同士が相手を亡姉亡妹に見たてて孤独感をいやしていたわけで、やや同性愛的傾向がうかがえるが、このような性格は、例えば同僚の宰相の君の昼寝姿に魅力を感じて、思わず狂気じみた行為に及んでしまう情動と通底するものがあろう。

越前への旅

父の越前守赴任に伴われての越路の旅と、越前国府（現在の福井県越前市）での一年あまりの生活は、成人した式部にとって、またとない貴重な体験であったと思われる。ことにこの北国行きは、地味な

環境に育った内気な式部にとっては、おそらく初めての大旅行であっただけに、そのすぐれた才質と鋭い感受性は、ある種の驚きをもってみずみずしく躍動し、未知の国の人情・風物を十二分に吸収して、大いに見聞を広めたことであろう。その体験が直接間接に後の物語創作に活かされたであろうことも想像に難くない。しかし式部の北国生活はわずか一年あまりで、父を残して都に戻って来る。宣《のぶ》孝《たか》との結婚のためであろうといわれている。

結婚とそれ以前

式部が藤原宣孝と結婚したのは長保元年（九九九）、式部が二十七歳、宣孝が四十七歳のころと推定されている（岡一男氏説）。

この結婚を式部の初婚とすると、当時の風としてきわめて遅れていることになるので、これ以前に結婚の経験があったとみるのが妥当であろう。その点家集の巻頭近くに見える次の贈答は、式部の娘時代における男性との交渉を推測させるものである。

方違《かたたが》へにわたりたる人の、なまおぼおぼしきことありて、帰りにけるつとめて、朝顔の花をやるとて、

おぼつかなそれかあらぬか明けぐれのそらおぼれする朝顔の花

返し、手を見分かぬにやありけん、

いづれぞと色分くほどに朝顔のあるかなきかになるぞわびしき

右の贈答の相手を後に夫となる藤原宣孝とする説もあるが、女の方から朝顔の花を贈るというかなり積極的な行為から想像すると、この関係は式部の方が乗り気のようであり、相手が二十歳も年長の男とは思われない。詞書によれば式部の筆跡を承知しているはずの男性であるから、今までも幾度か手紙のやりとりがある年相応の若者であろう。為時の家を方違所《かたたがえどころ》に選ぶ可能性からすれば、親戚筋か役所関係の知人と考えられる。なお「なまおぼおぼしきことありて」は、その明け方露にぬれた朝顔の花を男に贈るという意味ありげな行為を考え合せると、情事があったことの朧写とも受けとれる表現である。

宮仕えの経験と伺候名

日記によると、式部は中務宮《なかつかさのみや》具平《ともひら》親王家に何らかの関係があったように書かれている。事実系譜の上では式部の従兄弟に当る伊祐《これすけ》が具平親王の落胤《らくいん》を養子としていたり、父為時も文人として中務宮に出入りしていたので、式部自身も初婚前後の若い時期に中務宮家へ出仕した経験があったかもしれない。

式部が中宮彰子への出仕以前に宮仕えしていたという明徴はないが、その推察を助けるものとして、式部という伺候名《しこうな》に注目したい。

紫式部の正式な伺候名は、勅撰集の作者名などによって藤式部《とうしきぶ》であったことが知られるが、この伺候名が彰子中宮出仕に際して付けられたとすると、その呼称の由来がはっきりしない。

宮仕え女房の伺候名は、通常その女性の父兄とか夫とかの後見的立場にいる男性の官職名から名付けることが多いが、式部の場合、彰子中宮に出仕当時父の為時は散位《さんに》であり、それ以前は越前守であったから、この時期にもし新参の為時の娘に伺候名を与えるとすれば、越前という国名がもっとも蓋然性が高い。また亡夫宣孝の最終官名を拠り所にすれば左衛門とか衛門とかの呼称が考えられる。寛弘二年（一〇〇五）三月、亡夫の異腹の子隆光《たかみつ》が式部丞になるが、それを呼名とするにはあまり離れ過ぎよう。それよりも、これはやはり父の官職名からとったと見るべきで、それならば式部と名付けられる時期も、父為時が式部大丞になった寛和二年（九八六）ごろから越前守に任じたころまでをめどに考えるべきであろう。この間の式部の年齢は十四歳〜二十四歳ぐらいであり、二十歳前後で中務宮家へ出仕した時、そこで父の前官名から藤式部と名付けられたとしても不審はない。その伺候名が彼女の文才とともに著名になったとすれば、彰子中宮出仕に際しても当然その呼名は継承されたであろう。しかし新しい職場ではおのずから新作の『源氏物語』が評判になるにつれてその作者としてのイメージが強く、やがて紫式部というあだ名が通称になったと考えられる。

夫宣孝・娘賢子

式部の夫藤原宣孝《のぶたか》は、同じ良門《よしかど》流ではあるが勧修寺《かつじゆうじ》家の藤原高藤四世の孫に当たるので、家格は式部の家よりも一段上である。

宣孝は天元五年（九八二）には早くも左衛門尉《さえもんのじよう》で蔵人《くろうど》を兼ね、その後、備後《びんご》・周防《すおう》・山城《やましろ》・筑前《ちくぜん》・

備中《びっちゅう》などの国司を歴任しており、官吏として有能な人であったらしい。『宣孝記』という記録を蔵人任官当初から没するまでの二十一年間も記していたというから、実務に堪能で故実にも明るく、学問教養もまずまずであったろう。式部と結婚した当時は四十七歳ぐらいで、すでに下総守《しもうさのかみ》藤原顕猷《ふじわらのあきみち》の娘、讃岐守《さぬきのかみ》平《たいらの》季明《すえあきら》の娘、中納言藤原朝成《あさひら》の娘などを妻としており、それぞれに子供も儲《もう》けていた。性格は明朗闊達で物事にこだわらず、『枕草子』には、誰もが潔斎をして地味な装束で行く御嶽《みたけ》詣でに、息子の隆光とともに派手な装束をして出かけ、人々を驚かしたという逸話を伝えている。その点性格的には内気な式部と正反対であるが、あるいはそれがおたがいに引かれ合う魅力であったのかもしれない。

しかし宣孝にとって二十歳も年下の新しい妻の魅力は、何といってもそのつつましやかな中ににじみ出た知的教養と、すぐれた文芸的才能であったろう。宣孝はこの新妻の資質に誇りをもって、その文芸活動に理解を示したことと思われる。式部もまた能吏で理解のある夫を得て、物語の執筆なども試みることができたであろう。

結婚の翌年の長保二年（一〇〇〇）、宣孝は左衛門権佐《さえもんのごんのすけ》となり、二人の間には一女賢子《けんし》が生まれた。この娘は後に越後弁《えちごのべん》という女房名で上東門院に出仕し、後冷泉《ごれいぜい》天皇の乳母《めのと》となり、大宰大弐高階成章《だざいのだいにたかしなのなりあき》に嫁して大弐三位《だいにのさんみ》と呼ばれた。夫の昇進、愛娘の誕生と、このころが式部にとってもっとも幸福な時期であったと思われる。しかしその幸福も束の間、長保三年四月二十五日、宣孝は病没し、結婚後わずか二年あまりで式部は一女を抱えて寡婦となってしまった。

彰子中宮への出仕

夫に死別してから中宮彰子の許《もと》へ出仕するまでの数年間は、一般に『源氏物語』の執筆時期と考えられているが、『源氏物語』のような長編物語の執筆には、強力な援助者と読者の支持を必要とするものであることを考え合せると、この間を『源氏物語』の執筆期間とすることはまず無理であろう。ごく自然に考えれば、夫に急逝されて幼児を抱えた寡婦が、当座は物語の執筆などというすさびごとに心を入れる余裕はないと見るほうが実状に近いと思われる。少なくとも亡夫の一周忌を過ぎるまでは、こみ上げる悲しさに耐えつつ、愛娘の養育のみを心の慰めに日々を送るのが精一杯であったろう。もし物語創作の筆をとるとすれば、寡婦生活の寂しさにある程度馴《な》れてからのことと思われる。

父の為時は、長保三年越前守の任果てて帰京し、このころは散位《さんに》であったが、文人として貴顕の邸宅に出入りしていた。やがて時の権勢家道長の土御門《つちみかど》邸にも招かれるようになって、娘の出仕を勧誘されるようになったらしい。かつて定子中宮時代に中宮大夫《ちゆうぐうのだいぶ》を勤めたことのある道長は、才媛の競い合う定子中宮サロンを目のあたりにして、わが娘彰子の後宮をそれ以上に彩るべく、このころかなり積極的に優秀な女房を集めていたと思われる。式部の文名もそうした道長の早くから知るところであったろうし、道長室の倫子が式部の家系と遠縁関係にあることもあって、出仕の勧誘は父を通して執拗であったろう。これに対して式部は、生来の内気と過去の経験から宮仕えには消極的であったと思われるが、相手が今をときめく道長ではあるし、父の官途や一族の将来を思い、また自らの境遇を顧みて、出仕を承諾したのであろう。女性として文藻豊かな中宮サロンに対する秘かな憧憬もあったかもしれない。こうして初めて中宮彰子の許へ出仕したのが、日記によれば十二月二十九日の夜で、それは寛弘元年（一〇〇四）のことと考えられる。

宮仕えの年時

この式部の彰子中宮への宮仕え年時については、多くの先学の論考があり、結論として寛弘二年・三年・四年というように説が分かれている。ことに寛弘二年説は従来の通説であったが、近年萩谷朴氏は周到な考証により寛弘三年説を出された。その主要な論拠は、⑴寛弘二年十二月は暦の上では小の月で二十九日は大晦日に当り、宮中の歳末行事を考慮に入れると初宮仕えの日としてふさわしくなく、寛弘五年と同じく十二月が大の月の寛弘三年のほうが適切であること。⑵寛弘五年十二月の内裏は一条院の今内裏なので、初宮仕えの回想として同じように一条院が今内裏であった寛弘三年十二月がふさわしいこと。⑶日記に見える新参意識は、初宮仕えを寛弘二年より三年と見た方がより適切であること、等である。

しかしながら、日記に見える次の記事は、式部が寛弘二年春にはすでに宮仕えしていたことを物語るものではなかろうか。それはいわゆる女房批評の中に見える五節《ごせち》の弁《べん》についての記述である。

五節の弁といふ人はべり。平中納言の、娘にしてかしづくと聞きはべりし人。絵に描いたる顔して、額いたうはれたる人の、目尻いたうひきて、顔もここはやと見ゆるところなく、色白う、手つき腕つきいとをかしげに、髪は、見はじめはべりし春は、丈《たけ》に一尺《いっさく》ばかり余りて、こちたく多かりげなりしが、あさましう分けたるやうに落ちて、裾もさすがにほめられず、長さは少し余りてはべるめり（一一二ページ）。

平中納言惟仲《これなか》の養女五節の弁が、はじめはふさふさした長い黒髪の持主であったのに、その後驚くほど抜け落ちてしまったというのである。女性の美の象徴である見事な黒髪がわずかな間に抜け落ちて見る影もなくなってしまうということは、よほどの精神的な衝撃があってのことであろう。その因は、おそらく養父惟仲の突然の病死と思われる。

平惟仲が養女の五節の弁を実の娘のようにかわいがっていたらしいことは、「娘にしてかしづくと聞きはべりし人」とあるのによっても推察されるが、それだけに養父を亡くした五節の弁の悲嘆は想像にあまりある。しかもその死に至るまで、惟仲はもとより平中納言家にとっては深刻な悩みの連続であった。というのも、大宰権帥《だざいのごんのそち》として筑紫にあった惟仲は宇佐八幡の神人と不仲となり、寛弘元年（一〇〇四）十二月に官を退いたが、翌年正月寺詣での折に腰を患い、宇佐の宮の祟りと噂された。間もなく三月十二日発病、十四日に急逝し、遺骨は四月二十日に帰京したが、人々はその死を宇佐の宮の降誅として恐れたという。遥か遠国の父の身を案じて心を悩まし続けたあげく、不幸のどん底に突き落とされた五節の弁の強い衝撃と深い傷心は、言語に絶するものであろうが、さらにその死が神罰といわれるものであるだけに、その後も言い知れぬ不安と恐ろしさにさいなまされたことであろう。さすがに長く豊富な黒髪も、そのために次第に抜け落ちて見る影もなくなってしまったものと思われる。

式部がこの五節の弁と出会ったのは宮仕えの場であったと思われるので、日記に見える「見はじめはべりし春」は惟仲の亡くなる前、まだ五節の弁の黒髪が豊富であった寛弘二年の春のことと考えられる。したがって式部が彰子中宮の許へ初めて出仕した十二月二十九日は、寛弘元年であったと推定されるのである。

宮仕え生活

式部の宮仕え生活における役柄ははっきり定まったものではなく、中宮付きの教養面での世話係という程度のものであったらしい。日常は中宮の話相手はもちろんのこと、洗面や髪の手入れ、食事や衣装の世話、香・双六・和歌・音楽などの相手、訪問客や手紙の取り次ぎなど、一般の女房と同じような仕事をしていたと思われるが、日記に見える草子作りや楽府《がふ》進講などこそが、彼女ならではの職分であろう。命婦《みょうぶ》であったという説（角田文衛氏）もあるが、そのようなはっきりした身分や位階はもたなかったと思われる。

それよりも、いささか不自然なのは、彰子付きの主要女房でありながら、公的な行事にも歴とした役柄はなく、里下りは自由でしかもしばしば長期間に及んでいる。このような待遇は、おそらく夫の死没前後に世に出された『源氏物語』の原初の数巻によって、ある程度の文才を認められており、主人側もその自由な宮仕えを許していたのであろう。宮仕え当初、中宮や他の女房たちから、自信ありげにとりすましていて親しみにくい人だと見られたのも、彼女の生来の引っ込み思案の性格や宮仕え嫌悪感に加えて、こうした文才についての前評判が災いしたとも考えられる。

しかし、このような状態も宮仕えの初期のころで、日記に記されたころの式部の宮仕えぶりを見ると、消極的ではあるが人嫌いではなく、気心の知れた朋輩とは結構楽しく付き合っている。また中宮や道長や倫子《りんし》には特別に扱われているようであり、そのお蔭もあってか、上達部《かんだちめ》や女房たちも決して疎略には扱っていない。それは『源氏物語』の執筆の進展によって、式部の文才が本当に周囲に認められて来たからであり、自らもそれに自信を得た結果であろう。

式部の中宮女房としての地位は、日記に見える内裏還啓の際の乗車順で見当がつくが、それによれば五両目の牛車に馬の中将と同車している。これは身分的に別格の扱いのようで、九条師輔《もろすけ》の孫の左《さ》馬頭相尹《まのかみすけまさ》を父に持つ馬の中将が不快を示したというのも首肯されよう。また、日記によれば式部は大納言の君・宰相の君・小少将の君などの上臈女房と対等の付き合いをしているようであり、相手もそれを許しているが、これも式部が出自を超えて格別の待遇を得ていたことを示すものと思われる。

このように、中宮彰子のサロンにおける式部の宮仕え生活は、身分以上に好遇を受けており、それほど憂く辛いものではなかったはずである。それにもかかわらず、日記全体に漂う宮仕え嫌悪感は、どう理解すべきであろうか。それはおそらく、前述の若いころに経験した宮仕えのあまりよくない印象を核とした、社会の裏面や谷間をも見過ごさない作家精神のなせるわざであろう。自らの幸いよりも他人の不幸や社会の矛盾を鋭く感受し、それを吸収回帰することによって自らの幸いを打ち消し、陰の部分を助長するような精神作用が、式部の心の中で絶えず反芻《はんすう》されている結果、宮仕えを嫌悪し、世を憂《う》しとする総評価が生れたものと思われる。

『源氏物語』の執筆

式部の宮仕えは、はじめの二、三年は里居がちで、あまり精勤ではなかったらしい。そのことは寛弘五年（一〇〇八）の日記の中でさえ新参意識がしばしば見られることからも推察されよう。そしてこの期間こそ、道長や倫子《りんし》の庇護のもとに『源氏物語』を長編物語として着々と書き進めていた時期であったと思われる。この間ことに道長の強い後援があったことはいうまでもなく、当時貴重であった紙や墨の供給をはじめ、経済的物質的な援助を受けたことであろう。

このような道長の絶大な庇護があってこそ『源氏物語』は長編物語としての完成を見たといっても過言ではあるまい。そして式部自身も道長の寛大な包容力に惹かれ、やがてその情を受け入れるまでになったものと思われる。女郎花《おみなえし》や梅の実の贈答をはじめ、日記に散見される道長への賛辞や温かいまなざしは、『尊卑分脈《そんぴぶんみゃく》』に「御堂関白妾」とある注記を裏付けるもので、式部が道長の召人《めしうど》であったことは疑問の余地がないと思われる。

『源氏物語』は、物心両面における道長の強力な庇護のもとに、彰子中宮サロンないし道長・倫子をも含めた土御門《つちみかど》サロンを初期の享受層として、世に送り出されたものと認められる。

晩年

式部の宮仕えがいつごろまで続いたかは明徴を欠くが、一条天皇崩御の寛弘八年以後も、皇太后宮となった上東門院彰子に引き続き仕えていたことが確認されている。ことに長和二年（一〇一三）ごろには、道長に批判的な立場の小野宮実資《さねすけ》の重要な用件を取り次いだりしていて、皇太后宮女房として重きをなしていたことが知られる。今井源衛氏はこの長和二年中に式部が宮廷を退いたと推定されているが、『源氏物語』もこの頃までには「宇治十帖」を脱稿していたであろう。その没年は、岡一男氏の説によれば長和三年、推定年齢四十二歳であった。

二　『紫式部日記』の内容と形態

現存日記の内容

現存する『紫式部日記』の内容は、期間としては一応寛弘五年の秋から七年正月までの足かけ三年間にわたっている。しかし決して日次《ひなみ》の日記ではなく、その間の記事の繁簡ははなはだしい。また重要な出来事をすべて記しているとは限らない。

寛弘五年の記事はもっとも多くかつ精細で、全体の約三分の二を占めている。すなわち、七月二十日ごろの土御門邸の秋の風情から筆を起こし、九月十一日の中宮彰子の敦成親王《あつひら》（後の後一条天皇）ご出産を中心として、それまでの読経の有様や、その後のお湯殿《ゆどの》の儀や産養《うぶやしない》などの諸行事を詳細に描写し、続いて十月十六日の一条天皇の土御門邸行幸、十一月一日の五十日《いか》の祝宴、十七日の中宮・若宮の内裏《だいり》還啓、二十日過ぎの五節《ごせち》、二十八日の賀茂臨時祭《かものりんじのまつり》等々の諸公事を丹念に記録しており、その間に中宮や道長や同僚女房などの人柄風貌を点描し、交友や宮仕えについての感懐をも述べている。

ついで寛弘六年の記事は、まず正月三日に行われた若宮の戴餅《いただきもちい》の儀を写し、その盛儀に陪席した女房たちの服装や容姿などを記述していくうちに筆がそれて、他の女房の容姿や性格の批評となり、さらに転じて斎院の中将への批判から斎院方と中宮方との比較を論じ、続いて和泉式部・赤染衛門・清少納言など当代の才媛の才能や性格について批評し、顧みて自己の境遇・性格・心境などをじっくりと回想している。この女房批評から述懐までの部分は全体の四分の一にも達し、それまでの公事を記録して来た筆致とは異なって、あたかも誰かに書き贈ったかのような消息文的文体で書き記されているので、古来消息文がまぎれこんだものかと疑われ、この日記の成立や構成についての大きな問題点となっているが、内気な式部のかなり大胆な批評や告白は、彼女の性格・思想・精神構造などを知るうえで、まことに興味深いものである。寛弘六年の記事に続いては、某月十一日の暁の御堂詣《みどうもうで》の記述と、六月ごろの贈答歌を含む二つの挿話があるが、このあたりは形態的にも欠落錯簡の存在が予想されるところであり、成立事情と絡んで問題を含んでいる。

寛弘七年（一〇一〇）の記事は、元日の若宮たちの戴餅《いただきもちい》の儀と、二日の中宮臨時客《りんじきゃく》、十五日の敦良《あつなが》親王（後の後朱雀天皇）五十日《いか》の祝宴の記録だけで、記述は詳細であるが量的には全体の一割にも達していない。

以上の内容からも知られるように、この日記には、行事や盛儀を詳述した記録的部分と、自己の回想や感懐を述べた随想的部分とが併存している。前者はいわば公的な宮廷女房としての記述であり、後者は私的な人間としての筆である。前者は外界への鋭い観察であり、後者は内奥への深い洞察であるともいえよう。この相対の二面性は、この日記の大きな特色であって、これはそのまま複眼的な作家としての式部の眼にも通ずるものと思われる。

日記の形態と欠落・錯簡

ところで、このような日記の内容から、誰しもが不審を抱くのは、年時における構成上の著しい不均衡と、一見性質の異なる消息文的な記述の介入であろう。このことから、古来多くの先学によって、現存する『紫式部日記』が原形を伝えているかどうかの問題が論議されてきた。その主要な問題点は、およそつぎの三つにしぼられる。すなわち、一つはいわゆる「日記歌」の出現によって論議を呼んだ冒頭の欠落の問題、その二は寛弘六年の「十一日の暁」前後の欠落錯簡の問題、その三は消息文的部分が竄入《ざんにゅう》かどうかの問題である。

現存日記の冒頭に欠落があるのではないかという疑問は、つとに池田亀鑑氏が『宮廷女流日記文学』（昭和二年）で「日記歌」を紹介されたことに始まる。この「日記歌」は、古本系統の『紫式部集』の巻末に付載されており、元来は何人かが和歌を補うつもりで家集に見えない日記の歌十七首を巻末に付け加えたと考えられるものである。ところがその「日記歌」のはじめの六首が現存の日記には見当たらない歌で、しかもその中の五首は、寛弘五年四月二十三日から土御門《つちみかど》邸で催された法華三十講の五巻日が、奇しくも五月五日に当った時に詠まれた歌であり、その五巻日のことは『紫式部日記』を材料にして書かれたと見られる『栄花物語』「初花」の巻にも詳しく記されているので、現存日記のはじめの部分はこの五月の記事が欠落しているのではないかと疑われるのである。

この首欠説は、早速に山口たけ子氏・小沢正夫氏などによって強化されたが、一方反対の立場としては、この「日記歌」そのものの資料的信憑性を疑う意見もあり（吉川理吉氏・今小路覚瑞氏）、岡一男氏のように「日記歌」の原拠を現存日記とせず、他の『古本紫式部集』とする説もある。しかしながら首欠説には、もうひとつ外証となるべき資料がある。それは『明月記《めいげつき》』貞永二年三月二十日の条の月次絵《つきなみえ》に関しての記事中に「五月紫式部日記暁景気」と見えるもので、これが「日記歌」に見える寛弘五年五月五日の法華三十講五巻の日の暁のことではないかと考えられるのである。これに対しても岡一男氏は、日記の寛弘六年の部分に見える十一日の暁の舟遊びを五月と解して画題にしたものと反論し、また萩谷朴氏はこの記事を「五月は紫式部の歌で日記に書きつけた暁の景気の歌」と解して、現存日記とは別の具注暦に書きつけた日記の存在を想定している。しかし首欠説の論拠が「日記歌」や『明月記』のような外部徴証によっているだけに、これを全く否定し去ることはいささか困難なようで、それよりも、この首欠説に有効に対抗しうるのは、日記内部からの立論であろう。岡一男氏や今小路覚瑞氏は、現存日記の冒頭がまさに日記文学の起筆としてふさわしく、しかもその冒頭部分で日記執筆の動機を告白していると説き、益田勝実氏は、この冒頭の一段を日記全体の大きな回想の発想として捉えている。また萩谷朴氏によって紹介された十三世紀末ごろの絵巻断簡は、まさにこの日記の冒頭に当たるもので、現存形態がかなり早い時期からのものであることを推測させるものとして、間接的ながら反首欠説を支える資料となりうるものである。

このように見てくると、この首欠の問題は、かつて秋山虔氏が「日本古典文学大系」の解説で要約されたように、概して外証からすれば首欠説が、内証から見れば反対説が、それぞれ有利と思われるのが実状である。しかし現存日記の形態が完全なものではなく、ことに寛弘六年に当たる部分に、某月の暁の舟遊びや、夏ごろの梅の実や水鶏《くいな》の贈答歌などがあって年時が乱れていることが認められるので、この部分に「日記歌」を含む寛弘五年五月の記事が存在していた可能性は考えうるであろう。

つぎに第二の寛弘六年（一〇〇九）の部分の欠脱問題に移ろう。寛弘六年の記事は、前述のごとく正月の記録に続いて人物批評に筆がそれ、自己の感懐に至って一応しめくくりをつけ、再び記録的筆致に戻って十一日の暁の描写に入っている。この十一日の暁が何月のことであるかは種々の説があり、またこの段がはたして寛弘六年かどうかについても論が分かれているが、その情景から季節は春から夏にかけてのころと認められ、さらに明け方にまで月のあるころとすると、萩谷朴氏の説く寛弘五年五月二十三日と見るのがもっとも妥当と思われる。これに続く梅の実と水鶏《くいな》についての贈答も季節は夏であり、前の十一日の暁の段と同年のこととすれば、この部分は寛弘六年の記事の後に五年の記事が挿入されていることとなり、錯簡欠落が予想される。消息文的部分から十一日の暁の記事への移行が唐突であり、それに続く二挿話が孤立的であることからも、この部分に錯簡欠落が存在することは認めてよいであろう。

第三のいわゆる消息文の竄入《ざんにゅう》の問題も、古来甲論乙駁《こうろんおつばく》であり、竄入説には一歩を進めてその書簡の送り先を想定した説まであるが、竄入説の弱点は、何よりも寛弘六年正月の記述からいわゆる消息文的部分への筆のそれ方がまことに自然で、消息文の冒頭とすべき所がなく、どこからを竄入と見なすべきかの決め手に欠けることであろう。

この消息文の処置については、今井卓爾氏が「人物批評というはげしい内容のものをやわらげるための技術的な操作」と見ていることが参考になるが、さらにこれを「自己の内部の、自己のもっとも理想的な理解者である他者に向かって語りかけている」（秋山虔氏）と解し、またその消息文的文体を、「日記的部分の第一人称的な随筆の文体の徹底したもの」（曾沢太吉氏・森重敏氏）と見て、より積極的にこれを書簡体仮託という方法として捉えようとする説も出ている。

三　成立時期と執筆意図

成立時期

この日記の成立時期については、岡一男氏の考証に委細が尽くされている。つぎにその論拠とする諸項をあげてみると、

(1)　日記の最後の日時が寛弘七年正月十五日であるから、それ以後の執筆である。

(2)　「丹波の守の北の方」を赤染衛門《あかぞめえもん》とすると、その夫大江匡衡《おおえのまさひら》が丹波の守になったのは、寛弘七年三月三十日であるから、日記はそれ以後の執筆である。

(3)　寛弘八年六月に譲位になった一条天皇を「うちのうへ」と呼んでいるから、それ以前の執筆である。

(4)　寛弘七年七月十一日に没した宰相の君を故人として扱っていないから、それ以前の執筆である。

などで、結局、寛弘七年三月三十日以後、七月十一日以前の夏ごろの執筆と推定されている。また神田秀夫氏は、消息文中の亡夫の回想記事を分析し、この期間をさらに具体的に、夫宣孝《のぶたか》の祥月命日の四月二十五日を去ること一か月ぐらいであろうと推断された。また萩谷朴氏はこの日記を、日記体記録篇・消息体評論篇・第一部補遺の三部構成と見て、それぞれの執筆時期を考えられている。大略従うべき見解と思われるが、さらに本文に沿って細かくその執筆の時期を探ってみると、この日記の執

筆は少なくとも二回に分けて考えたほうが実状に合っているように思われる。

　いま、女房批評における宮木《みやぎ》の侍従《じじゅう》と小馬《こま》の二人について見よう。宮木の侍従については、「いと小さく細く、なほ童女《わらは》にてあらせまほしきさまを、心と老いつき、やつしてやみはべりにし。髪の、袿《うちき》にすこし余りて末をいとはなやかに削ぎてまゐりはべりしぞ、果ての度なりける。顔もいとよかりき」とあって、この書きぶりからは現役の女房ではないことがうかがわれる。小馬についても同様で、「むかしはよき若人、今は琴柱《ことぢ》に膠《にかは》さすやうにてこそ、里居してはべるなれ」と見え、現在ではすっかり引き籠ってしまっているらしい。ところが、小馬は寛弘五年九月十五日の五夜の産養《うぶやしない》の宴に髪上げをして晴の場に出ているし、宮木の侍従も翌十六日の夜の舟遊びに興じているので、このころは歴とした現役女房であった。するとこの二人の女房の境遇の変化は、ここ一年ばかりのことと思われる。

　一方、寛弘五年の記事は記録的色彩が濃厚で、おおむね現在的視点で貫かれているが、それが日次《ひなみ》に書きつがれたものではなく、ある時期における回想であることは、「かばかりなる事の、うち思ひ出でらるるもあり、その折はをかしきことの、過ぎぬれば忘るるもあるは、いかなるぞ」「扇どもも、をかしきを、そのころは人びと持たり」「騒がしうて、そのころはしめやかなることなし」などの回想的筆致からも容易に推察できる。しかしこの回想執筆の時期を、さきに寛弘五年（一〇〇八）を「むかし」と呼んだ女房批評における「いま」と同時点に考えたのでは、あまりに隔たりがあるようである。少なくも寛弘五年を現在的視点で記録している執筆心理は、これを「むかし」と呼んだ時点の心境とはかなり異なるものと考えられる。ここにおいて女房批評中の「いま」の時点を「今年正月三日まで」と書き出した寛弘七年と同時と見るならば、女房批評の部分は岡一男氏の説かれたように、大江匡衡《おおえのまさひら》の任丹波の守以後という条件から、寛弘七年四月以降の執筆と考えてよかろう。

それではこれと執筆心境の異なる寛弘五年の回想執筆時点はいつであろうか。ここで問題となるのは、寛弘五年九月十三日の条に見える近江の守高雅《たかまさ》と、十月ごろの部分に見える中務《なかつかさ》の宮についての記事である。この源高雅は、実は寛弘六年八月二十七日に官を辞し、翌二十八日に出家してしまうのであるが、日記の若宮三日夜の産養《うぶやしない》の条ではそのようなことに一言も触れていない。また中務の宮具《とも》平《ひら》親王も寛弘六年七月二十八日に薨じているが、この日記における書きぶりからはそのような不幸を感じさせない。一方では寛弘六年三月四日にそれぞれ権大納言、権中納言に昇った公任《きんとう》や行成《ゆきなり》を、寛弘五年の時点ですでに四条の大納言、侍従の中納言と呼んでいるところから推すと、高雅や具平親王を出家や故人扱いしていないことは、この寛弘五年の部分の執筆時期が、高雅の出家や具平親王の薨《こう》去《きよ》以前であったことを示唆するものではなかろうか。

これを要するに、寛弘五年の記録的部分は寛弘六年三月から七月ごろまでの間に一応まとめられたと考えられる。それはおそらく、中宮の再度のご懐妊が公になった四月ごろのことであろうか。先例として昨年の敦成《あつひら》親王誕生に関する記録をまとめておく必要があったのかもしれない。寛弘六年以後の記事は、女房批評をも含めて、従来通り寛弘七年夏ごろの執筆と考えて差し支えないであろう。

このような執筆時点の異なる二つの部分が統合編集されたものが現存の日記であり、その統合の時期がすなわち日記の成立時期ということになる。具体的には不明とするよりほかはないが、寛弘七年夏をあまり大きく隔たることはないであろう。

執筆動機とその意図

この日記の執筆の動機やその目的は必ずしも分明ではないが、現存日記の五分の三にも及ぶ敦成《あつひら》親王誕生に関する記述は、やはりこの日記の主眼と見てよいであろう。

しかし、このような公的行事の記録を、中宮付きの一女房が自発的に執筆するということはちょっと考えられないことである。この敦成親王の誕生が、結果として道長の政治的基盤を磐石《ばんじゃく》にし、一族の繁栄を約束するものであったことは、史実の示すところである。おそらく道長は、この栄ある皇子誕生の顚末《てんまつ》を仮名日記として残すことを意図し、文才ある式部にその執筆を命じたのではあるまいか。このような道長の期待をもった要請に応えて、この日記は執筆されたものと思われる。現存日記の冒頭が、この出産のために中宮が里下りした寛弘五年秋から起筆されていることは、九月十一日の皇子誕生へ向けての構成を明確に意図したものと思われるし、何よりもその間に見られる彰子や道長や頼通に対する惜しみない鑽仰《さんぎょう》の筆致が、皇子誕生を中心とする主家繁栄の様相を記録しようとする筆者の姿勢を物語っている。

この敦成親王誕生の記録は、道長の『御堂関白記《みどうかんぱくき》』、実資の『小右記《しょうゆうき》』、行成の『権記《ごんき》』などにもそれぞれ書き留められており、他にも蔵人《くろうど》や外記《げき》の公的な記録や、諸卿の日記にも書き留められたであろうが、道長がこれらの記録類とは別に、わざわざ中宮付きの才媛に命じて仮名文による記録を残そうとしたことには、やはりそれなりの意図があったと思われる。その道長の狙いが奈辺にあったかは明確には知り得ないが、仮名日記の読者層や効用を思えば、やはり読者対象である女性を考慮に入れてのことではなかろうか。彰子以下妍子・威子・嬉子と多くの子女をもつ道長にとって、やがては入《じゅ》内《だい》させねばならない娘たちと、それを取り巻く女房たちのために、長女彰子の皇子誕生の一部始終は、道長家最高の佳例として、ぜひとも書き残しておきたかったに違いない。さらにこの慶事の記録が、道長傘下の女性たちのみならず、やがては後宮社会にまで広まることを見通せば、皇子誕生に湧く土《つち》御門《みかど》邸のどよめきは、一条帝の後宮社会における勝利の讃歌にも等しいものであったろう。

『枕草子』への対抗

このことに関してもう一つ看過できないのは、『枕草子』との関連である。道長は兄道隆の盛時に中宮大夫として定子中宮に奉仕し、中関白家の隆盛を目のあたりに見聞きして、中宮サロンの華やかで明るい雰囲気を実感している。おそらくわが娘彰子もやがて入内《じゅだい》の暁にはこのようにあらせたいと羨望をもって眺めていたことであろう。その夢が実現し、自らが中関白家に取ってかわった現在においても、かつての中関白家や定子中宮の盛時を明るく讃美した『枕草子』が後宮女性の間にもてはやされていたとしたら、道長ならずともこれへの対抗を意識せざるを得ないであろう。この対抗心は執筆を依頼された式部にとってはなおさらのことで、日記中に思わず清少納言に対する辛辣《しんらつ》な批評を加えていることは周知のことであるが、他の叙述の端々にも『枕草子』を意識したと思われる表現が認められる。

四　日記における記録性と批評性

記録性の来源

『紫式部日記』の記録的部分が、公卿日記にも比肩しうるものであることは大方の認めるところであるが、このことは女流の仮名日記としてはきわめて特異であると思われる。その理由として前述のように道長の要請に応えたものとすれば一応理解できるが、それにしてもこの日記の詳細な記録性は、単なる公卿日記の和文化ではないであろう。とすればその淵源はどこに求めるべきであろうか。

公事の仮名日記としては、古く醍醐天皇の皇后穏子《おんし》の『太后御記《たいこうぎょき》』の存在が知られている。これについては現在『河海抄《かかいしょう》』所引のわずかな断片資料によって、かろうじてその片鱗をうかがいうるのみであるが、黎明期の仮名日記の面影を伝えるものとしてまことに貴重である。それによれば、『太后御記』の記述は、残欠資料によって知りうる範囲では、男踏歌《おとこことうか》・着裳《ちゃくも》・算賀などすべて行事に関わるもので、記述もきわめて記録的な色彩の強いことが知られる。『太后御記』の筆録者は、穏子の算賀を「御賀」と記しているので、穏子側近の女房と考えられるが、公的記録とほとんど同質の仮名による女性の記録的日記の先蹤《せんしょう》として看過できない。

また『亭子院《ていじのいん》歌合』（延喜十三年〈九一三〉三月）、『京極御息所《きょうごくみやすどころ》歌合』（延喜二十一年五月）、『天徳内裏《てんとくだいり》歌合』（天徳四年〈九六〇〉三月）、『女四宮《おんなしのみや》歌合』（天禄三年〈九七七〉八月）などには、長い仮名文による歌合日記が付随しているが、これらも公的行事を仮名文で記録したものの先例として注目すべきであろう。ことに『天徳内裏歌合』は、歌合史上最大の規模をもった盛儀で、後代にまで鑚仰《さんぎょう》された歌合の規範であったが、これに漢文の御記や殿上日記とともに、長文の仮名日記が付載されていることは注目に値する。

つぎにその任意の部分を抜き出し、『紫式部日記』の同様な記述と対比してみよう。

・かかるほどに日いといたく暮れぬ。又蔵人藤原の重輔《しげすけ》を召して、遅きよしを仰せ給ふ。もののさまも見えぬほどに洲浜《すはま》奉る。童打敷《うちしき》とりて参る。かへりて又四人洲浜舁《か》きて参る。装束赤色に桜《さくら》襲《がさね》なるべし。されど見えねばかひなし。算刺《かずさし》の洲浜又童持たり。すべて六人の童あり。大きさととのほらず。珍材《よしき》童の中にまじりて騒ぐ。童は大きにてかたはにもあらじとおもひたるなるべし。

（『天徳内裏歌合』仮名日記）

・おほかたのことどもは、ひと日の同じこと。上達部の禄は、御簾の内より、女の装束、宮の御衣《みそ》など添へて出だす。殿上人、頭《とう》二人をはじめて、寄りつつ取る。朝廷《おほやけ》の禄は大袿《おほうちき》、衾《ふすま》、腰差《こしざし》など、例のおほやけざまなるべし。御乳付《ちつけ》仕《つか》うまつりし橘《たちばな》の三位《さんみ》の贈物、例の女の装束に、織物の細長《ほそなが》添へて、白銀《しろがね》の衣筥、包などもやがて白きにや。また包みたる物添へてなどぞ聞きはべりし。詳しくは見はべらず。

（『紫式部日記』九月十七日の産養の条、本書四二〜四三ページ）

右の二つの記事は、もし出典の明示がなかったら、どちらがどちらとも区別がつかないほどに類似している。しかも「装束赤色に桜襲なるべし」「童は大きにてかたはにもあらじとおもひたるなるべし」「例のおほやけざまなるべし」などの執筆者の側からの推量表現や、「されど見えねばかひなし」「詳しくは見はべらず」などの見聞者の視点を示す表現も同様である。『紫式部日記』の記録的部分の文章がいかに歌合日記と同質かがわかるであろう。

道長が皇子誕生に関する記録をあえて仮名日記として残そうとした発想の淵源は、この歌合の盛宴の詳細を仮名文で見事に表現した歌合日記にあったのかもしれない。『亭子院歌合』の仮名日記の作者は、才媛の誉れ高い伊勢《いせ》の御《ご》であると伝えられている。このような公事の仮名の記録が、当時の才媛の筆に任される風があったとすれば、中宮御産の慶事に際しての中宮女房としての式部の役目は、まさにこの筆録役にあったと思われる。

記録性とその逸脱

式部が皇子誕生を中心とする道長家繁栄の様相を、出来る限り克明に記録しようとしていることは、盛儀についての細かい観察眼やそれを記述する詳細な筆致からも推量されるところである。例えば、皇子誕生当日のお湯殿の儀の記事を見てみよう。まずお湯殿の準備に中宮職の下役がお湯を入れた桶を運んでくる。尾張守近光《ちかみつ》と侍長の六人部仲信《なかのぶ》が湯桶をかついで御簾《みす》の所まで運ぶと、お水取役の女官の清子の命婦《みょうぶ》と播磨が取次いで湯加減をととのえ、大木工と馬の二人が十六の瓫《ほとぎ》に入れる。お湯殿の役は宰相の君、迎え湯は大納言の君。用意が整った所へ、それぞれ虎の頭と守刀を捧持した宮の内侍と小少将の君を先導として、道長が若宮を抱いて入場してくる。

このような一連の行事の進行、人々の動作、女房たちの役割からそれぞれの衣装の文様や織り方までを細かく具体的に描写している点は、到底他の公卿日記の比ではなく、この日記の記述によって、はじめて行事の様相を細部まで知ることができる。

もっともこの記録性は、あくまでも女性の眼を通してのものであることも忘れてはならない。髪型や衣装についての詳密な観察描写などは、その大きな特色であろう。その半面、この夜の公事で当然書くべくして略されたものもあるに違いない。その意味では、記録とはいいながら真に客観的な記録とはいい難く、かなり筆者の側に引きつけられた記述と見なければならない。

しかもこのようなもっとも記録的と思われる記述の中にも「頭《かしら》つき映えて、をかしく見ゆ」とか「湯巻《ゆまき》姿どもの、例ならずさまことにをかしげなり」など式部自身の感想批評が見られることは興味深い。詳細な記録の中に執筆者の個人的感懐が混入しているわけで、これによって記録のもつ客観性はうすめられた結果になっている。同僚女房の容姿や衣装に観察の眼が及び、これに多くの筆を費やし、感想批評が加えられるのは、女性の記述としてごく自然の成行きと思われるが、この移行によって日記の記述は、記録性から逸脱して、随想性を含むものに変貌しているといえよう。

この点においては、女性の手に成ったと認められる歌合の仮名日記も同様で、「なまめかしきことはあれど、おもしろきことは左に劣れり」（『京極御息所褒子歌合』）、「丈のほど髪の長さよくととのひてかたほならず」「日のうち傾いてものの色見ゆるほどにていとめでたし」「いかがありけむ、右負けにけり」（以上、『天徳内裏歌合』）などのような筆者の感想批評を見ることができる。

このように客観的であるべき記録が筆者に引き寄せられ、ごく自然に記録を逸脱していく性質は、女性の記録の看過できない性格であって、この日記において特徴的な女房批評の部分も、この延長上のものとして考えることが可能であろう。

女房批評とその型

この女房批評は、日記にも「少しもかたほなるは言ひはべらじ」と断わっているように、はじめは中宮付きの女房についての讃辞を記そうとしたらしい。中宮女房を賞め称えることは、そのままそれらの才媛たちを擁する中宮サロンの隆盛と、その庇護者である道長の威勢を示すものであり、それは皇子誕生を記録して主家の繁栄を称えるこの日記の主旨に反するものではない。

この女房批評の部分は、従来式部の同僚女房に対する独自の細かい観察と批評の表現として、この日記の一つの特色をなす部分と見られているが、それにしてはその叙述がいささか同じ調子でありすぎるのではなかろうか。

例えば大納言の君については、

大納言の君は、いとささやかに、小さしといふべきかたなる人の、白ううつくしげに、つぶつぶと肥えたるが、上べはいとそびやかに、髪、丈《たけ》に三寸ばかり余りたる裾つき、髪ざしなどぞ、すべて似るものなく細《こま》かにうつくしき。顔もいとらうらうじく、もてなしなどらうたげになよびかなり（一〇五〜一〇六ページ）。

とあって、批評のポイントとして姿態・髪・容貌があげられている。次の宣旨《せんじ》の君の批評も、

宣旨《せんじ》の君は、ささやけ人の、いと細やかにそびえて、髪の筋こまかにきよらにて、生ひさがりのするゑより一尺《いつさく》ばかり余りたまへり。いと心恥づかしげに、きはもなくあてなるさましたまへり（一〇六ページ）。

とあり、基本的には同じパターンに従っている。以下「このついで」に宰相の君・小少将の君・宮の内侍・式部のおもと等々、中宮女房を片はしから批評していくのだが、描写に多少の繁簡はあるにせよすべて同様な調子である。

このような女性の容姿についての表現描写は、実はすでに『うつほ物語』にもつぎのように見えている。

兵衛の君は、こめいたる人の、髪丈に一尺ばかりあまりて、いといたうはやり馴れたり。木工は、

ふくらかに愛敬づきたる人の、髪丈にて、いとりやうりやうしき。あこぎは、兵衛の君に似て、頭つき姿つきいとよき程にてをかしげにて、髪丈に一尺ばかりあまりて、いとらうあり。小君もそれに似たる、いとはやりされたり。（国譲上）

右の『うつほ物語』の女房批評が、さきの日記の例と基本的にほぼ同じ調子であることは認められよう。男性作家の筆になるとされる『うつほ物語』の女房批評が『紫式部日記』のそれとほぼ同質であるということは意外というよりほかはないが、これは日記の叙述が決して式部の気ままな表現ではないことを物語るものであろう。もちろんそれぞれの叙述には、対象による表現の差も少なくないが、それにもかかわらず基本的にはさきの一つの型に従って記されていることは否定できない。

このように、従来式部の個性的観察眼の表出と見られていた日記の女房批評も、『うつほ物語』との表現の共通性を考慮に入れると、基本的には女房批評の型ともいえる大枠に従って書かれていることが知られるのである。したがって日記において中宮の女房批評の部分までは、個性的表現を含みながらなお記録性を保持していると見ることができよう。

五　日記の特質と作者の精神

日記世界の二面性

『紫式部日記』を通読してまず感じられることは、それが皇子誕生ということよなく輝かしい事柄を細叙した華麗な王朝絵巻であるにもかかわらず、底に流れる色調の重苦しく沈鬱《ちんうつ》なことである。一代の権勢家左大臣道長が、鶴首して待ち望んだ娘彰子のまさに劇的な歴史の創造を、側近の侍女の一人として余すところなく書き綴りながらも、そこに描出された世界は必ずしも華やかな盛時の謳歌ばかりではない。それのみかその所々にひたむきに内省し煩悶して憂愁にうち沈む筆者の横顔が見いだされるのである。

この外界の華麗と内面の憂愁との二面性は、この日記の特色であって、この両者の相克による絶えざる内省と煩悶の反芻《はんすう》が、作者の精神の基調をなしているようである。それは日記の冒頭の一節にも象徴的に表れているといえよう。すなわち、「秋のけはひ入りたつままに……」と、秋色ようやく深まりゆく土御門《つちみかど》邸の夕景に筆を起こした流麗な一文は、その広大な邸内に間断なく響きわたる荘厳な不断経《ふだんぎょう》の声々を写し、妊娠九か月の悩みをさりげなくよそおうあえかに美しい彰子中宮の思いやりある様子を讃美しつつも、一方ではいつもの憂鬱な心とうらはらに、このすばらしい宮をめぐる壮麗な雰囲気に、いつしか引き込まれていく自分を見いだして、「かつはあやし」といぶからずにはおれないのである。ここには華麗な現象の渦中に巻き込まれていく自分の姿を批判的に見つめているもう一人の自分がいる。この現象にそのまま従う心情と、それを客観視する理性との共存は、この日記の作者の精神構造の一つの特色であり、このいわば複眼的な物の見方は、そのまま『源氏物語』の作者としての眼に通ずるものと思われる。

作者の眼

すでに述べたごとく、この日記には、皇子誕生に伴う諸行事や盛儀を精写した記録的部分と、いわゆる消息文的部分に代表される自己の感懐を述べた随想的部分とが併存しているが、このきわめて不均衡に見える形態的特質も、作者の二重の精神構造の所産と考えるべきであろう。

この作者精神の二重性は、敦成《あつひら》親王誕生の前後の有様を詳細に記述した前半の記録的部分においても、しばしば認めることができる。当代に並びなき道長の権勢と財力を傾注してくりひろげられる華麗な諸行事や、そこに参集する人々の姿を、作者はある時は感激的な筆致で、またある時は冷然とした態度で記している。その物の見方は立体的であり複眼的であって、それ故にこの記録的部分は、その迫力と具体性において他の同時のいかなる記録にも勝るものと思われる。安産祈願のため、最高の権力のもとに大規模にとり行なわれる連日の読経・修法の有様や、出産当日に向かって次第に高まりゆく土御門《つちみかど》邸の緊張感、待望の皇子誕生にどよめく人々の安堵と喜悦の表情、続いて喜びの中に次々と催される豪華な産養《うぶやしない》の盛儀や、産後の崇高なまでにあえかで美しい中宮の様子等々を活写してまことに興味深い。とりわけこの日記に描出される道長像は、一代の権勢家のそれではなく、父親としてあるいは祖父としての人間味あふれる姿である。たとえば、お産直前に大声で人々を指図し、みずからも率先して念仏を唱える緊張の姿、皇子誕生を見届けるやその喜びを独りかみしめるかのごとく遣《やり》水《みず》の手入れをさせる安堵の姿、初孫に尿《しと》をかけられながら相好をくずして身の果報を喜ぶ好々爺《こうこうや》の姿、五十日《いか》の祝宴に深酔して冗談をとばし天真爛漫《てんしんらんまん》にふるまう満足の姿等々、これらはいずれも赤裸々な人間道長の風貌をよく捉え得ているといえよう。しかもこのような人間味あふれる道長の姿に作者が素直に共感を示し、好意の眼を注いでいることは看過できない。それは財力や地位や権勢への賞揚や迎合ではなく、明らかに素朴な人間性そのものに対する共感であって、ここに常に物の真実を見つめようとする偉大な作家としての眼を感ずるのである。

内省的深化と自己凝視

このような式部の眼は、時に内省的に深化し、独特の深い洞察となって記録的部分の所々にさしはさまれており、華麗な盛儀と対照をなして、反比例的にその深まりを増している。行幸を間近にひかえた十月中旬、土御門《つちみかど》邸は日々に美しく磨きたてられ、準備に華美を尽くしているが、式部はそのような雰囲気にどうしても溶けこむことができず、栄華の中に身を置けば置くほど、心の底に沈んでいる憂愁から逃れられない自分を強く意識して煩悶するのである。久方ぶりの里居にも、親しい友との贈答にも、初宮仕えの回想にも、わが身の憂さを嘆かずにはおられず、南庭の池に無心に浮ぶ水鳥を見ても、行幸の御輿をかつぐ駕輿丁《かよちょう》の苦しげにあえぐ姿を見ても、衆目にさらされたあでやかな五節《ごせち》の舞姫を見ても、すべてわが身に思いよそえられて苦しまずにはいられない式部の心は、まことにきびしくも真摯《しんし》なものといわざるを得ない。

このような内省的心情は、とりわけ女房批評以後の随想的部分に及んでいっそう深まりを見せていく。この部分は、寛弘六年（一〇〇九）正月の行事の叙述に始まった筆が、おのずと行幸に奉仕する女房たちの描写に移り、やがてその場にいない中宮女房たちの批評にまで転じ、続いて中宮御所の世評を弁護し、三才媛を批評する。その批評の筆は一転して告白的に回想しはじめ、鋭く深い内省と批評を加えながら、さらに孤独な重い思索に沈潜していく。その自己凝視のおそろしいまでのきびしさは、嗜虐《しぎゃく》とも思えるほどの苛酷さで自己を荒涼とした絶望の淵へ追いこんでいき、ついには仏道への救いを求めるのであるが、またもやそこで俗世を離れえずに悩み続ける自分の宿命的な姿を見いだして煩悶するのである。

このような精神の苦悶の遍歴は、そのまま『源氏物語』において実験的に追求されている過程であり、この飽くことなく真実を模索し続ける心、ひたむきな人間探求の精神こそ偉大な物語を生み出した作家の精神そのものと思われる。

『紫式部日記』の価値

このように見てくる時、この日記の最大の価値は、ひとえにこの作品が日本古典の代表である大作『源氏物語』の作者によって書かれた唯一の生活記録であるということに尽きるであろう。皇子誕生を中心とする栄華の記録を意図しているにもかかわらず、それが公卿日記的な平板な記録にとどまらず、立体的複眼的に活写されており、自己反省や告白的思惟をも伴って深い人間記録となっているところに、日記文学としての価値が存在する。この日記に見られる厳しい自己凝視と鋭い内省の深化、および執拗な思惟の反芻《はんすう》は、他の日記文学には類を見ないほど密度の高いもので、この日記に独特の陰影と重量感をもたらしている。その点においてこの日記は、歌合の仮名日記などの女性記録の流れに立ちながらも、著者の非凡な作家的資質によって記録性を超克し、内省的に深化して高度な達成を見たといいうるであろう。まさに『源氏物語』の作家が自ら書き残した人間記録として、日記文学史上独特の地位を占めるものである。

六　伝本と本文資料

伝本について

『紫式部日記』の伝本には、江戸期をさかのぼるものは見いだされていない。池田亀鑑氏は、およそ三十種もの伝本調査の結果、これらを二類に大別された。この二類は主として奥書《おくがき》の体裁や本文の性質に多少の差異が見られるが、ともに室町中期の伏見宮邦高《くにたか》親王（享禄五年〈一五三二〉七十七歳で薨去）の筆写本から出たものと考えられ、とくに異本と称しうるものではない。これらの諸本の持つもっとも大きな本文上の特徴は、十箇所の顕著な脱文のあることで、これらはすでに邦高親王筆本そのものにも存在したものと考えられる。

これに対して「群書類従」に収められた一本は、この脱文十箇所が補塡《ほてん》されている。群書類従本は奥書によると、同じ邦高親王筆本系である屋代弘賢《やしろひろかた》の蔵本を底本とし、これに壺井義知《よしとも》の『紫式部日記傍註』と『扶桑拾葉集』を照合したことが知られる。傍註本の本文は、さきの十箇所の脱文のうち八箇所まで補われているので、類従本もこれとの校合《きょうごう》で八箇所までは埋まることがわかるが、あとの二箇所は何によって補ったか明らかでない。それは脱文が二箇所しかない傍註本本文の由来とともに謎に包まれているが、とにかくこれらは邦高《くにたか》親王筆本系以外の伝本によって校合補塡されたものと認められるので、その種の伝本の出現が鶴首されていた。

ところが昭和三十六年、この傍註本と同じく八箇所の欠脱が補塡されている九州島原の松平文庫本が出現し、続いて昭和四十二年、宮内庁書陵部蔵の黒川真道旧蔵本が宮崎荘平氏によって紹介された。この黒川本の本文は、松平文庫本と同系統で、従来の邦高親王筆本系の本文とは異なる点が少なくない。その異文は絵巻本文などと一致するところが多く、古体を伝えていると判断されるが、さらに松平文庫本との比較においても、黒川本本文がすぐれていることが宮崎氏の調査で明らかにされた。ちなみに本書の本文はこの黒川本を底本としている。

以上のように、松平本・黒川本の出現は、今まで一系統の伝本のみでやや閉塞気味であったこの日記の本文研究を、改めて一歩前進させるものであったが、なにぶんにも写本の書写年代が新しいため、これによってじかに原日記の本文や伝写過程を推想することには、やはり限界があることも否みえない。

絵巻および他の本文資料

しかしながら、この日記には、幸いにもわずかではあるが鎌倉時代初期にまでさかのぼりうる本文資料がある。国宝もしくは重要文化財として五島美術館・藤田美術館等に分蔵されている『紫式部日記絵巻』がそれで、絵は藤原信実《のぶざね》、詞書《ことばがき》は後京極良経《よしつね》と伝える名品である。現存するものは詞書二十四段、絵二十四面で、この詞書には現存日記の五分の一ほどの分量の本文が抄出されており、残簡ながら鎌倉初期の本文を伝えるものとしてまことに貴重である。

もう一つ本文資料として逸してはならないものに、京都文化博物館蔵の鎌倉時代写の日記切がある。その内容がまさに現存日記の冒頭の一部であることは、この日記切を紹介した萩谷朴氏の説かれるごとく、首欠説否定の一傍証として注目されよう。しかも起筆が「秋の気わひいりたつまゝに」とあるところなどは、松平本・黒川本の冒頭と一致し、邦高親王筆本以前の伝本の面影を伝えていると考えられる。この日記切についてはさらに「転法輪殿実重公」の極札《きわめふだ》を持つ同類の一葉を萩谷氏が所蔵されている由であり、しかもその内容が本書三段目の「渡殿《わたどの》の戸口の局《つぼね》」から「御《み》随身《ずいじん》召して」までの部分であることから、萩谷氏はこの日記切が決して一葉だけの写しでなく完本の絵巻物であったと推定されている。本文研究上注目すべきことであろう。

さらに古文献に引用された日記本文の断片も、古写本のないこの日記の本文資料として看過できないものである。定家筆と伝える浅野家蔵「臨時祭試楽調楽」なる文献には、「紫式部の五節すきぬと思内わたりけはひうちつけにさう〱しきをみの日の夜の調楽けにおかしかりけりわかやかなる殿上人なといかになこりつれ〱ならむ」とあり、断片ながらここに絵巻よりもさらに古い日記の本文を知ることができる。

その他『無名抄《むみょうしょう》』『河海抄《かかいしょう》』などにもわずかながら本文の引用が見え、またこの日記を参照したといわれる『栄花物語』「初花」の巻や、式部の家集『紫式部集』の詞書も、取扱い方によっては有効な本文資料となりうるであろう。

登場人物要覧

一、この「登場人物要覧」は、『紫式部日記』の本文中に現れる人物について、〔I〕皇室、〔II〕主家、〔III〕廷臣、〔IV〕僧侶、〔V〕女房、の五項目に大別し、略柱を加えたものである。

一、右のうち、〔III〕廷臣、〔V〕女房の二項は人数が多いので、さらに女房は所属別に、また廷臣は一応寛弘五年（一〇〇八）をめどとして階級別に「上達部」と「殿上人ほか」とに分けた。

一、人名の見出しは、原則として、廷臣については姓名を掲げてその下の（　）内に本文中の呼名を示し、僧侶や女房などは本文中の主なる呼名を掲げ、別の呼名ある時はそれを（　）内に示した。

一、掲出の順序は、廷臣はほぼ位階順に、僧侶・女房は歴史がなの五十番順に、他は適宜に配列したが、故人は＊印をつけて当該項目の末に掲げた。

一、注は本文読解に必要な程度にとどめ、官歴などはとくに寛弘五年を中心に示し、適宜必要に応じて他を補った。また生没の知りうるものについては〔　〕内に生没年月日と享年を示し、参考までに注末の（　）内に寛弘五年当時の年齢を記した。なお、末尾の〇がこみ数字は、「紫式部日記参考系図」中の数字と照応するものである。

一、注記は諸先学の研究成果に負う所の多いことはいうまでもないが、とりわけ左の著書を参考にした。

益田勝実『紫式部日記の新展望』。岩野祐吉『紫式部日記人物考』。秋山虔『紫式部日記』（日本古典文学大系）補注・『紫式部日記』（岩波文庫）補注。萩谷朴『紫式部日記全注釈』。

一、なお不備、未詳のものも多く、浅学にして誤りも少なくないと思う。ご教示を得て後日の補訂を期したい。

〔I〕 皇室

一条天皇（主上《うえ》・内裏《うち》・内裏《うち》のうへ・帝《みかど》）〔天元三（九八〇）～寛弘八（一〇一一）六・二二（三十二歳）〕 名は懐仁。円融天皇第一皇子。母は東三条院藤原詮子。永観二年（九八四）八月立太子、寛和二年（九八六）七月即位。在位二十五年。（二十九歳）①

彰子《しょうし》中宮（大宮《おおみや》・御前《おまえ》・后《きさい》・宮の御前《おまへ》）〔永延二（九八八）～承保元（一〇七四）一〇・二（八十七歳）〕 一条天皇の中宮。道長の長女。母は源雅信の娘倫子。長保元年（九九九）十一月入内、女御。二年二月中宮。紫式部の主人。敦成（後一条天皇）・敦良（後朱雀天皇）の母。万寿三年（一〇二六）落飾、上東門院と号した。（二十一歳）②

敦成《あつひら》親王（宮・若宮） 一条天皇の第二皇子、後の後一条天皇〔寛弘五（一〇〇八）九・一一～長元九（一〇三六）四・一七（二十九歳）〕 中宮彰子腹の一の宮。道長の孫。寛弘八年六月十三日立太子。長和五年（一〇一六）二月七日即位。在位二十年。③

敦良《あつなが》親王（二の宮・いと宮・宮） 一条天皇の第三皇子、後の後朱雀天皇〔寛弘六（一〇〇九）一一・二五～寛徳二（一〇四五）一・一八（三十七歳）〕 中宮彰子腹の二の宮。敦成親王（後一条天皇）の同母弟。寛仁元年（一〇一七）八月九日立太子。長元九年七月十日即位。在位九年。④

弘徽殿女御《こきでんのにょうご》（女御・女御どの） 藤原義子〔天延二（九七四）～天喜元（一〇五三）閏七（八十歳）〕 一条天皇女御。内大臣公季の娘。母は有明親王の娘。実成の姉。万寿三年（一〇二六）落飾。（三十五歳）⑤

中務《なかつかさ》の宮 具平《ともひら》親王〔康保元（九六四）～寛弘六（一〇〇九）七・二八（四十六歳）〕 村上天皇の第七皇子。母は代明親王の娘荘子女王。二品中務卿。和漢の学才にすぐれ、後中書王と称された。（四十五歳）⑥

選子《せんし》内親王（院）〔康保元（九六四）～長元八（一〇三五）六・二二（七十二歳）〕 村上天皇の十女。母は藤原師輔の娘安子。天延三年（九七五）十二歳で斎院となり、以後円融・花山・一条・三条・後一条の五代にわたり斎院として奉仕し、世に大斎院といわれた。（四十五歳）⑦

*__東三条院詮子《せんし》__（故院《こいん》）〔応和元（九六一）～長保三（一〇〇一）閏一二・二二（四十一歳）〕 法興院関

白藤原兼家の娘。円融天皇女御。一条天皇母。⑧

〔Ⅱ〕 主家

藤原道長《みちなが》（殿《との》・あるじのおほい殿・父《てて》・左の大臣殿《おおいどの》）〔康保三（九六六）～万寿四（一〇二七）一二・四（六十二歳）〕太政大臣兼家の五男。母は摂津守藤原中正の娘時姫。中宮彰子の父。内覧、左大臣、正二位。（四十三歳）⑨

鷹司《たかつかさ》殿倫子《りんし》（殿《との》の上・上・母）〔康保元（九六四）～天喜元（一〇五三）六・一一（九十歳）〕道長の正室源倫子。左大臣源雅信の娘。母は藤原朝忠の娘穆子。中宮彰子や頼通・教通・妍子・威子・嬉子たちの母。寛弘五年十月十六日従一位。（四十五歳）⑩

藤原頼通《よりみち》（左衛門《さえもん》の督《かみ》・殿の三位の君・東宮の権の大夫）〔正暦三（九六二）～延久六（一〇七四）二・二（八十三歳）〕道長の長男。母は源倫子。中宮彰子の同母弟。正三位、東宮権大夫。寛弘五年十月十六日従二位、六年三月四日、権中納言、左衛門督。（十七歳）⑪

藤原教通《のりみち》（殿の中将の君・使の君・殿の権の中将の君）〔長徳二（九九六）～承保二（一〇七五）九・二五（八十歳）〕道長の五男。母は源倫子。従四位下、右近衛権中将、近江介。寛弘五年十月十六日従四位上。寛弘六年三月左近衛中将。寛弘七年十一月従三位。（十三歳）⑫

藤原妍子《けんし》（尚侍《ないしのかみ》・内侍《ないし》の督《かん》の殿《との》）〔正暦五（九九四）～万寿四（一〇二七）九・一四（三十四歳）〕道長の次女。母は源倫子。尚侍。後に三条天皇の女御、中宮となり、陽明門院禎子を生んだ。（十五歳）⑬

藤原威子《いし》（姫君）〔長保元（九九九）～長元九（一〇三六）九・六（三十八歳）〕道長の三女。母は源倫子。後に後一条天皇の中宮。（十歳）⑭

藤原嬉子《きし》（いと姫君）〔寛弘四（一〇〇七）～万寿二（一〇二五）八・五（十九歳）〕道長の四女。母は源倫子。後に東宮敦良親王（後朱雀天皇）の妃となり、後冷泉天皇を生んだ。（一歳）⑮

高松殿明子《めいし》（高松）道長の第二夫人源明子。西宮左大臣高明《たかあきら》の娘。頼宗・顕信・能信・寛子・尊子などの母。永承四年（一〇四九）七月二十二日没。⑯

藤原頼宗《よりむね》（高松の小君達）道長の次男。正暦四年（九九三）出生。寛

弘元年（一〇〇四）十二月、十二歳で元服。従四位下、左近衛少将。美作権介。（十六歳）⑰

藤原顕信《あきのぶ》（高松の小君達）道長の三男。正暦五年（九九四）出生。寛弘三年（一〇〇六）十二月、十三歳で元服。後右馬頭になったが出家。（十五歳）⑱

藤原能信《よしのぶ》（高松の小君達）道長の四男。長徳元年（九九五）出生。侍従、右兵衛佐。（十四歳）⑲

〔Ⅲ〕廷臣

【上達部】

藤原道長 →〔Ⅱ〕

藤原顕光《あきみつ》（右の大臣《おとど》・右の大臣殿《おおいどの》）〔天慶七（九四四）〜治安元（一〇二一）五・二九（七十八歳）〕関白太政大臣兼通の長男。母は陽成天皇の皇子元平親王の娘。右大臣、正二位。（六十五歳）⑳

藤原公季《きんすえ》（内の大臣《おとど》・内の大臣《おおい》殿《どの》・大臣《おとど》）〔天徳元（九五七）〜長元二（一〇二九）一〇・一七（七十三歳）〕右大臣師輔の十一男。母は醍醐天皇皇女一品宮康子内親王。内大臣、正二位、左大将。（五十二歳）㉑

藤原道綱《みちつな》（傅《ふ》の大納言・東宮《とうぐう》の傅）〔天暦九（九五五）〜寛仁四（一〇二〇）（六十六歳）〕関白太政大臣兼家の次男。母は『蜻蛉日記』の作者で、藤原倫寧の娘。道長の異母兄。大納言、正二位、東宮傅。（寛弘七年五十六歳）㉒

藤原実資《さねすけ》（右大将・大将）〔天徳元（九五七）〜寛徳三（一〇四六）一・一八（九十歳）〕小野宮実頼の孫。参議右衛門督斉敏の子であるが、実頼の養子となる。母は播磨守藤原尹文の娘。権大納言。正二位、右大将、按察使。寛弘六年三月大納言。（五十二歳）㉓

藤原斉信《ただのぶ》（宮の大夫《だいぶ》・大宮の大夫・大夫・大納言・大夫・中宮の大夫・右衛門《えもん》の督《かみ》）〔康保四（九六七）〜長元八（一〇三五）三・二三（六十九歳）〕為光の子。母は左近衛少将藤原敦敏の娘。権中納言、従二位、中宮大夫、右衛門督。寛弘五年十月十六日正二位、敦成親王家別当。寛弘六年三月四日権大納言。（四十二歳）㉔

藤原公任《きんとう》（四条の大納言・左衛門の督）〔康保三（九六六）〜長久二（一〇四一）一・一（七十六歳）〕小野宮実頼の孫。頼忠の長男。母は代明親王の娘。中納言、従二位。皇后宮大夫、左衛門督。寛弘六年三月四日権大納言。（四十三歳）㉕

藤原隆家《たかいえ》（権中納言）〔天元二（九七九）～長久五（一〇四四）一・一（六十六歳）〕　中関白道隆の三男。母は高階成忠の娘貴子。皇后定子の同母弟。権中納言、従二位。寛弘六年三月中納言。（三十歳）㉖

源俊賢《としかた》（源中納言）〔天徳四（九六〇）～万寿四（一〇二七）六・一三（六十八歳）〕　西宮左大臣高明の子。母は藤原師輔の三女。道長の第二夫人源明子の兄にあたる。権中納言、正三位、治部卿、中宮権大夫。寛弘五年十月十六日従二位。（四十九歳）㉗

藤原有国《ありくに》（有国の宰相）〔天慶六（九四三）～寛弘八（一〇一一）七・一一（六十九歳）〕　豊前守輔道の四男。母は近江守藤原済時の娘。参議、従三位、勘解由長官、播磨権守。（寛弘七年六十八歳）㉘

藤原行成《ゆきなり》（侍従の中納言）〔天禄二（九七一）～万寿四（一〇二七）一二・四（五十七歳）〕　一条摂政伊尹の孫。義孝の長男。母は中納言源保光の娘。参議、従二位、左大弁、皇太皇宮権大夫、侍従、播磨守。寛弘六年三月権中納言。能書家で三蹟の一人。（三十八歳）㉙

藤原懐平《かねひら》（東宮《とうぐう》の大夫《だいぶ》・右衛門《えもん》の督《かみ》）〔天暦七（九五三）～長和六（一〇一七）四・一八（六十五歳）〕　小野宮実頼の孫。斉敏の子。母は播磨守藤原伊文の娘。参議、正三位、東宮大夫、左兵衛督、検非違使別当、伊予権守。寛弘六年三月右衛門督。（五十六歳）㉚

藤原正光《まさてる》（大蔵卿《おおくらきょう》）〔天徳元（九五七）～長和三（一〇一四）二・二九（五十八歳）〕　関白太政大臣兼通の六男。母は左馬頭藤原有年の娘。参議、従三位、大蔵卿、越前権守。（寛弘六年五十三歳）㉛

藤原兼隆《かねたか》（宰相の中将・右の宰相の中将兼隆）〔寛和元（九八五）～天喜元（一〇五三）一〇（六十九歳）〕　粟田関白道兼の次男。母は大蔵卿藤原遠量の娘。道長の甥、中宮彰子の従兄にあたる。参議、従三位、右近衛中将。寛弘六年正月備中守。（二十四歳）㉜

藤原実成《さねなり》（藤宰相・宰相・左兵衛の督・三位《さんみ》の亮《すけ》・侍従の宰相・宮の亮）〔天延三（九七五）～寛徳元（一〇四四）一二・一〇（七十歳）〕　内大臣公季の長男。母は三品兵部卿有明親王の娘。参議、正四位下、右近衛中将、中宮権亮。寛弘五年十月十六日従二位、二十七日侍従。寛弘六年正月美作権守、三月左兵衛督。（三十四歳）㉝

源経房《つねふさ》（左の宰相の中将・宰相の中将）〔安和二（九六九）～治安三（一〇二三）一〇・一二（五十五歳）〕西宮左大臣源高明の四男。母は藤原師輔の娘。参議、従三位、左近衛中将、近江権守。（四十歳）㉞

源憲定《のりさだ》（兵衛の督）〔?～寛仁元（一〇一七）六・二〕村上天皇の皇子為平親王の長男。母は源高明の娘。非参議、従三位、右兵衛督。㉟

藤原頼通 →〔II〕

*__藤原遠度__《とおのり》（北野の三位）〔?～永延三（九八九）三・二四〕右大臣師輔の七男。母は常陸介藤原公葛の娘。従三位、播磨守、左兵衛督。㊱

*__平惟仲__《これなか》（平中納言）〔天慶七（九四四）～寛弘二（一〇〇五）五・二四（六十二歳）〕平珍材の長男。生昌の兄。中納言、従二位。寛弘元年大宰権帥の官にあって宇佐宮の訴事があり、それがもとで翌年五月大宰府で病没した。五節《ごせち》の弁の養父。㊲

【殿上人ほか】

源道方《みちかた》（頭の弁）〔安和二（九六九）～長久五（一〇四四）九・二五（七十六歳）〕源重信の子。母は源高明の娘。正四位上、蔵人頭、左中弁、備中権守。（四十歳）㊳

源頼定《よりさだ》（左の頭の中将・頭の中将・頭の中将頼定・源宰相）〔貞元二（九七七）～寛仁四（一〇二〇）六・一一（四十四歳）〕村上天皇の皇子為平親王の次男。母は源高明の娘。正四位下、蔵人頭、左近衛中将、美作守。寛弘六年三月参議。（三十二歳）㊴

大江匡衡《まさひら》（丹波《たんば》の守）〔天暦六（九五二）～寛弘九（一〇一二）七・一六（六十一歳）〕式部大輔重光の子。文章博士、正四位下、式部大輔、東宮学士。一条・三条両帝の侍読をつとめた。寛弘七年三月三十日、丹波守。（五十七歳）㊵

藤原中清《なかきよ》（中清・尾張・尾張の守）備中守為雅の子。母は伊勢守藤原倫寧の娘。『蜻蛉日記』の作者の甥にあたる。正四位下、尾張守。後に周防、河内、備中権守などを歴任。㊶

中原致時《むねとき》（伊勢の守致時）中原有象の子。従四位上、伊勢守、大外記、明経博士。

藤原公信《きんのぶ》（公信の中将）〔貞元二（九七七）～万寿三（一〇二六）五・一五（五十歳）〕為光の子。母は藤原伊尹の娘。少納言、従四位上、右近衛中将。十月十七日敦成親王家家司。（三十二歳）㊷

高階業遠《なりとお》（業遠の朝臣・丹波の守・東宮《とうぐう》の亮《すけ》）〔天延三（九七五）

～寛弘七（一〇一〇）四・一〇（三十六歳）〕 右衛門権佐高階敏忠の子。従四位上、東宮権亮、丹波守。寛弘五年十月十七日敦成親王家家司。（三十四歳）㊸

源高雅《たかまさ》（近江の守） 有明親王の孫。守清の子。母は伊勢守藤原清正の娘。従四位下、中宮亮、近江守。十月十七日敦成親王家家司。寛弘六年八月二十八日出家。㊹

源雅通《まさみち》（四位の少将・源少将）〔?～寛仁元（一〇一七）七・一〇〕 時通の子。母は但馬守源堯時の娘。倫子の甥、彰子の従兄弟にあたる。従四位下、蔵人、右近衛少将。寛弘五年十月十七日敦成親王家家司。後に正四位下、丹波守、中宮亮。㊺

源済政《なりまさ》（美濃の少将・源少将）〔?～長久二（一〇四一）〕 時中の子。母は藤原安親の娘。従四位下、右近衛権少将。寛弘五年十月十七日敦成親王家家司。笛・鞠《まり》・郢曲《えいきょく》・和《わ》琴《ごん》・箏《そう》の名手であった。美濃守の任官は未詳。㊻

大江挙周《たかちか》（挙周） 〔?～永承元（一〇四六）六〕 大江匡衡の子。母は赤染衛門。正五位下、筑前権守、文章博士。寛弘五年十月十七日敦成親王家家司。後に正四位下、東宮学士、和泉守、式部権大輔、大学頭。㊼

藤原惟風《これかぜ》（惟風の朝臣） 長良流文信の子。備前守。寛弘六年（一〇〇九）十月十七日敦成親王家家司。後に従四位上、中宮亮。㊽

藤原佐光《すけみつ》（信濃の守佐光） 貞嗣流、内匠頭藤原尹甫の三男。信濃守、中宮大進。後に従四位下、皇后宮亮。

藤原遠理《とおまさ》（遠理） 兼輔の曽孫。善理の子。大膳大夫。後に従四位下、若狭守。㊾

藤原景斉《かげまさ》（景斉の朝臣） 長良流国章の子。前大和守。後に従四位下、備前守。㊿

平行義《ゆきよし》（行義） 平親信の子。前武蔵守。後に従四位下。(51)

藤原為時《ためとき》（親・父） 紫式部の父。〔天暦元（九四七）ごろ～寛仁二（一〇一八）以後〕 雅正の三男。母は藤原定方の娘。文章生出身の文人。寛弘五年三月蔵人左少弁。寛弘八年二月越後守。長和五年（一〇一六）三井寺で出家。（寛弘七年六十四歳ぐらい）(52)

藤原広業《ひろなり》（蔵人の弁・蔵人の弁広業） 〔貞元二（九七七）～万寿五（一〇二八）四・一二（五十二歳）〕 参議藤原有国の次男。母は周防守藤原義友の娘。正五位下、蔵人、右少弁、東宮学士、備後介。寛弘五年十

月文章博士。（三十二歳）(53)
藤原道雅《みちまさ》（蔵人の少将）〔正暦三（九九二）～天喜二（一〇五四）七・二〇（六十三歳）〕 中関白道隆の孫、伊周の長男。母は大納言源重光の娘。幼名松君。正五位下、蔵人、右近衛少将。（十七歳）(54)
藤原惟規《のぶのり》（兵部の丞・式部の丞）〔天延三（九七五）ごろ～寛弘八（一〇一一）ごろ（三十七歳ぐらい）〕 藤原為時の長男。母は右馬頭藤原為信の娘。紫式部の弟。少内記を経て兵部丞、蔵人。寛弘六年式部丞。斎院の中将と親交があった。（三十四歳ぐらい）(55)
藤原資業《すけなり》（式部の丞資業）〔永延二（九八八）～延久二（一〇七〇）八・二四（八十三歳）〕 藤原有国の子。母は橘仲遠の娘徳子。式部丞、蔵人。寛弘五年十月十七日敦成親王家家司。（二十一歳）(56)
尾張兼時《かねとき》（兼時） 左近将監。神楽の人長として当代の舞の名手であった。
六人部仲信《なかのぶ》（仲信） 中宮職侍長。
播磨《はりま》の守《かみ》 藤原行成・藤原有国・藤原陳政・平生昌などが考えられるが、行成・有国は他に別称で敬語を用いて呼ばれているので疑問。陳政は寛弘四年（一〇〇七）正月十五日に播磨守を辞している。生昌は美作介平珍材の次男。寛弘六年八月には播磨守であった。なお生昌の兄惟仲は式部の同僚五節の弁の養父。(57)
備中《びっちゅう》の守《かみ》むねとき 「むねとき」は「みちとき」の誤りか。橘道時は大《おお》左衛門《さえもん》のおもと・小左衛門らの父。
(58)
尾張《おわり》の守《かみ》近光《ちかみつ》 藤原知光か。美作守藤原為昭の子で、権中納言藤原文範の養子。東宮大進。寛弘五年十月十七日敦成親王家家司。後に正四位下、備中守。
近澄《ちかずみ》の君《きみ》 清原近澄か。従五位上、右大史、周防守。
*大中臣能宣《よしのぶ》（能宣）〔延喜二一（九二一）～正暦二（九九一）八（七十一歳）〕 伊勢祭主頼基の子。輔親の父。伊勢祭主、正四位下。梨壺の五人の一人で、『後撰集』の撰者。家集に『能宣集』がある。
*清原元輔《もとすけ》（元輔）〔延喜八（九〇八）～永祚二（九九〇）六（八十三歳）〕 深養父の孫。清少納言の父。安和元年（九六八）従五位下となり、河内守・周防守を歴任。天元二年（九七九）従五位上。寛和二年（九八六）肥後守。梨壺の五人の一人で、『後撰集』の撰者。家集に『元輔集』がある。

源扶義《すけよし》 （父君） 大納言の君の父。源雅信の子、左大弁。長徳四年七月没（四十八歳）。(59)

〔Ⅳ〕 僧侶

叡効《えいこう》 〔康保二（九六五）～治安元（一〇二一）四・一九（五十七歳）〕 播磨国の人。園城寺に学ぶ。法橋。寛仁二年（一〇一八）律師。加持に高名であった。（四十四歳）

延幹《えんかん》 陽成天皇の皇子大納言源清蔭の孫。後に法隆寺別当となった。能書家。

きやうてふ僧都《そうず》 「ちやうてふ」の誤りか。定澄〔承平五（九三五）～長和四（一〇一五）一一・一〔八十一歳〕〕 壬生氏。権大僧都。興福寺別当。（七十四歳）

観音院《かんのんいん》の僧正《そうじょう》 （僧正） 勝算〔天慶三（九四〇）～寛弘八（一〇一一）一〇・二九（七十二歳）〕 滋野氏。園城寺長吏。権僧正。（寛弘五年六十九歳） 観音院は山城国愛宕郡岩倉（京都市左京区）の大雲寺にあった。

さいさ阿闍梨《あざり》 『御産部類記不知記』に「大威徳、修学院僧都斎祇」とあり、「さいさ」は「さいぎ」の誤りと考えられる。斎祇〔永観元（九八三）～永承二（一〇四七）七・二九（六十五歳）〕 大納言藤原道綱の子。母は播磨守季孝の娘。権少僧都。（二十六歳）(60)

心誉《しんよ》阿闍梨《あざり》 〔天禄二（九七一）～長元二（一〇二九）八・一二（五十九歳）〕 藤原時平の孫の左衛門佐重輔の三男。後に権僧正、園城寺長吏。加持に高名であった。（三十八歳）

そうそ 「えうそ」の誤りか。「えうそ」ならば、永昭か。永昭〔永祚元（九八九）～長元三（一〇三〇）三・二一（四十二歳）〕 藤原高藤流、大蔵丞基宗の子。後に興福寺権別当。権大僧都。（二十歳）

ちそう阿闍梨《あざり》 智尊、知照などをあてる説があるが未詳。

念覚《ねんがく》阿闍梨《あざり》 小一条左大臣藤原師尹の孫。済時の子。権少僧都。園城寺の智弁の弟子で円明寺検校。(61)

へんち寺の僧都《そうず》 明救か。〔天慶九（九四六）～寛仁四（一〇二〇）七・五（七十五歳）〕 醍醐天皇の皇子有明親王の子。母は左大臣藤原仲平の娘。浄土寺の座主。権少僧都。後に第二十五代天台座主。（寛弘元年五十九歳） 浄土寺は山城国愛宕郡（京都市左京区）にあり、明救の創始。(62)

法住寺《ほうじゅうじ》の座主《ざす》 慶円〔天慶七（九四四）～寛仁三（一〇一九）九・三

（七十六歳）〕 播磨守藤原尹文の子。大僧都。後に第二十四代天台座主。（寛弘五年六十五歳） 法住寺は藤原為光の建立。なお『御産部類記不知記』によれば「法住寺座主大僧都慶円」とある。法住寺は法性寺の誤りか。法性寺は貞信公忠平の創建。

法住寺《ほうじゆうじ》の律師《りし》 尋光〔天禄二（九七一）～長暦二（一〇三八）五・二五（六十八歳）〕 法住寺太政大臣藤原為光の子。律師。法住寺門跡。後に僧正。（三十八歳）(63)

法務僧都《ほうむそうず》（仁和寺《にんなじ》の僧都の君） 済信〔天暦八（九五四）～長元三（一〇三〇）六・一一（七十七歳）〕 左大臣源雅信の子。母は左大弁源公忠の娘。倫子の異母兄にあたる。権大僧都、東大寺別当、仁和寺別当。権法務。仁和寺の僧正と呼ばれた。寛仁三年（一〇一九）大僧正。（五十五歳）(64)

三井寺《みいでら》の内供《ないぐ》の君《きみ》 永円〔天元三（九八〇）～長久五（一〇四四）五・二〇（六十五歳）〕 村上天皇の皇子致平親王の子。母は源雅信の娘。後に大僧正、園城寺長吏。（二十九歳）(65)

院源僧都《いんげんそうず》〔天暦八（九五四）～万寿五（一〇二八）五・二四（七十五歳）〕 光孝平氏。陸奥守平元平の子。少僧都、法性寺座主。後に第二十六代天台座主。（五十五歳）

〔V〕 女房

【彰子中宮付女房】

あてき 中宮付の童女。

伊勢人《いせびと》 若年。素姓未詳。伊勢大輔とは別人か。

和泉式部《いずみしきぶ》（和泉）〔天延三（九七五）ごろ～万寿四（一〇二七）ごろ（五十三歳ぐらい）〕 越前守大江雅致の娘。母は平保衡の娘、介の内侍。橘道貞と結婚して小式部を生んだ。冷泉天皇の皇子為尊親王・敦道親王などと交渉をもち、藤原保昌の妻ともなった。奔放な情熱的歌人として有名。中宮彰子への出仕は寛弘六年初夏ごろか。敦道親王との愛の交渉をつづった『和泉式部日記』、家集に『和泉式部正集』『和泉式部続集』がある。(66)

右近《うこん》 右近の蔵人とは別人か。素姓未詳。

右近《うこん》の蔵人《くろうど》 女蔵人。素姓未詳。

大左衛門《おおさえもん》のおもと 本文に「備中守むねときの朝臣のむすめ、蔵人の弁の妻《め》」とあるが、「むねとき」は「みちとき」の誤りか。橘道時の娘。藤原広業の妻。小左衛門の姉。(67)

大木工《おおもく》 小木工の姉か。

清子《きよいこ》の命婦《みょうぶ》　橘清子。従三位、典侍。もと中関白道隆の妾で井手少将好親を生んだ人か。大納言橘好古の娘とする説もある。

源式部《げんしきぶ》　割注に「かゝのかみ景ふかむすめ」とあるが未詳。絵巻本文には「しけの□」。従五位下、加賀守源重文の娘か。

源《げん》の蔵人《くろうど》　女蔵人。素姓未詳。

小《こ》左《ざ》衛《え》門《もん》　割注に「こひちうのかみ道ときか女」とある。橘道時の娘。大左衛門のおもとの妹。(68)

小少将《こしょうしょう》の君《きみ》　（小少将・少将の君）源雅信の子右少弁時通の娘。道長妻倫子の姪にあたる。長和二、三年（一〇一三、四）ごろ没か。式部ともっとも親交があった。(69)

五節《ごせち》の弁《べん》　平中納言惟仲の養女。惟仲は平珍材の子。中納言、従二位。寛弘二年（一〇〇五）五月大宰府で薨じているから、中宮出仕は寛弘二年春ごろか。五節の舞姫をつとめたことがあったのでこの名がついたのであろう。(70)

小大輔《こだいふ》　（大輔）　若年。素姓未詳。

小中将《こちゅうじょう》の君《きみ》　媄子内親王の乳母。中将の命婦。寛弘五年五月媄子内親王薨後、中宮彰子に出仕したと考えられる。中将乳母とよばれた。

小兵部《こひょうぶ》　割注に「蔵人なりなかちかゝ女」とあるが未詳。絵巻本文は「蔵人なるちかたゝか女」とあり、藤原庶政の娘か。庶政は典雅の子で六位蔵人。

小兵衛《こひょうえ》　割注に「左京かみあきまさ女」とある。左京大夫十市明理の娘。

こまのおもと　素姓未詳。「おもと」と呼んでいるので采女《うねめ》少高嶋《こまのたかしま》とする説は疑問。

小馬《こま》　割注に「左衛門佐道のふか女」とある。高階道順の娘。大馬の父成順とは従兄妹になる。寛弘七年ごろからは出仕しなくなったらしい。(71)

小木工《こもく》　割注に「もくのせう平のふよしといひけん人のむすめなり」とある。「のふよし」は「のりよし」の誤りか。平文義の娘。大木工の妹か。

小衛門《こえもん》　素姓未詳。小左衛門の誤りか。

宰相《さいしょう》の君《きみ》　（宰相の君讃岐《さぬき》・讃岐の宰相の君・弁の宰相の君）　藤原道綱の娘。讃岐守大江清通の妻豊子。敦成親王の乳母。後一条天皇即位後、典侍、従三位となる。長元九年（一〇三六）四月十七日落飾。(72)

宰相《さいしょう》の君《きみ》　本文に「北野の三位《さんみ》のよ」とあるように、参議藤原遠度（北野の宰相）の娘。寛仁元年（一〇一七）ごろ没。(73)

式部《しきぶ》のおもと　橘氏。宮の内侍の妹。上野介橘忠範の妻。寛弘三年（一〇〇六）夫と死別。中宮出仕はそれ以後であろう。

少弐《しょうに》　素姓未詳。

大納言《だいなごん》の君《きみ》　（大納言）源雅信の子左大弁扶義の娘、廉子。倫子の姪にあたる。但馬守源則光に嫁して後別れ、中宮彰子に出仕。道長の召人《めしうど》として寵愛をうけた。(74)

大輔《たゆう》　伊勢大輔。割注に「伊勢の斎主輔親がむすめ」とある。大中臣輔親の娘。後に高階成順の妻となる。歌人。中宮彰子出仕は寛弘五年春ごろか。康平三年（一〇六〇）ごろまでの生存が確認され、かなりの長命を保ったらしい。

大輔《たゆう》の命婦《みょうぶ》　（大輔のおもと）越前守大江景理の妻。もと源雅信家の倫子付女房で、倫子に従って道長家にはいり、彰子入内とともに彰子付となったらしい。万寿三年（一〇二六）彰子の落飾に従って出家。

内匠《たくみ》の蔵人《くろうど》　（内匠・内匠の君）女蔵人。素姓未詳。

中務《なかつかさ》の命婦《みょうぶ》　（中務の君・中務の乳母《めのと》・命婦）源隆子。従四位下中務少輔源致時の娘。藤原泰通の妻。泰憲の母。命婦。後に敦良親王の乳母。従三位。

日本紀《にほんぎ》の御局《みつぼね》　紫式部のあだ名。一条天皇が『源氏物語』を読まれて「この人は日本紀をこそ読みたまふべけれ」と言われたことから、左衛《さえ》門《もん》の内侍《ないし》がつけたもの。

播磨《はりま》　木工頭大江雅致の娘。和泉式部の妹か。斎院長官源為理の妻。斎院の中将の母。(75)

兵庫《ひょうご》　女蔵人。素姓未詳。

兵部《ひょうぶ》のおもと　以前は東宮（居貞親王）の乳母であった。

兵衛《ひょうえ》の蔵人《くろうど》　女蔵人。素姓未詳。

弁《べん》の内侍《ないし》　（内侍）藤原義子。左大弁源扶義の妻。長徳四年（九九八）七月夫に死別してから後、長保二年（一〇〇〇）ごろ中宮彰子に出仕。万寿三年（一〇二六）彰子の落飾に従って出家。長元四年（一〇三一）以後も上東門院（彰子）に仕え住吉行啓にも従っている。

匡衡衛《まさひらえ》門《もん》　（丹波《たんば》の守《かみ》の北の方）赤染衛門（天徳四（九六〇）～長久二（一〇四一）ごろ（八十二歳ぐらい））赤染時用の娘。実は平兼盛の娘。大江匡衡の妻。挙周、江侍従の母。『栄花物語』正編の作者といわれる。家集に『赤染衛門集』がある。(76)

宮木《みやぎ》の侍従《じじゅう》　素姓未詳。寛弘七年（一〇一〇）ごろには若くしてすでに亡くなっていたらしい。

宮《みや》の宣旨《せんじ》　(宣旨の君)　中納言源伊陟の娘陟子。宣旨女房。(77)

宮《みや》の内侍《ないし》　橘良芸子。もと弁《べん》の命婦《みょうぶ》の女房名で東三条院に仕え掌侍《ないしのじょう》となった。後、中宮彰子に出仕し、内侍(掌侍)の呼称をそのままにして宮の内侍と呼ばれた。式部のおもとの姉。

馬《うま》　(大馬)　割注に「左衛門の大輔頼信がむすめ」とあるが「なりのぶ」の誤りか。高階成順の娘。(78)

馬《うま》の中将《ちゅうじょう》　(馬の中将の君)　左馬頭藤原相尹の娘。後に典侍。(79)

やすらひ　中宮童女。十三、四歳か。童女でも大柄であったらしい。素姓未詳。

靫負《ゆげい》　掌侍《ないしのじょう》。後に兵衛の内侍を生んだ少将の典侍か。父兄か夫が衛門の佐か尉であったからこう呼ばれたのであろう。

【内裏女房】

近江《おうみ》の命婦《みょうぶ》　藤原美子。藤原惟憲の妻。敦成親王の乳母。後に陽明門院の乳母。典侍、従三位。(80)

左京《さきょう》の命婦《みょうぶ》　(左京)　中宮兼務。命婦。和泉守藤原脩政の妻か。

左近《さこん》の命婦《みょうぶ》　素姓未詳。

左衛門《さえもん》の内侍《ないし》　(左衛門《さいも》の内侍・内侍)　掌侍橘隆子。藤原理明の妻となり元範を生んだ。

侍従《じじゅう》の命婦《みょうぶ》　素姓未詳。

少輔《しょう》の命婦《みょうぶ》　次の少輔の乳母とは別人。

少輔《しょう》の乳母《めのと》　衛門佐橘為義の妻。敦成親王の乳母。もと脩子内親王の乳母であった。

橘《たちばな》の三位《さんみ》　(三位)　播磨守橘仲遠の娘徳子。藤原有国の妻。式部大輔資業の母。一条天皇の乳母。従三位、典侍。(81)

筑前《ちくぜん》の命婦《みょうぶ》　(筑前)　中宮兼務。素姓未詳。万寿三年(一〇二六)、彰子の落飾に従い出家。

藤三位《とうさんみ》　藤原繁子。右大臣師輔の娘。従三位、典侍。粟田関白藤原道兼の妾となり一条天皇の女御尊子を生んだ。長徳元年(九九五)道兼薨後は中納言惟仲の妻となったが寛弘二年(一〇〇五)死別。早く冷泉院に出仕し、寛和二年(九八六)居貞親王が東宮になった時典侍となり、藤典侍とよばれて重きをなした。皇太后詮子にも仕え、後、一条天皇の乳母となり、寛弘八年八月出家、好明寺に住んだ。(82)

藤少将《とうしょうしょう》の命婦《みょうぶ》　藤原能子。寛弘七年(一〇一〇)内侍となる。源政職の妻。

殿守《とのもり》の侍従《じじゅう》の君《きみ》　素姓未詳。

文屋《ふや》の博士《はかせ》　文屋時子。博士の命婦《みょうぶ》と呼ばれていた。

馬《うま》の命婦《みょうぶ》 『枕草子』の「翁丸」の段の猫の乳母役と同一人か。

【弘徽殿女御付女房】

左京《さきょう》の馬《うま》 （左京・左京の君）「うちふし」と呼ばれる巫女の娘という。源中将宣方の恋人であった。

中納言《ちゅうなごん》の君《きみ》 素姓未詳。

【道長家女房】

大式部《おおしきぶ》のおもと （大式部・殿《との》の宣《せん》旨《じ》・陸奥《みちのくに》の守《かみ》の妻《め》） 本文に「殿の宣旨よ」とあるので道長家の宣旨女房であったことがわかる。「陸奥の守の妻」とあるが、陸奥守は寛弘六年八月に任じられた藤原済家か。

内蔵《くら》の命婦《みょうぶ》 神祇伯大中臣輔親の妻。伊勢大輔の母か。道長の五男教通の乳母。

小式部《こしきぶ》の乳母《めのと》 美作介藤原泰通の妻。道長の四女嬉子の乳母。万寿二年（一〇二五）、嬉子のお産や薨去の折にも奉仕した。

少将《しょうしょう》のおもと 内匠頭藤原尹甫の娘。従四位下信濃守藤原宗相の妻。佐光の妹。

少納言《しょうなごん》の乳母《めのと》 道長の三女威子の乳母。素姓未詳。

中務《なかつかさ》の乳母《めのと》 備中守藤原惟風の妻高子。道長の次女妍子の乳母。後に典侍。

【斎院女房】

中将《ちゅうじょう》の君《きみ》 斎院長官源為理の娘。母は大江雅致の娘播磨。紫式部の弟惟規と交渉があった。(83)

【定子皇后付女房】

清少納言《せいしょうなごん》 清原元輔の娘。康保三年（九六六）ごろ橘則光に嫁し則長を生んだ。正暦四年（九九三）ごろ中宮定子に出仕。長保二年（一〇〇〇）十二月定子崩御後の動静は明らかでないが、藤原棟世と結ばれ、やがて中宮彰子のもとへも出仕したか。その晩年は零落して月の輪に住んだといわれる。家集に『清少納言集』があり、『枕草子』の作者として著名である。

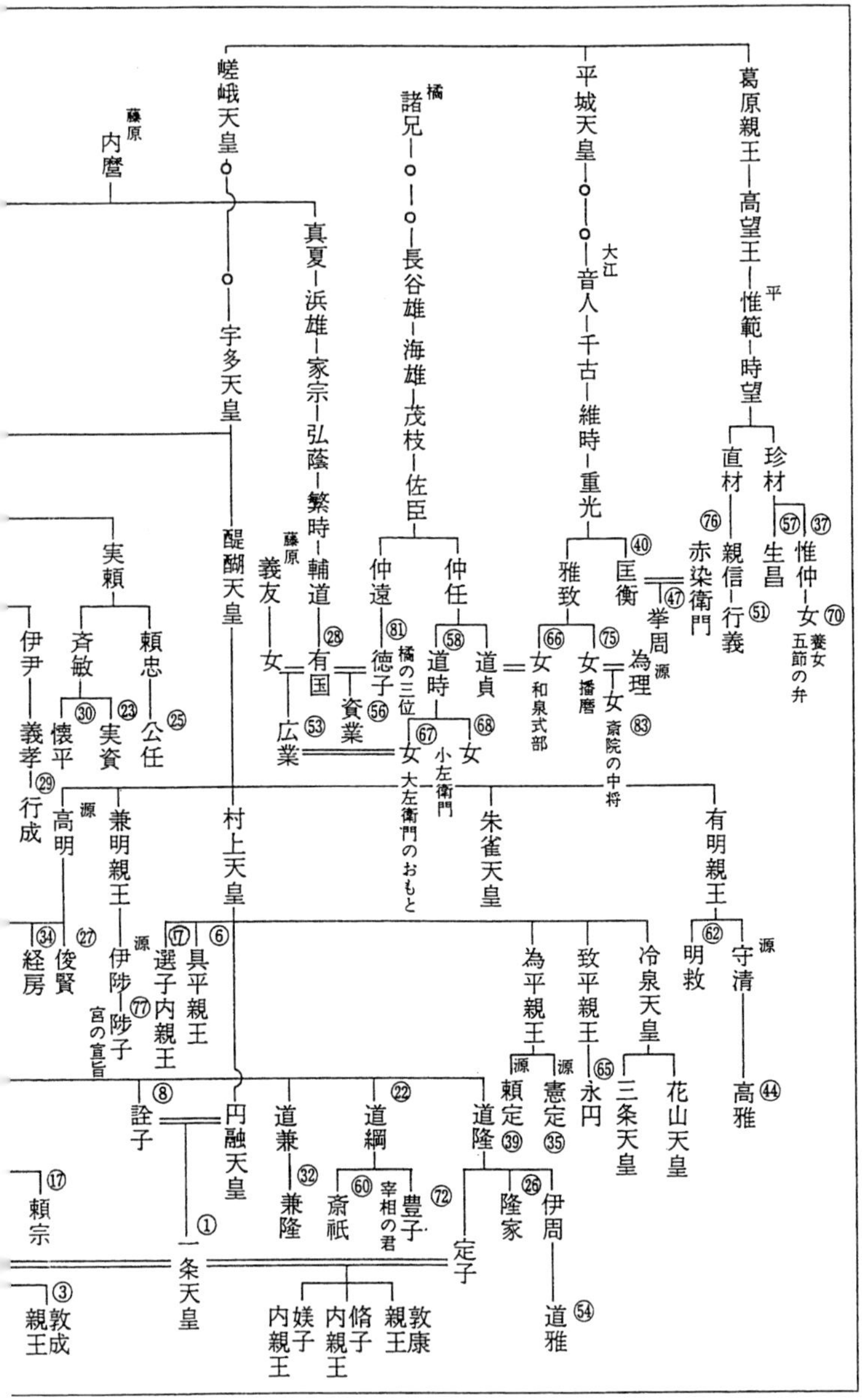

葛原親王
高望王
平
惟範
時望
直材
珍材
親信
行義
生昌
惟仲
女
養女
五節の弁
赤染衛門
平城天皇
大江
音人
千古
維時
重光
雅致
匡衡
挙周
女
和泉式部
女
播磨
為理
源
女
斎院の中将
橘
諸兄
長谷雄
海雄
茂枝
佐臣
仲遠
仲任
徳子
橘の三位
道時
道貞
女
小左衛門
女
大左衛門のおもと
嵯峨天皇
宇多天皇
醍醐天皇
村上天皇
朱雀天皇
有明親王
明救
源
守清
高雅
藤原
内麿
真夏
浜雄
家宗
弘蔭
繁時
輔道
有国
資業
藤原
義友
女
広業
実頼
斉敏
頼忠
懐平
実資
公任
伊尹
義孝
行成
源
高明
兼明親王
俊賢
経房
源
伊陟
陟子
宮の宣旨
選子内親王
具平親王
為平親王
源
頼定
源
憲定
致平親王
永円
冷泉天皇
三条天皇
花山天皇
詮子
円融天皇
道兼
兼隆
道綱
斎祇
宰相の君
豊子
道隆
隆家
伊周
道雅
定子
一条天皇
媄子内親王
脩子内親王
敦康親王
頼宗
敦成親王

紫式部日記参考系図

〈注〉人物名の右上の数字は、「登場人物要覧」の各人物解題末の数字と照応するものである。

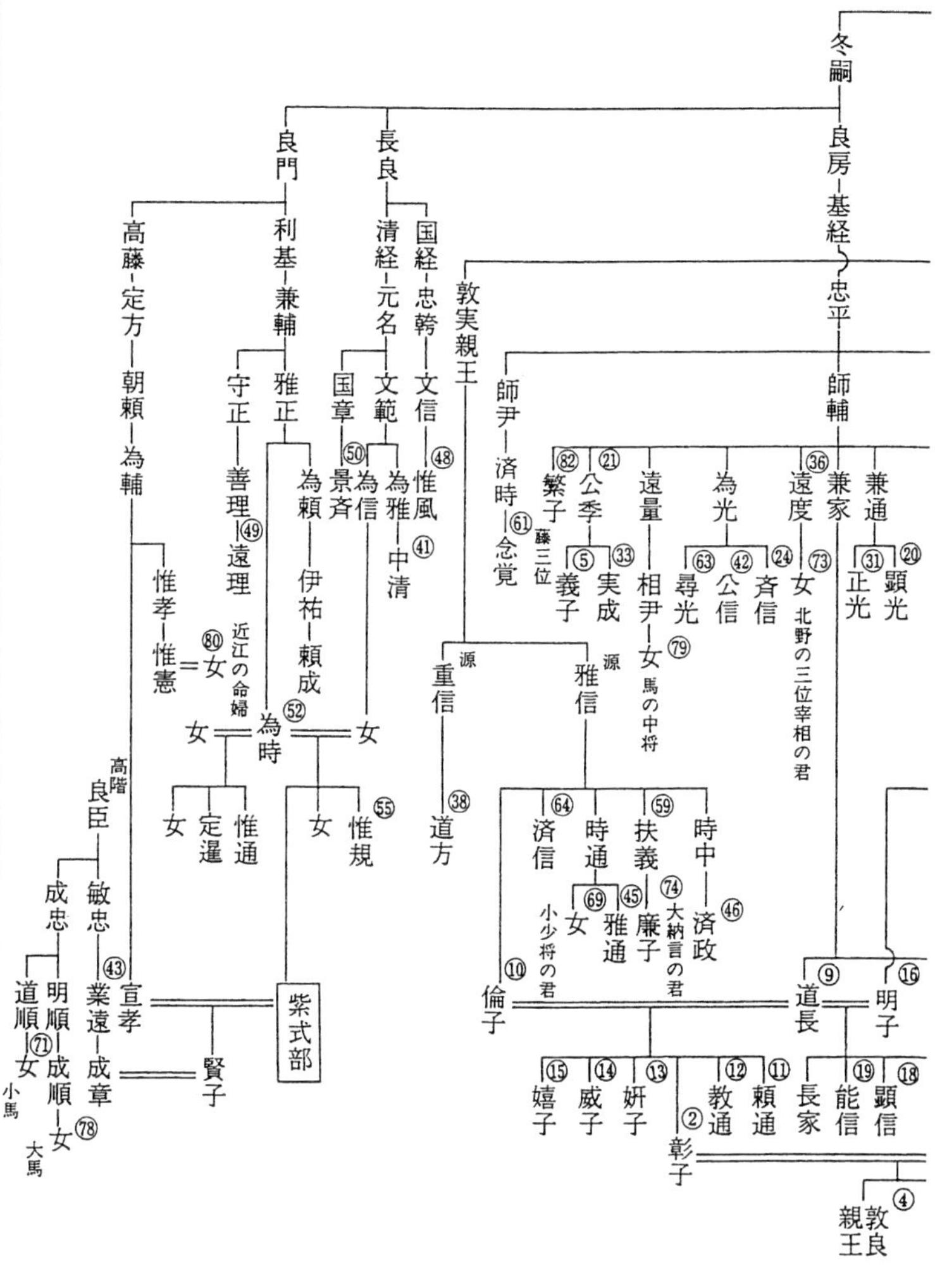

紫式部年表

天皇	年号	西暦	紫式部推定年齢	事項	参考事項
円融	天禄元	九七〇		父藤原為時、藤原為信女と結婚。	
	天禄二	九七一		姉（長女）誕生。	
	天延元	九七三	一歳	紫式部（次女）誕生（天禄元年〈九七〇〉、天元元年〈九七八〉誕生とする説もある）。	
	天延二	九七四	二歳	弟惟規《のぶのり》（長男）誕生。この年に母為信女没か。	このころ、道綱母の『蜻蛉日記』成るか。
	天延三	九七五	三歳	異母妹（三女）誕生。	
	貞元元	九七六	四歳	異母弟惟通《のぶみち》誕生。	
	貞元二	九七七	五歳	三月、父為時、東宮読書始めの儀に副侍読をつとめる。	十一月、太政大臣兼通没。
	天元元	九七八	六歳		八月、兼家女詮子入内。十月、兼家右大臣に任ず。
	天元三	九八〇	八歳	異母弟定暹《じょうせん》（三男）誕生。このころ、父為時、弟惟規に漢籍を教え、紫式部の男でないことを慨嘆する。	六月、懐仁《かねひと》親王（一条天皇）誕生。

	天元四	九八一	九歳		九月、為時の師、菅原文時没。
	天元五	九八二	一〇歳	藤原宣孝《のぶたか》、蔵人左衛門尉に任ず。	十二月、源高明没。
花山	永観二	九八四	一二歳	十月、為時、式部丞に任じ、蔵人に補せられる(小右記)。	八月、円融天皇譲位。十月、花山天皇即位。
	寛和元	九八五	一三歳	春、為時、道兼邸の残花宴に歌を作る。 七月十八日、宣孝、壬生社に使して失策し、殿上の簡《ふだ》を削られる。 十月、為時、大嘗会《だいじょうえ》の御禊《ごけい》に宣孝らと奉仕す。	四月、源信『往生要集』を撰す。
一条	寛和二	九八六	一四歳	二月、為時、式部大丞に任ず(小右記)。 春、為時、具平《ともひら》親王邸に惟成、保胤らと宴を賜う。 六月、為時、官を退く。	六月、花山天皇出家、退位。七月、一条天皇即位。
	永延元	九八七	一五歳	一月八日、外祖父為信出家。	
	永延二	九八八	一六歳		十二月、道長長女彰子誕生。
	正暦元	九九〇	一八歳	三月、宣孝、御嶽詣で。 八月三十日、宣孝、筑前守に任ず。	五月、道隆、摂政関白となる。七月兼家没(六十二歳)。十月、定子中宮となる。
	正暦二	九九一	一九歳		二月、円融院崩御。
	正暦三	九九二	二〇歳	このころ、一時具平親王家に出仕したか(中宮出仕以前に宮仕えを認めない説もある)。	

正暦四	九九三	二一歳	一月、為時、宮中の詩宴に侍る（日本紀略）。	冬、清少納言、中宮定子のもとへ出仕。
正暦五	九九四	二二歳	このころ、恋愛または結婚に失敗した経験をもつか（恋愛、結婚の失敗の経験を認めない説もある）。	
長徳元	九九五	二三歳	春、宣孝帰京。 秋ごろ、ある男、方違えのために式部の家に滞在（この男を宣孝とする説もある）。 この年、姉（長姉）夭折《ようせつ》か。	四月、関白道隆没（四十三歳）。五月、関白道兼没（三十五歳）。道長内覧の宣旨を賜わる。 道綱母没。
長徳二	九九六	二四歳	一月、為時、越前守に任ず。秋、赴任。式部、父とともに下向。	四月、内大臣伊周《これちか》、中納言隆家左遷。道長右大臣となる。
長徳三	九九七	二五歳	宣孝、紫式部に求婚。	四月、伊周・隆家召還。
長徳四	九九八	二六歳	一月、宣孝、右衛門権佐に任ず。 春ごろ、式部、越前より帰京。 四月、宣孝、賀茂祭の舞人をつとめる。このころ宣孝、再度求婚。	この年、疱瘡流行。
			八月、宣孝、山城守を兼任。	
長保元	九九九	二七歳	一月、宣孝（四十七歳）と結婚。 十一月十一日、宣孝、神楽人長をつとめる。	十一月、道長の長女彰子入内（十二歳）。一条天皇第一皇子敦康《あつやす》親王誕生（母定子）。
			十一月末、宣孝、宇佐使となって西下。	

一条				
長保二	一〇〇〇	二八歳	二月、宣孝、西国より帰京。 この年、長女賢子誕生。 このころ、『源氏物語』の原初の巻々執筆開始か。	二月、定子皇后、彰子中宮となる。 十二月、皇后定子崩御（二十五歳）。
長保三	一〇〇一	二九歳	春、為時、越前より帰京。 四月二十五日、宣孝没。式部一年の喪に服す。 十月、為時、東三条院詮子の四十賀に屏風歌を奉る。	春、夏のころ、疫病流行。 十二月、東三条院詮子崩御（四十歳）。
長保四	一〇〇二	三〇歳	一月、求婚する者あり。 十月、定暹、詮子追善の法華八講に奉仕す。	六月、為尊《ためたか》親王没（二十六歳）。
長保五	一〇〇三	三一歳	五月、為時、御堂七番歌合に出席。このころ、道長より娘の出仕を懇望される。	『和泉式部日記』の記事、この年四月より始まる。
寛弘元	一〇〇四	三二歳	十二月二十九日夜、中宮彰子のもとに出仕（寛弘二年・寛弘三年とする説もある）。	『和泉式部日記』の記事、この一月で終わる。
寛弘二	一〇〇五	三三歳	このころ、出仕後も里居がち。『源氏物語』の執筆に専念か。	三月、平惟仲没（六十二歳）。十一月、道長四十賀。
寛弘三	一〇〇六	三四歳		七月、道長法性寺の五大堂建立。
寛弘四	一〇〇七	三五歳	一月十三日、兵部丞惟規、蔵人に任ず（御堂関白記）。 夏ごろより、中宮に『白氏文集』の「楽府」二巻を進講す。	十月、敦道親王没（二十七歳）。

寛弘五	一〇〇八	三六歳	三月十四日、為時、正四位下蔵人左少弁となる(権記)。このころ、『源氏物語』の一部成る。 四月十三日、中宮、土御門邸に退出。このころ、道長の召人となるか。 四月二十三日、土御門邸法華三十講開始。 五月五日、法華三十講五巻日が奇しくも五月五日に当る。詠歌あり。 五月二十二日、土御門邸法華三十講結願。 六月二十四日、中宮、内裏へ還啓。 七月十六日、中宮再び土御門邸へ退出。現存『紫式部日記』このころからの記事あり。 七月二十日、中宮御産のための御修善あり。このころ道長、女郎花《おみなえし》を式部に与え歌を贈答する。 七月末、播磨守、碁の負態《まけわざ》をする(播磨守は、藤原行成、藤原有国、平生昌などの説がある)。 八月二十六日、中宮、薫物《たきもの》を調合される。 同日、弁の宰相の君の昼寝姿の美しさに思わず声をかける。 九月九日、倫子より菊のきせ綿を贈られる。	この年、『更級日記』作者、孝標女誕生。

			九月十一日、敦成《あつひら》親王（後一条天皇）誕生。 三・五・七・九夜の産養《うぶやしない》催さる。 十月十六日、天皇、土御門邸行幸。 十一月一日、若宮、初剃、職司定め。 十一月一日、御五十日《いか》の祝宴。公任、「若紫やさぶらふ」と紫式部に戯れる。 十一月十日ごろ、『源氏物語』の冊子作りをする。 十一月十七日、中宮、若宮、内裏還啓。馬の中将と同車してお供する。 十一月二十日、五節の舞姫を見物する。 十一月二十八日、賀茂の臨時祭。 十二月中旬、退出。 十二月二十日、敦成親王百日《ももか》の祝宴。 十二月二十九日、中宮のもとに帰参。初宮仕えの回想にふける。 十二月三十日、追儺《ついな》。内裏に引きはぎ事件あり。	
寛弘六	一〇〇九	三七歳	一月三日、若宮戴餅《いただきもちい》の儀。 三月四日、為時、左少弁に任ず。 夏ごろ、道長と歌を贈答する。道長、夜、式部の局の戸をたたく（寛弘五年の記事の竄入か）。	二月、中宮、若宮の呪咀事件発覚する。伊周朝参停止。初夏、和泉式部、中宮彰子に出仕。

				六月十九日、中宮再度の懐妊で土御門邸へ退出。 七月七日、為時、庚申作文序を作る。 某月十一日、中宮、土御門邸内の御堂へ詣でる（寛弘五年五月の記事の竄入か。寛弘六年六月二十一日、九月十一日のこととする説もある）。 十一月二十五日、敦良《あつなが》親王（後朱雀天皇）誕生。	七月、具平親王没（四十六歳）。
	寛弘七	一〇一〇	三八歳	一月十五日、敦良親王、御五十日の祝宴。 現存『紫式部日記』一月十五日までの記事で終わる。 夏ごろ、『紫式部日記』執筆編集。	一月、伊周没（三十七歳）。 二月、道長次女妍子、東宮入内。
三条	寛弘八	一〇一一	三九歳	二月一日、為時、越後守に任ず。 六月、天皇崩御に際し和歌を奉る。 秋、惟規、父の任地に赴き没す。	六月、一条天皇譲位、崩御（三十二歳）。十月、三条天皇即位。
	長和元	一〇一二	四〇歳	二月十四日、中宮彰子皇太后となり、式部引き続き皇太后宮女房として出仕。 五月、彰子、枇杷殿《びわどの》に一条院追善八講を催す。	二月、妍子中宮となる。六月上旬、道長重病。

	長和二	一〇一三	四一歳	惟通、右衛門尉に任ず。 この年前半、しばしば実資の彰子訪問の取次役をする（九月ごろ、式部は宮廷を去ったという説もある）。 このころ、家集『紫式部集』編集か。 このころまでに『源氏物語』全編完成か。	この年、式部の親友小少将の君没。
	長和三	一〇一四	四二歳	一月、越後の父に歌を贈る。 一月下旬、彰子の病気のため、清水寺に参詣し、伊勢大輔に会う。 二月ごろ、紫式部没す。 六月十一日、為時、官を辞して帰京。	
	長和四	一〇一五			十二月、道長五十賀。
後一条	長和五	一〇一六		四月二十六日、為時、三井寺で出家（小右記）。	一月、三条天皇譲位。道長摂政となる。二月、後一条天皇（敦成親王）即位。
	寛仁元	一〇一七		このころ、娘賢子、彰子のもとへ出仕か。	五月、三条院崩御（四十二歳）。
	寛仁二	一〇一八			一月、彰子太皇太后となる。
	寛仁三	一〇一九		惟通、常陸介に任ず（紫式部の没年をこの年以降とする説もある）。	三月、道長出家す。
	寛仁四	一〇二〇		惟通没。	『更級日記』の記事このころより始まる。

治安元	一〇二一			十月、倫子出家。孝標女、『源氏物語』五十四帖を入手する。
万寿三	一〇二六			一月、彰子落飾、上東門院と号す。
万寿四	一〇二七			十二月四日、道長没（六十二歳）。
長元二	一〇二九		為時没か。	

あとがき

『紫式部日記』の口語訳を終えて、一まず安堵している。昨年『源氏物語』五十四帖の口語訳を完了してから、やはりその作者の日記をもう一度入念に読み直したいと思っていた。

紫式部と出会ったのは学生時代であるから、家内よりも古い間柄ということになるが、どういうわけかこの女性は付き合いにくい。よほどこちらが心身ともに体調がよい時でないと、会う気になれない。それは一つは彼女の性格によるものであろう。つつましやかで気品のある女性のようだが、何か内に秘めた強さを持っている感じがする。

紫式部の性格の特徴の一つに、自己回帰性がある。何かにつけてすぐに自分にひきつけて考えこんでしまうというタイプのようだ。このような性格の女性に、例えば一緒に帰ろうなどと気軽に声をかけたとしても、なぜ彼はわたしを誘ったのか、などと考えこんでしまうので、うっかり声をかけることもできない。

このような性格の女性と付き合うには、こちらがよほど柔軟に対応しうる心構えが必要である。

実際、『紫式部日記』の口語訳を続けながら、今夜は彼女に会いたくないと思うこともしばしばあったし、二、三日放っておくと何だか気の毒にも感じられて来るという、まことに奇妙な関係が続いたのである。

これは思いがけない体験であった。ある時ふと、彼女も同じ思いでいるのではないかと気付いたら、今度は何となくいじらしく思われて、彼女が一生けんめいに書き残した日記だから、こちらもできるだけ念入りに読み解いてあげたい、と思うようになった。

そう思うと、彼女が日記の中でぶつぶつ言い出してもあまり気にならないし、女房批評や斎院の中将の批判などは、こちらにけんめいに訴えているような口吻さえ感じられて、よい聞き役にならなくては申し訳ないような気にもなった。

このような思いで日記を読み終えた今、彼女が以前よりもずっと身近に感じられる。『源氏物語』も全部読んだよ、と彼女の前で堂々と胸を張って言えるのが、何よりも嬉しい。

日本の誇る世界の古典ともいわれる『源氏物語』の作者の思考や感情を、より具体的に理解するために、この作者の日記はまことに有効で興味深い。

本書の口語訳によって、読者の皆さんが少しでも紫式部と親しくなってくだされば、訳者にとってこれ以上の喜びはない。

平成三十年盛夏

中野幸一

訳者略歴

中野幸一（なかの・こういち）

早稲田大学名誉教授。文学博士。専攻は平安文学。2011年瑞宝中綬章受章。主な編著書に『物語文学論攷』（教育出版センター、1971年）、『うつほ物語の研究』（武蔵野書院、1981年）、『奈良絵本絵巻集』全12巻別巻3巻（早稲田大学出版部、1987〜1989年）、『常用源氏物語要覧』（武蔵野書院、1995年）、『源氏物語古註釈叢刊』全十巻（武蔵野書院、1978〜2010年）、『フルカラー　見る・知る・読む　源氏物語』（勉誠出版、2013年）、『ちりめん本影印集成　日本昔噺輯篇』（共編、勉誠出版、2014年）、『正訳 源氏物語 本文対照』全十冊（勉誠出版、2015〜2017年）などがある。

新装版《しんそうばん》　正訳《せいやく》　紫《むらさき》式《しき》部《ぶ》日記《にっき》　本文対照《ほんもんたいしょう》

訳者　中野幸一

発行者　吉田祐輔

発行所　㈱勉誠社

〒101-0061 東京都千代田区神田三崎町二-一八-四

電話　〇三-五二一五-九〇二一(代)

二〇一八年七月二十日　初版発行

二〇二四年五月三十一日　新装版発行

印刷製本　ニューブック

ISBN978-4-585-39041-1　C0093

フルカラー見る・知る・読む 源氏物語

絵巻・豆本・絵入本などの貴重な資料から見る『源氏物語』の多彩な世界。物語の構成・概要・あらすじ・登場人物系図なども充実。この一冊で『源氏物語』が分かる!

中野幸一 著・二二〇〇円(+税)

九曜文庫蔵
源氏物語扇面画帖

九曜文庫の優品『源氏物語扇面画帖』(伝住吉如慶筆)をフルカラーで再現。絵と対に掲げられる優美な詞書の翻刻に加え、詳細な場面解説と各巻のあらすじを掲載。

中野幸一 編・一〇〇〇〇円(+税)

石山寺蔵四百画面
源氏物語画帖

源氏物語の様々な場面を四百画面にわたり描く画帖。他の源氏物語絵巻や画帖には見られない希有な場面を多く含む。「源氏物語場面集」ともいい得る大作。

石山寺座主 鷲尾遍隆 監修/中野幸一 編・二五〇〇〇円(+税)

伴大納言絵巻
冷泉為恭 復元模写

復古大和絵派の絵師として、歴史画を得意とし、有職故実に詳しい為恭の模写を、フルカラーで影印。国宝絵巻の剝落欠損を復元しており、きわめて珍らしい絵巻。

中野幸一 編・八〇〇〇円(+税)

ひらかれる源氏物語

時代・ジャンルという既存の枠組みを越え、新たな読解の方法論・可能性を拓く。気鋭の研究者の視角から日本文学研究を啓発する野心的論集。

岡田貴憲・桜井宏徳・須藤圭 編・本体四六〇〇円（＋税）

揺れ動く『源氏物語』

「オリジナル」という幻想に矮小化されてきた源氏物語。「生成変化する流動体」という平安物語本来のあり方に立ち返り、源氏物語のダイナミズムを再定立する。

加藤昌嘉 著・本体四八〇〇円（＋税）

人物で読む源氏物語

全二十巻

登場人物三十一人を選び、各人物に即した本文・現代語訳・論文・コラムという構成で『源氏』のエッセンスを満載して提供。源氏物語の深遠な森への画期的案内書！

室伏信助 監修／上原作和 編・各巻本体三八〇〇円（＋税）

テーマで読む源氏物語論

全四巻

時を隔ててもなお読まれるべき、重要な論文を大胆に収録。各巻に「総説」・「解説」・「研究史の総括と展望」を附し、これまでの研究成果を整理、今後の展望を示す。

今西祐一郎・室伏信助 監修・本体 第一・四巻一〇〇〇〇円、第二巻八〇〇〇円、第三巻一二〇〇〇円（＋税）